TUYO, CON PASIÓN

Gabe Cole Novoa (él) es un autor transmasc latino que escribe ficción especulativa con personajes marginados que luchan por su identidad. En la actualidad, ha subido de nivel con un máster en Escritura para niños y, cuando no está siendo un total empollón en su trabajo de día ni enterrado bajo su pila de libros pendientes, es probable que lo encuentres poniéndole ojitos a alguna prenda de ropa elegante que se muere por añadir a su armario. Gabe es autor de *The Wicked Bargain* y de la trilogía **Beyond the Red**, escrita bajo un seudónimo anterior. También dirige un popular canal de YouTube centrado en la escritura, *bookishpixie*, y es muy activo en Twitter (ahora X).

Nube de tags

Retelling – Ficción histórica – Romance – LGBTQIA+

Código BIC: YFH | Código BISAC: JUV007000

Ilustración de cubierta: Margarita H. García

Diseño de cubierta: Nai Martínez

Para todes mis hermanes trans:
también nos merecemos romances que nos dejen sin aliento.
Por eso este libro es para vosotres.

NOTA DEL AUTOR

Tuyo, con pasión es la historia de Oliver y, en cierta forma, también es la mía. En estas páginas encontrarás a un chico trans que no ha salido del armario con su familia y que intenta sobrevivir en una sociedad marcadamente cisheteronormativa. Dada la naturaleza de esta historia, el nombre asignado al nacer de Oliver se usa en repetidas ocasiones, a menudo experimenta disforia y varios personajes del libro se refieren a él usando el género equivocado (aunque nunca en la narración). Para muches, estas son heridas difíciles de revisitar, así que, aunque he hecho todo lo posible para representar estas situaciones con empatía, solo tú sabes lo que eres capaz de soportar.

CAPÍTULO 1

Es una verdad universalmente aceptada que un chico soltero en posesión de una notable fortuna necesita una esposa. A menos, claro, que ese chico sea Oliver Bennet. Tampoco era que tuviera una gran fortuna, pero le resultaba inconcebible que poseerla fuera a cambiar de manera tan transcendental su desinterés por tener una esposa.

O, más importante, por convertirse en una.

De modo que, con no poca consternación, escuchó a su madre compartir emocionada las noticias sobre un tal Charles Bingley.

La señora Bennet tiró de los cordones del corsé que le apretaba bajo los pechos mientras decía:

—Niñas mías, ¿os habéis enterado de que se ha arrendado Netherfield?

Oliver apretó los dientes a causa de la ceñida tela que le elevaba y ensalzaba el pecho, acentuando una figura que le producía náuseas, y ante el apelativo dirigido a sus hermanas y a él de *niñas*. No obstante, era de esperar, puesto que la señora Bennet, al igual que la mayoría del mundo, creía que Oliver era su segunda hija mayor, en vez del único hijo de los Bennet.

Oliver podía contar con los dedos de una mano las personas que conocían la verdad y la señora Bennet no era una de ellas.

Una vez bien atado el cordón, la señora Bennet empujó el busto de madera hacia la apertura delantera, lo que lo obligó a mantenerse erguido y acentuó aún más las curvas de su pecho. No había muchas prendas de ropa que Oliver odiase más que el corsé, aunque solo fuera porque la presión de la pieza de madera entre los pechos era un recordatorio constante de una parte de su cuerpo que nunca quería ver.

Satisfecha y ajena a su incomodidad, la señora Bennet le colocó el vestido de color verde esmeralda por la cabeza y tiró de él hacia abajo hasta ajustarlo lo necesario mientras cubría la horripilante ropa interior. Oliver se removió en el taburete y se esforzó todo lo posible para no mirar su reflejo en el espejo. Odiaba verse con vestido, una situación desafortunada, dada la cantidad de tiempo que se veía obligado a llevar uno. Arreglado así, con el pelo recogido en dos sencillas trenzas y adornado con una cinta verde a juego con la ropa, se sentía un desconocido.

—¿Han arrendado Netherfield? ¿A quién? —preguntó Jane, sentada junto a la ventana que había al lado del espejo. Le dedicó a Oliver una sonrisa comprensiva mientras él apartaba la mirada y evitaba su reflejo con esmero.

—Un joven llamado Bingley, con una fortuna de cuatro o cinco mil al año —respondió la señora Bennet—. Qué dichoso giro de los acontecimientos para vosotras, niñas. Ya le he pedido al señor Bennet que vaya a presentarse y lo invite a tomar el té.

Kitty y Lydia se rieron desde el otro lado de la habitación.

—¿Es guapo? —preguntó Lydia.

La señora Bennet frunció el ceño.

—Todavía no lo he conocido, querida, pero esa no debería ser una prioridad.

—¿Sabes si irá al baile de Meryton esta noche? —preguntó Kitty.

—¡Eso espero! —La señora Bennet le sonrió al reflejo de Oliver y terminó de alisarle el vestido—. Seguro que alguna de vosotras captará la atención del señor Bingley esta noche, si es que asiste. Sería imposible que no se percatase de tan agradable compañía.

Oliver se bajó del taburete. No era tan malo cuando no se veía. Si procuraba no mirarse el pecho, ni ninguna parte del cuerpo por debajo del cuello, entonces…

—Elizabeth —lo reprendió su madre—. ¿Te importaría al menos fingir que te emociona el baile? Sinceramente, no sé cómo esperas casarte si te sigues arrastrando con ese semblante taciturno a todos los eventos a los que asistimos.

Oliver apretó los dientes ante la irritante sensación de oír un nombre que había dejado atrás hace mucho. Sin embargo, no le convenía atraer los reproches de su madre, así que, con una facilidad que nacía de la práctica, esbozó una tímida sonrisa de disculpa.

—Lo siento, mamá —dijo—. Ya sabes lo poco que me gusta llevar corsé. Aún me estoy acostumbrando.

Aparentemente satisfecha, la señora Bennet asintió y dio una palmada, luego señaló hacia la puerta.

—¡Adelante, niñas! No debemos llegar tarde.

Lydia, Mary y Kitty se apresuraron a ir hacia la salida y la señora Bennet las siguió de cerca. Oliver suspiró y se dispuso a ir tras ellas, pero Jane lo agarró por el hombro.

—¿Estás bien? —preguntó en voz baja—. Puedo decirle a mamá que no te encuentras bien si prefieres quedarte en casa. Incluso podrías salir por tu cuenta…

La sugerencia floreció en su interior y lo llenó de esperanza, pero la aplastó antes de que creciera lo suficiente como para hacerle daño. Ya saldría solo, con ropa que le quedara bien y luciendo su verdadero nombre con orgullo… Al día siguiente.

—La Feria de Bartholomew —susurró—. Iré entonces. ¿Crees que podrías…?

Jane sonrió.

—Mantendré a mamá ocupada. Si el baile de esta noche te supera…

—Te lo haré saber. Gracias, Jane.

Ella lo abrazó con fuerza y le susurró:

—Cualquier cosa por mi hermanito.

Oliver cerró los ojos y apretó la cara en el hombro de su hermana mientras dejaba que las palabras lo calentaran por dentro y le sacaran una sonrisa. A eso se aferraría esa noche. La sensación de que todo encajaba en su sitio al oír a Jane llamarlo «hermano».

Algún día, el resto del mundo también sabría la verdad.

CAPÍTULO 2

Apenas habían puesto un pie en el baile de Meryton cuando la señora Bennet exclamó:

—¿Verdad que es espléndido?

Kitty y Lydia se mostraron de acuerdo con emoción mientras Oliver contemplaba la escena con desgana. El salón de baile era grande y las paredes pintadas proyectaban un tono verde perenne sobre la madera pulida, que brillaba con una capa fresca de cera. Calculó que habría unas sesenta personas presentes, todas vestidas con elegancia, puesto que se trataba de un acto público, si bien no con sus mejores galas.

El señor Bennet le dijo algo a la señora Bennet y luego se alejó con paso seguro hacia el interior del salón, probablemente para mezclarse con los demás maridos en alguna esquina, como siempre hacía en aquellos eventos.

El baile ya había empezado y las parejas se deslizaban juntas y separadas por el centro del salón mientras que otras pululaban por los bordes. Era allí donde

Oliver prefería quedarse, escondido en un rincón, donde menos gente pudiera verlo. Pero, por supuesto, la señora Bennet jamás lo permitiría.

En lo que concernía a su madre, era responsabilidad de sus hijas atraer a un pretendiente de clase alta con sonrisas coquetas y aleteos de pestañas. Oliver hizo una mueca.

—¡Ahí está! —susurró demasiado alto la señora Bennet—. En el fondo norte de la sala, junto al retrato grande del señor de la casa. Sí, estoy segura; encaja perfectamente con cómo me lo describió la señora Long. Sí que es guapo, ¿verdad?

Oliver tuvo que admitir que el joven en cuestión era efectivamente atractivo. Tenía el pelo de un tono rojizo dorado y un rostro pálido y con pecas de semblante amable. Mas no estaba solo; lo acompañaban dos mujeres, las cuales compartían sus colores, lo que indicaba que debían de ser sus parientes, y también un hombre joven de pelo oscuro, que parecía estar entre las edades de Oliver y Jane y tan emocionado de estar allí como el mismo Oliver. Sin embargo, al menos él tenía la decencia de fingir que no era desgraciado; el acompañante de Bingley no sentía la misma inclinación.

—¡Es muy guapo! —exclamó Lydia—. ¿Quién lo acompaña?

—Creo recordar que la señora Long mencionó que viajaba con compañía —respondió la señora Bennet—. El caballero debe de ser Fitzwilliam Darcy y las mujeres, las hermanas de Bingley.

Oliver dejó de prestar atención después de aquello. La señora Bennet revoloteaba sobre sus hijos como una madre pato con sus crías, a pesar de que Oliver tenía diecisiete años y Jane aún más, pero al final los dos hermanos lograron separarse de ella. Una vez que se alejaron lo suficiente, los hombros de Oliver se relajaron. Los dos se movieron entre la gente mientras Jane sonreía con timidez a las caras conocidas y respondía con una conversación tranquila y educada cuando la respetabilidad lo exigía. Oliver sonreía y asentía en los momentos oportunos, aunque no tenía ni la menor idea de qué trataba ninguna de las conversaciones.

Hasta que habían hablado con tres o cuatro personas Oliver no se dio cuenta de que se estaban acercando al final del salón, donde Bingley y sus amigos se encontraban. Entrecerró los ojos para mirar a Jane, que había estado liderando la marcha. ¿Se acercaba a ellos a propósito? No los había mirado ni una vez, pero su destino estaba claro.

Tal vez pretendía acercarse sin que se notara que lo hacía, lo cual encajaba con ella. Jane no disfrutaba siendo el centro de atención y nunca se le ocurriría abordar a alguien directamente; ni aunque ese alguien fuera un joven muy apuesto. En cualquier caso, si su intención era atraer la atención de Bingley sin aparentarlo, estaba funcionando. Mientras Jane hablaba con un joven que a Oliver le recordaba a un cachorro demasiado ansioso (ya había olvidado su nombre), la mirada de Bingley se posó en ella. Jane soltó una risita cortés como respuesta a algo indudablemente poco divertido, luego Bingley le dijo algo a su malhumorado acompañante y comenzó a acercárseles.

Oliver abrió mucho los ojos y se apresuró a volver a la conversación de Jane con el chico sobreexcitado. Se le aceleró el pulso a medida que crecía la sensación de que alguien se le acercaba por detrás. ¿Debía alertar a Jane? Tal vez sería mejor si no lo supiera; así reaccionaría con más naturalidad. Sí, avisarla solo serviría para ponerla nerviosa.

—¿No crees?

Tardó un segundo en darse cuenta de que su hermana lo estaba mirando.

—Ah. —Se sonrojó—. Perdona, me había distraído. ¿Cuál era la pregunta?

Pero estaba destinado a no enterarse nunca, pues en ese mismo instante se acercó al grupo un caballero alto, con el pelo rojizo dorado, y dijo:

—Disculpe, señorita. —Bingley le sonrió a Jane—. Perdone que la interrumpa, pero no he podido evitar darme cuenta de que no tiene pareja de baile. ¿Me haría el gran honor de acompañarme en la pista?

Jane enrojeció y esbozó un amago de sonrisa.

—Me encantaría —dijo con voz suave—. Si al señor Harrison no le importa, claro.

—¡Por favor! —El joven inquieto (el señor Harrison, aparentemente) le hizo un gesto para invitarla a ir—. No se reprima por mi causa.

Su hermana se volvió para mirar a Oliver, que asintió y le dedicó una sonrisa de aliento.

—Diviértete.

De modo que Jane aceptó la mano que le tendía Bingley y los dos avanzaron hasta el centro de la sala justo cuando empezaba una nueva canción. Oliver sonreía sin poder evitarlo, la señora Bennet se mostraría encantada. Y lo cierto era que formaban una bonita pareja. Desde luego, Jane parecía muy contenta con el desarrollo de los acontecimientos.

Por supuesto, aquello dejaba a Oliver en una posición extraña, a solas con el señor Harrison, que quería hablar de costura, de entre todas las cosas.

—Es un arte de lo más femenino —estaba diciendo—. Simple, pero una verdadera obra de arte en las manos adecuadas. Envidio la habilidad de una mujer para crear algo tan delicado. ¿Es usted habilidosa para el bordado, señorita Bennet?

Oliver apretó los labios ante el apelativo, así como la insinuación de que se le daba bien un arte femenino porque el señor Harrison lo confundía con una mujer, pero luego se obligó a relajar los hombros y mirar al joven a los ojos.

—No diría que lo soy. Si me disculpa.

No esperó a que le diera permiso, ni le dejó oportunidad de protestar, antes de darse la vuelta para continuar el recorrido del salón. Localizó a Jane bailando con Bingley. Se la veía radiante, riendo con timidez cuando se encontraban en el centro de la pista antes de volver a separarse.

Su hermana parecía feliz y, por el momento, eso le bastaba.

La mirada de Oliver vagó por la habitación. Vio al amigo de Bingley (¿Darcy, se llamaba?) justo donde el otro caballero lo había dejado para irse a bailar con Jane. Las dos mujeres habían encontrado sus propias parejas de baile, así que estaba allí solo, con la espalda pegada a la pared verde como si fuera su única salvación.

Un sentimiento que Oliver comprendía bien.

Tenía el pelo más largo que Bingley y le enmarcaba la cara en unas ondas suaves que se rizaban hacia afuera como una corona. Parecía muy suave. ¿Qué se sentiría al pasar los dedos por él?

Una joven muy guapa, con unos rizos rubios que le caían sobre los hombros, se acercó a Darcy. Oliver no pudo oír lo que decían desde la distancia a la que estaba, pero hizo una suposición basada en la forma en que el caballero negó con la cabeza y agitó la mano, y cómo la mujer frunció el ceño y se alejó, con expresión ligeramente insultada.

Interesante.

Entonces Darcy lo miró y Oliver se paralizó. Todo su ser le gritaba que desviase la mirada antes de que lo descubrieran espiando, pero ya era demasiado tarde y además se sentía incapaz de apartar la vista. Los ojos oscuros de Darcy tenían un magnetismo especial, así como su ceño ligeramente fruncido cuando le sostuvo la mirada. Sintió que se le calentaban las mejillas y el corazón le palpitaba en los oídos, tan alto que apenas oía la música del salón. Aunque lo tenían atrapado como una polilla clavada a una tabla, desde aquella distancia Oliver no distinguía el color de los ojos de Darcy. ¿Verdes? ¿Marrones? ¿Algo intermedio? Fuera cual fuere el color, los ojos del joven lo arrastraban, hasta que, de repente, se convirtieron en piedra. Darcy entreabrió los labios, frunció el ceño más profundamente y una mueca muy cercana al disgusto se reflejó en sus hermosas facciones. Sacudió la cabeza y giró la cara.

El hechizo se rompió y Oliver se sonrojó mientras se obligaba a apartar la mirada. Se sentía como si todo el salón lo hubiera descubierto haciendo algo ilícito, aunque no entendía por qué. Aun así, el desagrado en el rostro de Darcy le había sentado como una bofetada. No debería importarle; era un extraño y no habían hecho nada más que compartir una brevísima mirada. Y sin embargo, el evidente rechazo le dolía más de lo que debería.

¿Qué importaba si Darcy no tenía ningún interés en acercarse a él, o ni siquiera en mirarlo? Oliver tampoco. No desperdiciaría ni un segundo más de su tiempo en un joven empeñado en ser desdichado.

Un tiempo más tarde, Jane volvió a su lado, con el rostro iluminado de felicidad.

—¡Aquí estás! —Se rio sin aliento—. ¿No has bailado con nadie?

—No —respondió Oliver con un atisbo de sonrisa.

—¡Pues deberías! Es muy divertido. Incluso mamá está bailando con nuestro padre.

Oliver parpadeó. Eso sí que era una sorpresa.

—¿De verdad? Seguro que eso la anima. Tú parecías divertirte mucho con Bingley. —Sonrió—. Y él también.

Jane se sonrojó.

—¿Eso crees? Estaba demasiado concentrada en no hacer el ridículo. Es *muy* guapo.

—Diría que esta embelesado contigo. No dejó de mirarte ni un segundo mientras bailabais.

Jane se iluminó y le dio la mano.

—Ven, vamos a buscarte una pareja de baile.

Se le revolvieron las tripas.

—No es necesario…

—¡Tonterías! No pienso permitir que te regodees en la tristeza mientras el resto nos divertimos.

Se le calentó la cara.

—¿Quién dice que esté triste? Me lo he pasado muy bien contemplando el baile. Para que lo sepas, es de lo más entretenido. ¿Has visto al caballero que ha tropezado con sus propios pies y se ha caído de culo?

Jane sacudió la cabeza y rio.

—Tengo en mente a la persona perfecta. Bingley me mencionó que su amigo, Darcy, todavía no ha encontrado a nadie con quien bailar, así que le hablé de ti y estuvo de acuerdo en que formaríais una gran pareja.

Oliver abrió mucho los ojos y un latigazo de pavor le recorrió la espina dorsal como agua helada.

—¿Que has hecho qué?

—Por favor, dale una oportunidad. Al menos evitarás que mamá te regañe durante toda la noche.

Eso tenía que reconocer que era cierto. Evitar tener que soportar otro sermón de la señora Bennet acerca de las posibilidades que Oliver había perdido hacía que el desagrado de bailar con un hombre que le miraría el pecho y las caderas todo el tiempo casi mereciera la pena.

No obstante, seguía habiendo un problema y ese era el hecho de que era Darcy con quien Jane quería emparejarlo, el único chico con el que Oliver había decidido que no volvería a interactuar jamás.

—Jane —suplicó—. ¿Tiene que ser él? No creo que sea buena idea. Me parece que no le gusto mucho.

Jane se detuvo y lo miró con interés.

—¿Por qué dices eso? ¿Has hablado con él?

—Bueno, no…

—¿Entonces?

Oliver sentía cómo el calor le subía por el cuello y le teñía las mejillas. Ni siquiera lo había dicho todavía y ya era consciente de lo ridículo que sonreía. ¿Qué iba a pensar su hermana si le decía: «Nos hemos mirado y no parecía interesado»?

—Me ha… mirado, con el ceño fruncido —explicó despacio—. No me dio la sensación de que quisiera estar aquí y no parecía particularmente feliz de captar mi atención…

Jane no se mostró convencida.

—¿Crees que no le gustas porque te ha mirado?

—Sé que suena absurdo, pero…

—Oliver —dijo en voz baja, solo lo bastante alto para que ellos dos lo oyeran, pero fue suficiente. Oír su nombre le provocaba una oleada de calidez y de calma. Sonrió sin poder evitarlo, a pesar de la situación.

Jane le apretó las manos y lo miró a los ojos.

—Inténtalo. Por mí. ¿Por favor?

Estaba seguro de que era una idea terrible, pero había pocas cosas que no estuviera dispuesto a soportar por su hermana mayor, y ella lo sabía.

—De acuerdo —masculló y Jane sonrió.

De modo que antes de que pudiera pensárselo mejor, lo arrastró entre la gente en dirección a Bingley y Darcy, que parecía estar teniendo una acalorada discusión.

—No has bailado con nadie todavía —dijo Bingley—. Alguien habrá tenido que captar tu atención.

—No, nadie —dijo Darcy con firmeza.

Oliver tiró de Jane para detenerla. Incluso ella pareció percatarse del tono de la conversación, porque señaló con la cabeza dos sillas vacías cercanas. Se sentaron y fingieron no prestar atención a la conversación de los dos caballeros, a pesar de que seguían a una distancia más que suficiente para oírlos.

—Darcy, debo insistir —dijo Bingley—. Tienes que bailar. Sabes que no me gusta que te quedes solo y malhumorado.

Pero Darcy no pareció conmoverse.

—Y tú sabes que detesto bailar con desconocidas. No hay ninguna chica aquí con la que no sería un castigo bailar.

La cara de Oliver se calentó. Darcy no lo estaba mirando; de hecho, le daba la espalda, así que muy probablemente ni siquiera los había visto a Jane y a él allí, pero sí que lo había visto antes. Habían cruzado las miradas durante demasiado tiempo como para descartarlo como una casualidad pasajera y ahora afirmaba que sería un castigo bailar con él.

—Eres imposible de complacer —exclamó Bingley—. Hay muchas chicas inusualmente agradables esta noche que estarían encantadas de bailar contigo.

—Solo he visto una y tú has bailado con ella.

—¡Ah, es la mujer más hermosa que he visto nunca! Pero sus hermanas también son atractivas, y una de ellas está sentada justo detrás de ti.

Oliver abrió mucho los ojos. Bingley bien podría haberle dicho a su amigo que estaba espiando su conversación. En cualquier momento, Darcy se daría la vuelta y lo vería. Respiró hondo e intentó enfriarse la cara. Tenía que serenarse. Inmediatamente.

Bingley continuó.

—Déjame pedirle a Jane que os presente.

Su hermana le apretó la mano, pero antes de que ninguno de los dos reaccionara, Darcy se dio la vuelta.

Así fue como Oliver se encontró de nuevo con la mirada tormentosa de Darcy, mientras el corazón le palpitaba tan fuerte en los oídos que estaba convencido de que Jane también lo oía. Se sintió incapaz de respirar cuando un evidente enfado se reflejó en el rostro del joven. Supo de inmediato que su instinto acerca de la antipatía de Darcy había sido correcto y se sintió un completó estúpido por haber pensado siquiera por un instante que era guapo.

Darcy rompió el contacto visual y, tras volverse de nuevo hacia Bingley, dijo:

—Es aceptable, pero no lo suficiente para interesarme.

En ese momento, si el suelo se hubiera abierto bajo sus pies para tragárselo entero, lo habría agradecido. En cambio, se sintió como si Darcy le hubiera arrojado un cubo de agua helada sobre la cabeza. Allí estaba él, intentando ser la buena *hija* que todos esperaban que fuera, ¿y para qué? Para recibir un insulto tras otro.

Afortunadamente, Jane también se horrorizó ante la falta de tacto de Darcy y, esa vez, cuando Oliver se dio la vuelta para marcharse, no se lo impidió.

CAPÍTULO 3

La Feria de Bartholomew era el evento perfecto al que asistir si no querías que nadie te prestara atención. El acontecimiento anual era uno de los favoritos de Oliver, sobre todo aquel año, porque era la oportunidad perfecta para pasar un rato a solas en compañía de cientos de desconocidos como él.

Pero antes, tenía que cambiarse.

No era precisamente aconsejable emerger de la habitación de Jane vestido de sí mismo, de chico, no al menos si quería evitar la ira de su madre. Dada su realidad, Oliver había desarrollado dos formas de salir siendo él mismo sin que la mayoría de su familia se enterara.

Cuando salía por la noche, sacaba la ropa de uno de los múltiples baúles pequeños que tenía debajo de la cama. Había seis en total, todos marcados con etiquetas inocuas como «libros» (solo podía permitirse suficientes como para llenar un baúl pequeño), «baratijas», «bordados» (en realidad, despreciaba bordar con una profunda

27

y ardiente pasión), «dibujo» (lo cierto era que antes le gustaba dibujar, pero hacía más de un año que no abría ese baúl), etcétera. Los baúles estaban dispuestos en dos filas de tres, de modo que el más importante, el del centro de la fila de atrás, quedaba completamente oculto por delante y por los lados. Era ahí donde escondía unos cuantos trajes de hombre, que le había regalado su generoso tío hacía unos seis meses, cuando había visitado Gracechurch. El sistema había resultado eficaz para mantener su secreto a salvo de miradas indiscretas, sobre todo después de pedir al personal de servicio que no tocara los baúles. Era esencial que nadie encontrara su ropa ni lo descubriera saliendo a hurtadillas; un mero rumor sobre *una hija* de los Bennet que salía por ahí sola podría arruinar la reputación de su familia.

Por desgracia, a la sociedad no le importaba que Oliver no fuera una hija.

Una vez vestido, volvía a dejar los baúles como estaban y, después de asegurarse de que todo el mundo se había ido a la cama o estaba ocupado en otra parte de la casa, salía por la ventana aprovechando el enrejado que bordeaba la casa para bajar hasta el suelo. La primera vez que lo hizo, Jane estuvo a punto de desmayarse del susto, pero habían pasado varios meses sin incidentes y a su hermana ya no le causaba tanta ansiedad.

Por supuesto, Oliver difícilmente podría salir por la ventana de su dormitorio sin que lo descubrieran durante el día, por lo que fue necesario idear una segunda estrategia. Cuando salía de día, le decía a su madre que iba a visitar a su mejor amiga, Charlotte

Lewis, que vivía a unos diez minutos a pie de la casa de los Bennet, conocida como Longbourn. Era una verdad a medias, porque sí iba a casa de Charlotte, pero no se quedaba allí.

Charlotte era una de las cinco personas que sabían quién era Oliver. Varios meses atrás, había escondido un par de conjuntos de chico en su habitación. La familia Lewis, formada únicamente por Charlotte y su padre, no podía permitirse contratar servicio y el señor Lewis trabajaba con tanta frecuencia que rara vez estaba en casa. Charlotte guardaba la ropa de Oliver bien doblada en el armario, debajo de su ropa interior, para asegurarse de que nadie más la encontrara. Todo ello convertía la habitación de Charlotte en la morada privada perfecta, donde podía entrar vestido como Elizabeth y salir como él mismo, y viceversa, cuando pasaba por casa de Charlotte para volver a ponerse la ropa de chica antes de regresar a casa.

Como la Feria de Bartholomew se celebraba por la mañana, esa fue la estrategia que empleó aquel día. Soplaba un fresco aire primaveral y la hierba y las hojas brillaban con el rocío. Cuando llegó a casa de Charlotte y llamó a la puerta, se sorprendió al ver que no le abría su amiga, sino Lu, la íntima amiga de Charlotte.

—¡Hola, Oliver! —dijo la chica con alegría y se hizo a un lado para dejarlo entrar—. Charlotte me ha dicho que vendrías esta mañana a cambiarte, ¿verdad? Creo que todavía está en su habitación, por si quieres saludarla.

Oliver sonrió y entró. Le dio las gracias a Lu cuando cerró la puerta tras él.

Para todo el mundo, Charlotte y Lu eran amigas, pero en realidad eran mucho más que eso. Poco después de que Oliver le contara a Charlotte quién era, ella le contó su propio secreto: que Lu y ella eran amantes. Lu estaba casada, pero como su marido estaba en el ejército, se ausentaba durante meses, así que pasaba la mayor parte del día visitando a Charlotte. Le había causado un alivio extraño saber que su mejor amiga también rompía las convenciones a su manera. Aunque su experiencia no era la misma, dado que Charlotte y Lu disfrutaban de presentar un aspecto femenino y Oliver se sentía atraído exclusivamente por otros chicos, la sinceridad compartida hacía que se sintiera un poco menos solo.

Estaba a punto de llamar a la puerta del dormitorio de Charlotte cuando esta se abrió de golpe. La chica sonrió de oreja a oreja.

—¡Me había parecido oírte llegar! Pasa, por favor. Te he dejado la ropa encima de la cama.

Las prendas estaban recién planchadas, una cortesía que nunca pedía, pero que siempre agradecía. Tenía suficiente ropa de chico para cuatro conjuntos en total, la mitad de los cuales guardaba en su casa debajo de la cama y la otra mitad en casa de Charlotte.

Allí también tenía una tela para envolverse el torso y dar la apariencia de un pecho plano, un par de pantalones blancos, un chaleco cruzado de seda y lino de color verde esmeralda y de cuello alto, un chaleco negro cruzado de lana, dos camisas blancas de lino (una con volantes), un pañuelo blanco de lino y, su prenda favorita, un frac negro cruzado de lana.

Optó por el chaleco verde, en un guiño al tiempo primaveral que se avecinaba, y le dio tres vueltas al pañuelo para que le quedara bien. Satisfecho con el conjunto, se recogió el pelo y lo ocultó bajo el sombrero de copa.

Una vez vestido, se miró al espejo y sonrió. La señora Bennet seguramente se desmayaría si lo viera, pero él se sentía de maravilla. La tela de constricción que había confeccionado con la ayuda de Jane, hecha con un material plano de tipo corsé en la parte delantera y unas largas tiras que se enroscaban y se sujetaban con alfileres a los lados, funcionaba perfectamente debajo de la camisa para aplanarle el pecho. Había tardado varios intentos en dar con las medidas exactas, pero con algo de práctica, Oliver había aprendido a envolverse con la tensión exacta necesaria para mantener la tela ajustada contra el pecho aplanado sin que le apretara demasiado las costillas. Completamente vestido y peinado, al contemplar su reflejo le embriagaba la emoción.

Era todo un contraste con lo que sentía cuando vestía ropa de mujer, donde hasta la silueta de su sombra le producía náuseas. Ya le había dado las gracias a su tío varias veces por proporcionarle una fuente de alegría tan pura, pero tomó nota mental de enviarle otra carta de agradecimiento.

Era muy especial que el reflejo de alguien encajara con la persona que era.

Al salir de la habitación de su amiga y pasar al vestíbulo, Lu y Charlotte levantaron la vista de su conversación y esbozaron dos sonrisas gemelas.

—¡Qué guapo! —exclamó Lu—. ¿Te apetece un té antes de irte?

———

La Feria de Bartholomew se celebraba en Smithfield, un amplio recinto ferial dividido en diversas casetas y puestos. En algún punto del centro había corrales de animales que, curiosamente, estaban colocados cerca de los puestos de comida que vendían pasteles calientes, salchichas, ostras y más manjares. El aire fresco de mediados de marzo transportaba los olores a carne cocinada, masa frita y heno en una extraña mezcla. A medida que te alejabas del centro, había hileras de puestos, orientados hacia el interior, que vendían una gran variedad de artículos, desde cristalería excepcional hasta ropa y lámparas de vivos colores.

Más allá de los puestos de los comerciantes había casetas de espectáculos, elevadas y grandes, del tamaño de una salita, que servían de escenario a diversos artistas. En el más cercano a Oliver, tocaba una banda callejera londinense a la que ya había visto cantar y bailar antes; estaba compuesta por cuatro hombres y una mujer y contaba con percusión, un violín, un órgano y una gaita. La mujer era la voz principal, cantaba mientras tocaba el violín y, de vez en cuando, movía los tobillos, a los que se había atado cascabeles.

La gente se arremolinaba alrededor de Oliver, pero aún era temprano, por lo que la multitud seguramente crecería según fuera avanzando el día. La primera vez que había salido vestido de hombre, lo aterrorizaba la idea de que alguien lo reconociera. Que alguien lo mirara a la cara, viera a *Elizabeth* y reaccionara con horror. Sin embargo, enseguida se dio cuenta de que casi nadie se fijaba mucho en su cara; en cuanto veían su forma de vestir, sacaban sus propias conclusiones. Sospechaba que la idea de que una *mujer* se vistiera como un hombre le resultaba tan absurda a la mayoría de la población que a nadie se le pasaba por la cabeza que Oliver no fuera quien decía ser.

No le importaba aprovechar esa suposición en su beneficio.

En la caseta situada a la izquierda de la banda londinense, había un tragasables. Observó con grotesca fascinación cómo un muchacho desgarbado, alto y delgado como un junco, desenvainaba una espada e inclinaba la cabeza hacia atrás. Se colocó la espada sobre la boca abierta y un escalofrío recorrió a Oliver ante la insinuación de lo que estaba a punto de ocurrir a continuación.

—Dios santo —dijo una voz familiar a su derecha—. ¡Lo va a hacer de verdad!

Se volvió hacia el origen de la voz y casi palideció al ver a Charles Bingley, de entre todas las personas, de pie a su lado. Parecía estar solo, al menos por el momento, y estaba pálido como una sábana mientras contemplaba, con los ojos muy abiertos, como el feriante se bajaba la espada hacia la boca.

Empezó a palpitarle el corazón en los oídos y el calor de la mañana le apretó el cuello como un collar ardiente. Una cosa era que lo vieran extraños y otra muy distinta encontrarse con alguien a quien había conocido como Elizabeth, alguien que lo había mirado a la cara y lo había llamado «bonita» nada menos que la noche anterior. Tenía que irse de allí, antes de que Bingley...

—¿Ha visto alguna vez algo parecido? —preguntó Bingley.

Oliver se atrevió a echar un vistazo, casi esperando ver a las hermanas de Bingley o a Darcy a su lado, pero ninguno de sus acompañantes estaba presente. Había más espectadores, por supuesto, pero él era el único que estaba directamente a su lado.

Lo que significaba que Bingley le estaba hablando a él.

Actúa con normalidad, se recordó. *Solo está siendo amable. Ni siquiera te ha mirado todavía.*

El artista se tragó la espada hasta la empuñadura, provocando una oleada de jadeos entre el escaso público que los rodeaba. Bingley no apartaba la mirada del escenario, lo cual era una ventaja. Oliver solo tenía que ofrecerle una respuesta banal para que no tardara en olvidarse de la interacción, luego disculparse educadamente y marcharse.

Con un suspiro, mantuvo un tono de voz bajo mientras respondía.

—Estoy bastante seguro de que ya estuvo aquí el año pasado, pero sigue siendo impresionante.

Responder, sin embargo, resultó ser un error. En cuanto habló, Bingley lo miró. Por un momento, Oliver se quedó helado, mirando los ojos azules de Bingley y tragándose el pánico que le subía por el pecho. *Por favor*, pensó, *soy Oliver. No soy la chica que crees que conociste anoche. Por favor.*

Pero si Bingley sospechaba algo, no lo demostró. Al contrario, su rostro se iluminó con una sonrisa.

—¡Ah! ¿Ya ha estado en la feria antes? ¡Qué espléndido! Mis compañeros y yo hace tiempo que queremos visitarla, pero esta es la primera vez que lo hemos logrado.

—Ah —se oyó decir Oliver, a pesar de que su instinto de huir le hacía sentirse como si se alejara flotando de su propio cuerpo—. He tenido la suerte de asistir desde que era niño. Estoy seguro de que lo pasarán bien, hay algo para todos los gustos.

—¡Eso espero! —exclamó Bingley—. ¿Espera compañía?

Oliver dudó, debatiendo si le sería beneficioso mentir. Optó por responder con sinceridad.

—No.

—En ese caso, ¡debería unirse a nosotros! Sería maravilloso descubrir la feria de la mano de un guía experto. ¿Qué le parece?

Oliver parpadeó. La incertidumbre le espesó la lengua, como si intentara hablar con la boca llena de pan a medio hornear. Si Bingley lo estaba invitando a pasar el día con ellos, era imposible que lo hubiera reconocido. Lo que significaba que lo veía como a un joven más al que quizá le gustaría conocer.

La posibilidad lo mareaba. Llevaba meses escapándose de casa para pasar tiempo en público siendo él mismo, pero nunca había tenido más que alguna conversación fugaz y pasajera con otros jóvenes como él. La oportunidad de pasar el día con chicos que lo veían como uno de los suyos era más que tentadora;

era un sueño que nunca imaginó que llegaría a experimentar.

Sin embargo, hacerlo con Bingley suponía un gran riesgo y ni siquiera sabía aún quién lo acompañaba.

En el tiempo que pasó vacilando, la mirada de Bingley se iluminó al mirar algo, o a alguien, por encima del hombro de Oliver.

—¡Ah! —exclamó—. Perfecto, ese de allí es mi amigo, Darcy.

Oliver abrió mucho los ojos. ¿Darcy? ¿Bingley quería que pasara el día con él y con *Darcy*?

¿Qué probabilidades había, siendo realistas, de que Darcy no lo reconociera después de haberlo atravesado con la mirada dos veces la noche anterior? Bingley era una cosa, pero enfrentarse a Darcy era tentar demasiado al destino.

Desgraciadamente, no le dio tiempo a decir nada al respecto, porque Darcy se acercó a Bingley, sonriendo con afecto a su amigo, antes de mirar a Oliver intrigado.

Bingley se le acercó con una sonrisa.

—Darcy, este es mi nuevo amigo… Vaya, me temo que no le he preguntado su nombre. —Se rio—. ¡Qué grosero soy! Disculpe, permítame presentarme. Soy Charles Bingley y este es mi amigo, Fitzwilliam Darcy.

Oliver abrió la boca, dispuesto a decir Bennet, pero se contuvo. La *B* ya se le había formado en los labios, así que escupió el primer apellido que se le ocurrió.

—Blake. Oliver Blake, pero, por favor, llamadme Oliver.

Darcy arqueó una ceja ante la informalidad y Oliver se arrepintió casi de inmediato, pero no quería contar con acordarse de responder a Blake, de entre todos los apellidos. Aun así, si a Darcy le molestaba algo más allá de la mera curiosidad, no lo demostró y se limitó a asentir.

Le fue imposible contener la sonrisa que se le formó en el rostro. Una sensación de ligereza se extendió por su pecho y un pensamiento vertiginoso tomó forma en su mente: *Puedo hacerlo*. Ni Bingley ni Darcy habían establecido la conexión entre él y la segunda hermana Bennet que habían conocido la noche anterior.

—Le estaba preguntando a Oliver si estaría dispuesto a mostrarnos la feria —dijo Bingley a Darcy—. Ha asistido todos los años desde niño, de modo que está bastante familiarizado con todo lo que aquí ocurre.

Niño. Oliver no dejaba de sonreír. Era algo muy simple, pero lo sentía como un bálsamo. Que lo reconocieran por lo que era le producía una euforia como nunca antes había experimentado. *Me veis*, pensó y lo hizo tan feliz que le entraron ganas de reír a carcajadas.

—Sería de gran ayuda —dijo Darcy y se fijó en él—. Me sorprende que no haya ningún mapa a mano. Esta feria es mucho más grande de lo que había previsto.

—Pero solo si no es una molestia —se apresuró a añadir Bingley—. Lo entenderíamos perfectamente si no pudieras mostrarnos los alrededores.

El pelirrojo lo miró suplicante, con una sonrisa tímida que lo hacía parecer aún más infantil de lo normal. Era fácil entender por qué a Jane le gustaba.

—No es molestia. —Las palabras se le escaparon antes de que pudiera pensarlo mejor—. Será agradable disfrutar de la feria con nueva compañía.

Bingley aplaudió y sonrió con ganas.

—¡Espléndido! ¿A dónde vamos ahora?

———

Después del incidente de la noche anterior, Oliver nunca se habría imaginado que pasar la mañana con Bingley y Darcy pudiera ser ni remotamente agradable y, sin embargo, aunque pareciera imposible, lo estaba siendo. En cuanto se dio cuenta de que ni Bingley ni Darcy habían relacionado su cara con la de ninguna de las Bennet que habían conocido la noche anterior, se relajó. Y una vez relajado, se encontró riendo con verdadera calidez.

Un poco más tarde, los tres se dieron cuenta de que había pasado el mediodía y ninguno había comido desde el desayuno. Bingley se ofreció voluntario para cruzar el recinto ferial y esperar la que seguramente sería una larga cola para conseguirles a todos unas empanadas de carne. Cuando se marchó a buscar la comida, Oliver se encontró, por primera vez, a solas con Darcy.

La realidad provocó que un nudo de ansiedad le revolviera el estómago. Aunque ya había pasado un par de horas con los dos jóvenes, Bingley se había ocupado de la mayor parte de la conversación y, las pocas veces que Darcy había hablado, por lo general se había dirigido a su amigo.

Pero Bingley ya no estaba, lo que significaba que tendrían que hablarse o ignorarse. Oliver no estaba seguro de qué sería peor.

Estaban delante de una caseta elevada, sobre la que había un oso, dos perros y un hombre. El oso llevaba unos pantalones con ribetes rojos y amarillos, una chaqueta abierta a juego y un fez rojo. Los perros, dos caniches blancos pequeños, llevaban un atuendo a juego, con sus propios fez diminutos. Los perros saltaban alrededor del oso sobre las patas traseras, mientras que el oso hacía equilibrio en el centro con una pelota sobre la nariz.

La actuación estaba enloqueciendo a la multitud que se reunía alrededor, pero ni Oliver ni Darcy la acompañaron en sus aplausos y vítores. El espectáculo le resultaba profundamente incómodo, aunque no sabía muy bien por qué. Algo en la yuxtaposición de un oso vestido de circo, lo fuera de lugar que se encontraba y lo incorrecto de todo, le afectaba profundamente.

Era una incomodidad conocida, como la que sentía cada vez que tenía que ponerse un vestido. Como si todo fuera una actuación y no una en la que destacara particularmente. Solo pensarlo le producía un profundo agotamiento.

—Siempre he considerado que esta clase de espectáculos son un poco crueles —dijo Darcy y arrancó a Oliver de sus pensamientos. Apartó la mirada del escenario para mirar a Darcy, que fruncía el ceño hacia aquel mismo lugar—. Los animales no deberían actuar para entretenernos. Es antinatural.

—Podemos ver otra cosa —ofreció Oliver—. Seguro que Bingley nos encontrará sin problema siempre que no nos vayamos demasiado lejos. —Echó un vistazo alrededor para inspeccionar las casetas cercanas—. ¿Qué tal esa?

Señaló con la cabeza un escenario a dos puestos de distancia, donde unos acróbatas apilaban aros metálicos y saltaban unos sobre otros a unas alturas increíbles.

El semblante de Darcy se relajó.

—Mucho mejor.

Se acercaron sin prisa. Una vez allí, Darcy contempló la actuación con expresión ilegible y no se volvió para mirar a Oliver ni una sola vez. El ambiente entre los dos estaba cargado de una tensión tan densa que resultaba asfixiante. Oliver quería llenar el incómodo silencio, pero junto a Darcy se sentía como si hubiera olvidado todos los temas de conversación que conocía. ¿De qué hablaba la gente? ¿Del tiempo? Se estremeció por dentro ante la idea de intentar hablar con Darcy del tiempo, de entre todas las cosas. En cualquier caso, no parecía una persona muy conversadora.

Después de varios minutos extenuantes en los que Oliver trató de disfrutar de la actuación mientras era muy consciente de que el otro chico permanecía inmóvil a su lado, Bingley se les acercó con los brazos cargados de empanadas de carne envueltas en papel.

—¡Aquí estáis! Empezaba a pensar que el oso se os había comido a los dos. ¿Interrumpo?

—Para nada. —Darcy se hizo con una de las empanadas que traía Bingley.

Oliver tomó otra con agradecimiento y sonrió cuando el calor se filtró a sus manos a través del papel. La desenvolvió y el aroma a hojaldre y a mantequilla le hizo la boca agua. Rompió un trozo con los dedos, hizo un agujero para que el vapor se enfriara más rápido y se lo metió en la boca.

—Darcy —dijo Bingley de pronto—. ¿No querías comprar un par de libros para tu biblioteca?

Oliver lo miró antes de poder contenerse. Intentó disimular la sorpresa de su rostro; era una demostración de su riqueza que hablaran sin darle importancia de comprar varios libros a la vez. Los libros eran muy caros; la familia de Oliver, que se las arreglaba bien económicamente a pesar de no ser particularmente rica, solo podía permitirse comprar alguno en ocasiones especiales. Por lo general, él sacaba los libros de la biblioteca. Tener su propia biblioteca personal era un sueño inalcanzable.

—Pues estamos de suerte —continuó Bingley—. Finsbury Square está a solo un cuarto de hora a pie.

Oliver abrió mucho los ojos. En Finsbury Square se encontraba el Templo de las Musas, una librería bastante popular. Oliver nunca había ido, pero siempre había tenido la intención de ir a echar un vistazo, aunque no pudiera permitirse comprar nada.

Darcy levantó las cejas.

—¿De verdad? Deberíamos ir, entonces. —Miró a Oliver—. ¿Has estado alguna vez?

—Me temo que no —respondió él casi sin aliento.

Darcy asintió.

—Deberías acompañarnos. Tienen una colección bastante impresionante.

Oliver casi se quedó con la boca abierta. ¿Darcy lo estaba invitando a pasar más tiempo con ellos? Había estado tan callado toda la mañana que había asumido que no le agradaba su compañía. Sin embargo, si de verdad quería que fuera con ellos, tal vez hubiera malinterpretado el silencio del chico.

—Me encantaría —dijo y ocurrió algo de lo más extraño.

Darcy sonrió. Solo un poco.

Oliver nunca se había parado a pensar mucho en cómo sería el Templo de las Musas, aunque solo fuera por no caer en la tentación de visitar un lugar en el que seguramente querría gastar demasiado tiempo y dinero. Al entrar por primera vez en la enorme librería, supo al instante que había cometido un grave error.

No iba a querer irse nunca.

La sala de entrada era casi tan grande como toda la planta baja de su casa, Longbourn. La pared del fondo estaba totalmente cubierta por estanterías, repletas de libros desde el suelo hasta el techo. En el centro de la sala había un enorme mostrador redondo, pintado de rojo y atendido por cuatro hombres que respondían a las preguntas de una numerosa clientela. Dos columnas de hierro se extendían desde el mostrador hasta el techo y justo encima había aún más estanterías empotradas en las paredes del piso superior, visibles a través de un enorme círculo recortado en el techo. El aire desprendía un aroma embriagador a papel y pegamento; Oliver quería embotellar esa fragancia para su habitación.

—Impresionante, ¿verdad? —preguntó Darcy y lo sacó de su estupor. Estaba tan impresionado por el despliegue, pues nunca en su vida había visto tantos libros en un solo espacio, y todavía no habían subido a la planta superior, que se había olvidado por completo de sus acompañantes.

—Es increíble —afirmó—. ¿Los libros están... expuestos? ¿Podemos verlos?

—¡Esa es la mejor parte! —dijo Bingley con alegría—. En la mayoría de las librerías, los libros están todos detrás del mostrador, pero aquí hay miles de ejemplares y puedes ojear todos los que quieras. Incluso hay una zona de descanso arriba por si quieres probar a leer un par.

Oliver pensó que era un horrible crimen no haberse aventurado antes por allí.

Siguió a Darcy y a Bingley por una escalera a la izquierda, que subía hasta un pequeño rellano con ventanas que daban a las calles de Londres. Siguieron ascendiendo por otra escalera hasta llegar al segundo piso.

Al igual que en la planta de abajo, las paredes estaban cubiertas por estanterías que iban del suelo al techo, pero además allí arriba había hileras de estantes que albergaban aún más libros en el lado derecho de la habitación y también unos grandes sillones de felpa. Oliver se imaginó eligiendo un libro, acurrucándose en uno de los sillones y leyendo durante horas. Parecía sacado de una fantasía.

—Me temo que me has hecho un favor —dijo a Darcy. El chico frunció el ceño por la confusión, antes de que Oliver continuara—: Nunca voy a querer irme de aquí.

El rostro de Darcy se suavizó con una sonrisa que le provocó a Oliver una oleada de calidez. Bingley soltó una carcajada y la mirada de Darcy aterrizó en Oliver, casi con apreciación, mientras asentía con la cabeza.

—Me causa el mismo efecto.

Los tres jóvenes recorrieron los pasillos de estanterías mientras Oliver se maravillaba ante la inmensa cantidad de libros. Cuando Bingley le había dicho que había miles, había creído que era una exageración, pero al verse rodeado por las interminables filas de libros, no le cabía duda de que era totalmente cierto. El capital necesario para adquirir semejante inventario era tan exagerado que no era capaz ni de empezar a calcular una cifra.

Darcy se dirigió con paso decidido hacia una estantería en particular y se arrodilló para pasar los dedos por los lomos de los libros mientras buscaba. Tenía unos dedos largos y elegantes, perfectos para tocar algún instrumento, aunque Oliver dudaba que lo hiciera porque, por ridículo que fuera, la mayoría de los hombres dejaban la música para las mujeres. Entonces, de repente, se detuvo en un libro en concreto, le temblaron los labios, lo sacó de la estantería y se levantó. En unas letras negras, el título rezaba *Nuevas aventuras de Robinson Crusoe: segunda y última parte de su vida y extraños y sorprendentes relatos de sus viajes por tres partes del globo*.

—¿Conoces el título? —preguntó Darcy.

Oliver frunció el ceño y negó con la cabeza.

—Creo que no.

—Es una secuela. Tal vez hayas oído hablar del primer libro, *La vida e increíbles aventuras de Robinson Crusoe, de York, marinero, quien vivió veintiocho años completamente solo en una isla deshabitada en las costas de América, cerca de la desembocadura del gran río Orinoco.* —Frunció el ceño—. El título es más largo, pero no lo recuerdo del todo. Algo sobre ser el superviviente de un naufragio... Y piratas.

Oliver arqueó una ceja.

—No lo he leído, pero suena interesante.

Darcy asintió.

—Lo disfruté sobremanera. Algunas de las representaciones eran... cuestionables, por no decir otra cosa, pero desde un punto de vista de puro entretenimiento, fue una experiencia agradable. ¿Te gusta leer?

Apenas unas horas antes, Oliver hubiera pensado que una conversación así con Darcy, encontrar un punto de interés común entre ellos, era imposible. Sin embargo, parecía que la llave del corazón del chico eran los libros.

Se sentía identificado.

—¡Me encanta! —dijo—. Reconozco que no he tenido la oportunidad de leer tanto como me gustaría, pero cuando encuentro un buen libro, pocas cosas son capaces de hacerme soltarlo.

—Yo soy igual —respondió Darcy—. Verse cautivado por una buena historia es una experiencia única.

Juntos, los tres deambularon entre las estanterías. Mientras charlaban sobre la selección de obras, fue la primera vez en todo el día que Darcy pareció interesarse por incluir a Oliver en la conversación. Su actitud distante anterior no había desaparecido del todo, pero a medida que avanzaba el día, se iba volviendo cada vez menos reticente a dirigirse directamente a él. No era gran cosa, pero por razones que Oliver prefirió no explorar, lo consideró una victoria.

Después de que Darcy seleccionara minuciosamente cuatro libros para añadirlos a su biblioteca (con la ayuda de Oliver, para su deleite), volvieron a salir al fresco aire primaveral. Oliver se había acostumbrado tanto a la cálida fragancia de los libros del interior que, en comparación, el aire del exterior le resultó casi amargo.

Apenas llevaban fuera unos diez segundos cuando Bingley dijo:

—Un momento, creo que he visto un lavabo dentro.

Y volvió a entrar en la librería. Cuando Darcy y Oliver se miraron, al segundo se le ocurrió que probablemente era un buen momento para excusarse y marcharse a casa, pero antes de que pudiera hablar, el otro chico se le adelantó.

—Bingley y yo vamos a Watier's todas las semanas, los martes por la noche, que está reservado especialmente para chicos y jóvenes. ¿Por casualidad eres miembro?

A Oliver se le calentó la cara. Watier's era un club de caballeros, donde hombres de alta alcurnia apostaban, bebían y socializaban lejos de los ojos de las mujeres. Nunca había estado por razones obvias, pero incluso si lo hubieran reconocido como un niño al nacer, tampoco habría tenido la riqueza para pagar las escandalosas cuotas de membresía.

—Me temo que no —respondió sin alterarse.

Darcy asintió.

—Me lo imaginaba.

Si no se había sonrojado antes, sin duda lo hizo entonces. ¡Qué desfachatez! ¿Era la forma de Darcy de decirle que no era lo bastante rico como para relacionarse con ellos? Y él que había creído que empezaban a llevarse bien. Pero tal vez solo había estado fingiendo por el bien de Bingley y, sin él presente, ya no necesitaba actuar.

Pensar que casi había caído en la trampa.

—Ya veo —dijo con rigidez.

Darcy frunció el ceño y lo miró con curiosidad. Luego, abrió mucho los ojos.

—¡Ah! Disculpa, no pretendía insinuar… Solo me refería a que nunca te he visto allí.

Ah. Oliver relajó los hombros y se sintió un poco tonto. Darcy se pellizcó el puente de la nariz y cerró los ojos. Casi pareció… ¿Se estaba sonrojando?

Dejó caer la mano y abrió los ojos.

—No soy… como Bingley. Esto no se me da bien.

Hizo un gesto para señalarlos a ambos.

Oliver tuvo que admitir que la escena le resultaba extrañamente entrañable.

Terminó sonriendo un poco sin pretenderlo.

—¿Esto?

—Socializar. Conocer gente nueva. Es un arte que he aceptado que es muy probable que nunca llegue a dominar. A menudo no tengo que hacerlo, ya que Bingley es lo bastante hábil por los dos, pero cuando tengo que relacionarme con alguien que no conozco, a solas… En fin. O me aburren y carezco de la habilidad y el deseo de fingir lo contrario, o inevitablemente hago el ridículo. Te pido disculpas.

Oliver ensanchó la sonrisa. El Darcy aburrido tal vez fuera un cretino, pero el Darcy nervioso era adorable.

—Me alegra saber que no te aburro.

—En absoluto —dijo, tan rápido que el alivio le calentó el pecho a Oliver.

Fue entonces cuando Bingley salió de nuevo de la librería.

—¡Mis disculpas! —dijo—. ¿Me he perdido algo?

—Estaba invitando a Oliver a venir con nosotros a Watier's —dijo Darcy.

El aludido abrió mucho los ojos. ¿Eso había hecho?

—¡Ah! —exclamó Bingley—. ¡Sí, por supuesto! Tienes que acompañarnos, Oliver. Lo pasaremos de maravilla. ¿Qué opinas?

La cabeza le daba vueltas. ¿Darcy y Bingley querían pasar más tiempo con él? ¿Y en Watier's nada menos? La idea de ir allí le resultaba aterradoramente ilícita, pero ¿por qué tenía que serlo? Era un chico. Tal vez el resto del mundo no lo viera la mayor parte del tiempo, pero Darcy y Bingley sí, y ellos eran los que le habían extendido la invitación.

—¿Estáis seguros? —preguntó Oliver—. Creía que no se me permitiría la entrada sin ser miembro.

—Tenemos permiso para llevar a alguien —dijo Darcy—. Podríamos llevar a un invitado cada semana si quisiéramos. Estaría encantado de que fueras mío.

Oliver arqueó una ceja.

Darcy se sonrojó.

—El mío. Eso.

Oliver sonrió. ¿Cómo era posible que fuera el mismo Darcy de la noche anterior? ¿O incluso el de aquella misma mañana?

—Sería un honor.

La sonrisa de Darcy era sutil y dulce, y Oliver se dio cuenta de que era incapaz de apartar la mirada.

Por alguna razón, tampoco quería hacerlo.

CAPÍTULO 4

A la mañana siguiente, Oliver estaba en una nube. Aunque siguió su rutina matutina a la perfección (vestirse como se esperaba y sentarse a la mesa justo a tiempo para desayunar), su mente seguía atrapada en los acontecimientos del día anterior.

Había pasado todo el día con Bingley y Darcy. No se creía lo bien que había transcurrido todo y lo diferente que era Darcy en compañía de otros chicos. Por si fuera poco, lo habían invitado a Watier's, nada menos, y él había aceptado sin pensarlo.

Sin embargo, al enfrentarse a la cruda realidad de la mañana, ir a Watier's con Bingley y Darcy empezaba a parecerle una idea terrible. Había pasado todo el día siendo un chico solo con ellos dos, pero ¿sería capaz de hacerlo en una sala llena de jóvenes caballeros adinerados?

¿Por qué no?, se preguntó. *Nadie ha dudado de ti antes. ¿Por qué va a ser esto diferente?*

Probablemente era cierto, pero no por ello dejaba de resultarle aterrador. Oliver nunca había entrado en un lugar tan dividido por el género, al menos no en uno destinado a chicos.

Sin embargo, ¿no era eso mismo lo que lo volvía estimulante?

—Después de bailar con nuestra querida Jane, ¡no miró a otra chica en el resto de la noche! —decía la señora Bennet.

Llevaba casi cuarenta y ocho horas seguidas parloteando sobre el baile de Meryton. Oliver todavía no se había cansado, aunque solo fuera porque la atención que le estaba prestando a Jane implicaba que no estaba centrada en convertirlo en una *verdadera dama*. De todas formas, Jane parecía disfrutar con calma de la excitación, aunque era demasiado cauta como para celebrar la victoria ella misma.

—Estupendo, querida —dijo el señor Bennet, probablemente por cuarta o quinta vez solo durante el desayuno, mientras se limpiaba las migas de la boca con una servilleta de tela.

Fue entonces cuando Oliver se dio cuenta de que casi todos los demás habían terminado de comer, mientras que él apenas había tocado el plato. Se apresuró a tragarse la tostada a grandes bocados y a engullir el té, que se había enfriado a temperatura ambiente. Era toda una transgresión que probablemente no le habría pasado desapercibida a la señora Bennet si no hubiera estado demasiado ocupada planeando el futuro de Jane y Bingley.

—Deberíais tener varios hijos —decía—. Al menos tres. Ay, Jane, vas a darme los nietos más bonitos del mundo.

Oliver hizo una mueca y cruzó una mirada con el señor Bennet, que enarcó las cejas y levantó un hombro como si dijera: *¿De verdad te sorprende?* Acentuó la mueca y dejó de escuchar antes de que terminara reducido a cenizas. Al otro lado de la mesa, Kitty y Lydia susurraban entre ellas. Intentó concentrarse en sus voces murmuradas, pero le resultaba difícil con la señora Bennet justo a su lado, que había empezado a proponer nombres para unos nietos que aún no tenía.

—Si vamos al centro, creo que los veremos —decía Lydia—. Podríamos proponer dar un paseo cuando hayan llegado.

Oliver frunció el ceño. ¿A quién planeaban visitar sus hermanas?

Los ojos de Kitty brillaban de emoción.

—Me muero de ganas. Habrá tantos…

—Elizabeth —dijo la señora Bennet, posiblemente no por primera vez.

Oliver levantó la vista y ocultó el estremecimiento con una sonrisa avergonzada.

—¿Sí?

Al otro lado de la mesa, Mary se rio de él. Resistió el impulso de sacarle la lengua.

La señora Bennet suspiró con una fuerza innecesaria.

—Estaba comentando con Jane que después de que ella se case, tú deberías ser la siguiente.

Un escalofrío de repulsión le recorrió todo el cuerpo, desde el estómago hasta los dedos de los pies y de las manos. No era tanto la idea del matrimonio en sí lo que le desagradaba, sino el papel que se esperaba que desempeñara en él.

No podría ser la esposa de nadie. Lo mataría.

—Bueno —dijo Oliver con suavidad y se las arregló de algún modo para mantener la sonrisa—, no deberíamos precipitarnos. Después de todo, Jane aún no está comprometida. Bingley y ella solo se han visto una vez.

La señora Bennet se llevó la mano al corazón.

—Querida, ¿es que llevas toda la mañana en las nubes? ¿No has oído a Jane hablar de la carta que ha recibido hoy?

Efectivamente, Oliver no había oído hablar a Jane de ninguna carta.

Miró a su hermana mayor con sorpresa y ella le dedicó una sonrisa de disculpa.

—Los Bingley me han invitado a tomar el té con ellos esta semana —dijo en voz baja—. Tengo intención de aceptar.

—¡Por supuesto que aceptarás! —exclamó la señora Bennet, horrorizada ante la más mínima insinuación de lo contrario—. ¿No lo ves, Elizabeth? El señor Bingley quedó tan prendado de nuestra Jane la otra noche que quiere conocerla personalmente. Y, por supuesto, se enamorará aún más después de hacerlo. Es solo cuestión de tiempo que se declare.

Oliver seguía pensando que era precipitado suponer que el compromiso de Jane era un hecho casi seguro, pero no dejaba de ser un feliz giro de los acontecimientos. Por supuesto, no podía compartirlo con la señora Bennet, pero había pasado el día con Bingley y lo había encontrado de lo más agradable. Harían una buena pareja.

Aun así, no quería seguir formando parte de aquella conversación con su madre. En vez de eso, se volvió hacia Jane con una sonrisa.

—Entonces deberíamos decidir qué te vas a poner, ¿no te parece?

—Sé que no te interesa el vestido que elija para la ocasión —dijo Jane en cuanto la puerta del dormitorio se cerró tras ellas—. ¿Va todo bien?

Oliver pensó que no era muy halagador que la primera suposición de Jane fuera que la había apartado de una conversación feliz para darle malas noticias, pero tenía razón en que no sentía ningún interés por el vestido que eligiera.

—¡Sí! —se apresuró a decir—. No pasa nada malo, más bien todo lo contrario.

Se sentó en la cama, en el rincón de la habitación más alejado de la puerta, y le hizo señas a Jane para que se sentara a su lado. Las paredes estaban pintadas de un amarillo verdoso chillón, que a Oliver le recordaba a una de sus comidas menos favoritas, la sopa de guisantes. Una fina tira de papel pintado recorría la parte más alta de la pared y representaba un friso amarillo, con cortinas de color verde oscuro ribeteadas en oro.

Mientras su hermana se sentaba, apoyó los pies descalzos en la alfombra floral, también verde, y disfrutó de la suavidad de sus fibras en las plantas. Cuando Jane se hubo acomodado, bajó la voz.

—Esta mañana no he tenido ocasión de hablarte del día de ayer.

Jane abrió mucho los ojos.

—¡Es cierto! Quería preguntarte, pero mamá nos tuvo tan ocupados anoche...

Oliver asintió. Ni Jane ni él se habían aficionado al piano, como Mary, ni a la pintura, como Kitty y Lydia, así que de vez en cuando su madre insistía en darles clases de costura. Jane en realidad no las necesitaba; era una excelente costurera, como demostraba su ayuda en la creación de la tela de constricción de Oliver, pero él nunca había desarrollado ese mismo nivel de habilidad. Ello a menudo frustraba a la señora Bennet, lo que significaba que las lecciones se prolongaban mucho más de lo que le hubiera gustado.

—La feria en sí estuvo bien —dijo Oliver—, pero nunca adivinarás con quién me encontré mientras estaba allí.

Jane frunció el ceño.

—¿A quién?

—¡A Bingley y Darcy!

Jane jadeó y se llevó una mano a la boca.

—Ay, no. ¿Te reconocieron del baile?

—¡No! —Se rio y sonrió con ganas cuando al recordar los acontecimientos del día anterior lo invadió una sensación de ligereza—. Eso es lo mejor. Pasé todo el día con ellos, me presenté como Oliver y ninguno lo cuestionó. Era... No era más que otro chico al que habían conocido en la feria. Incluso pasamos un par de horas en el Templo de las Musas.

—¡Oliver, qué maravilla! —exclamó Jane—. ¿Y Darcy…?

—Creo que al final empezaba a apreciarme. —Oliver sonrió con dulzura—. Es una persona completamente distinta en compañía de hombres. Parecía sentirse más a gusto… ¡Incluso me invitó a acompañarlos a Bingley y a él a Watier's esta semana!

Jane abrió mucho los ojos.

—¿De verdad?

—¡Sí! —En ese punto, su excitación se transformó en algo más cercano a la ansiedad. Su sonrisa vaciló y agachó la mirada a su regazo—. Acepté, pero… No sé si es prudente que vaya.

Jane hizo una mueca.

—¿Y por qué no?

Oliver la miró con el ceño fruncido.

—Ya sabes por qué, Jane. Si alguien se da cuenta de quién soy… Allí no se admiten mujeres.

—Pues menos mal que no eres una mujer —dijo ella sin vacilar—. Oliver, apenas te reconozco cuando vas vestido como corresponde y soy tu hermana. Dijiste que Darcy era una persona diferente en compañía de hombres, pues bien, tú eres una persona diferente cuando se te permite ser tú mismo. Estás mucho más a gusto, mucho más feliz. No es solo que te cambies de ropa, todo tu comportamiento se vuelve más auténtico.

Oliver no sabía qué responder. Era cierto que la persona que veía en el espejo era totalmente diferente cuando llevaba ropa de hombre, pero siempre había una parte de su cerebro que le susurraba que era un fraude. Que nunca sería como Darcy o Bingley, como cualquier persona a la que reconocieran como un chico al nacer. Siempre temía que alguien se diera cuenta de la ligera protuberancia de su pecho bajo la tela de constricción, o que pensara que sus caderas eran demasiado anchas o su voz demasiado aguda para ser un hombre auténtico.

Por supuesto, ¿quién iba a prestarle tanta atención aparte de él mismo? Si Jane le decía que era una persona transformada cuando era Oliver, cuando era él, debía confiar en ella.

—¿De verdad crees que sería capaz de pasar por un chico en Watier's?

—No me cabe ninguna duda —respondió ella con condescendencia—. Déjame preguntarte algo: si no te preocupara en absoluto que alguien te reconociera, ¿crees que disfrutarías allí con Bingley y Darcy?

Oliver ni siquiera tuvo que pensarlo.

—Por supuesto —respondió—. Sé que parece imposible después del baile de Meryton, pero Darcy fue significativamente más agradable, aunque quizá estuviera un poco incómodo. ¡Y Bingley! Entiendo perfectamente lo que ves en él. Fueron una muy grata compañía.

—Entonces tienes que ir.

Jane se levantó y se sacudió el polvo de las manos como si el asunto estuviera resuelto.

Tal vez lo estaba.

CAPÍTULO 5

Aquel día fue una rareza, pues cuando Oliver le dijo a su madre que iba a visitar a Charlotte, lo dijo en serio. Por desgracia, Kitty y Lydia quisieron acompañarlo por razones que no alcanzaba a comprender, lo que significaba que tenía que fingir ser Elizabeth todo el tiempo.

No era ni mucho menos lo ideal, pero al menos añadía credibilidad a todo el tiempo que decía pasar con Charlotte.

Cuando llegaron, se alegró de encontrar allí también a Lu. Al sugerir Charlotte que aprovecharan el día inusualmente cálido para dar un paseo por Londres, Lydia y Kitty chillaron de emoción y los animaron a salir de inmediato, y así Oliver empezó a comprender por qué habían estado tan desesperadas por acompañarlo. Al ser las dos Bennet más jóvenes, sus hermanas no tenían permiso para alejarse mucho de Longbourn, pero con una carabina, véase, Oliver, Charlotte y Lu, era perfectamente lícito.

Lo que seguía sin tener del todo claro era por qué les emocionaba tanto ir a la ciudad, pero supuso que no era de su incumbencia mientras no hicieran nada peligroso. Aun así, cuando se pusieron en marcha por el sendero, las chicas más jóvenes se apresuraron a adelantarse; permanecieron a la vista, pero abandonando toda pretensión de querer pasar un rato con Charlotte, Lu y Oliver.

Aquello también lo beneficiaba a él, ya que así podría hablar con Charlotte y Lu con franqueza, sin preocuparse de que sus hermanas oyeran algo que no debían y se lo repitieran como loros a la señora Bennet.

—Parecen entusiasmadas por algo —observó Charlotte, con un deje de diversión en la voz.

—Me resultó sospechosa su insistencia en que hacía años que no te veían —respondió Oliver con una risa—. Aunque no tengo ni idea de qué está pasando en Londres para que estén tan ansiosas. ¿Alguna lo sabe?

Charlotte frunció los labios y negó con la cabeza.

—La Feria de Bartholomew terminó el fin de semana, aunque fue en Smithfield. Pero es Londres. Allí siempre pasa algo.

Eso era cierto. Oliver se aclaró la garganta.

—Hablando de la feria, asistí por mi cuenta hace dos días. Siendo yo mismo.

—¿Ah, sí? —Lu arqueó una ceja y sonrió con ganas—. ¿Cómo te fue?

—Sorprendentemente bien, en realidad.

Lu ensanchó la sonrisa.

—No me sorprende. Eres un joven muy apuesto, Oliver. —Le guiñó un ojo y él sintió calor en las mejillas mientras contenía una sonrisa—. ¿No estás de acuerdo, Charlotte?

—Sin duda —dijo ella.

—Gracias —respondió Oliver—. Pero es más que eso. Charlotte, ¿le has enseñado a Lu mi carta sobre lo acontecido en el baile de Meryton?

La mañana después del baile, antes de que Oliver se marchara a la feria, le había escrito a Charlotte una carta en la que le detallaba los acontecimientos de la noche anterior, incluidas las palabras exactas de Darcy. Su amiga le había respondido horrorizada.

Lu frunció el ceño.

—Desde luego que me habló de ello. El comportamiento de Darcy fue verdaderamente atroz.

Charlotte negó con la cabeza.

—Pensar que un joven tan respetable pueda ser tan desagradable.

—Fue terrible —reconoció Oliver—. Pero ocurrió algo extraño…

Les relató su aventura del fin de semana, su encuentro con Bingley y Darcy, la mañana que pasaron explorando juntos la feria, la visita al Templo de las Musas y, por último, la invitación a Watier's.

Cuando terminó, Lu tenía los ojos abiertos como platos.

—¿Por qué no lo mencionaste cuando volviste para ponerte el vestido?

—Necesitaba tiempo para procesarlo antes de hablar con nadie del tema —dijo Oliver y sacudió la mano como si apartase una mosca—. Ni siquiera se lo mencioné a Jane hasta ayer por la mañana.

Lu se rio y negó con la cabeza. Fue entonces cuando Oliver se fijó en Charlotte, que, en contra de lo esperado, no parecía contenta. Apretaba los labios y no sonreía. Una arruga le fruncía el ceño y durante un incómodo momento ninguno de los dos dijo nada. Era una reacción muy distinta a la de Lu, o a la de Jane cuando había compartido la noticia con ella. No supo cómo interpretar su repentino cambio de humor. La otra chica pareció notarlo también, porque cuando se volvió para mirar a Charlotte, su sonrisa se derritió de su rostro como el hielo en un día de verano.

Estaban entrando en la parte más concurrida de Londres. Aunque era imposible evitar el ruido de los cascos de los caballos en la carretera, el chirrido de las ruedas de los carruajes y las conversaciones de la gente que pasaba a su lado, el silencio de Charlotte parecía la ausencia de todo sonido. Como si Oliver hubiera caído en un sueño en el que no podía oír.

Al cabo de un rato, Charlotte por fin preguntó con prudencia:

—Bueno… ¿Qué respondiste?

Oliver ya no estaba seguro de querer tener aquella conversación con su amiga, pero era demasiado tarde para cambiar de rumbo.

—Habría sido una grosería negarme —dijo e intentó infundir a su voz más confianza de la que sentía—. Además, Jane cree que debería ir.

—Estoy de acuerdo —dijo Lu—. Es una oportunidad para conocer a más chicos de tu edad. Si quieres ir, deberías.

Charlotte apretó los labios en una fina línea. Oliver se mordió el suyo y se obligó a ignorar la clara desaprobación de su rostro. El silencio que siguió le dio ganas de gritar. ¿Por qué se portaba como si hubiera hecho algo malo? Siempre lo había apoyado antes.

—¿Puedo preguntarte algo? —dijo Charlotte después de un rato de lo más incómodo.

Dado el tono de la interacción hasta el momento, Oliver se sintió tentado a decir que no. Pero era su amiga más cercana y quería confiar en que no llevaría la conversación por un camino que le haría daño.

—Supongo —respondió y se centró en mirar a sus hermanas ante ellos. Lydia se detuvo para volver la vista atrás y los saludó con la mano para instarlos a acelerar el paso. Fingió no darse cuenta.

—¿Cómo imaginas que acabará esto? —preguntó Charlotte.

Oliver la miró por fin.

—¿Ir a Watier's?

Ella negó con la cabeza.

—No solo eso. Todo. Sabes que apoyo que seas tú y me alegro de que te haga feliz, pero ¿qué crees que pasará? Dentro de cinco años, ¿dónde te ves?

Oliver frunció el ceño. La verdad era que no había pensado tan a largo plazo. Apenas había empezado a encontrar algo de felicidad hacía unos meses. Quedaba mucho por explorar, mucho por descubrir. ¿Cómo iba a saber lo que le depararía la vida adulta?

—Tengo tiempo para pensarlo —respondió con desenfado.

—Eso es lo que me preocupa.

Oliver frunció más el ceño.

—¿A qué te refieres?

Charlotte suspiró y le recordó incómodamente a su madre cada vez que le presentaba un vestido nuevo que seguro detestaría.

—Solo soy dos años mayor que tú, pero ya tengo que pensar en cómo será mi vida adulta. Sabes cuánto me gustaría que Lu y yo pudiéramos casarnos, pero la realidad es otra. Ella tuvo que casarse para mantenerse y tuvo la suerte de encontrar un marido que se ausenta durante largos periodos de tiempo para que así podamos seguir viéndonos. Yo tendré que hacer lo mismo, porque ninguna de las dos hemos nacido con el capital suficiente para sobrevivir por nuestra cuenta. Probablemente me casaré con el primer hombre que me acepte, independientemente de lo que sienta por él, porque las personas en nuestra posición no pueden permitirse el lujo de casarse por amor. Debemos hacer sacrificios si queremos sobrevivir. Me preocupa que no tengas tanto tiempo como crees.

Oliver apenas logró contener el escalofrío que le recorrió todo el cuerpo al visualizar el cuadro que Charlotte le estaba pintando. La idea de casarse, de fingir ser la esposa de alguien durante el resto de su vida, le producía un profundo desasosiego. Incluso la mera idea de casarse con alguien que no le gustara, que al mirarlo viera a una mujer, le resultaba nauseabunda.

—No esperarás que sea la esposa de alguien —dijo con fuerza.

Charlotte volvió a suspirar.

—No espero nada, Oliver, pero… Quisiera que pensaras en tus planes a largo plazo. Tienes que saber cómo sobrevivirás cuando tu padre ya no esté para mantenerte.

Los tres caminaron en silencio por un tiempo, mientras Oliver ignoraba el dolor que le oprimía la garganta. Al final, respiró de forma entrecortada.

—Prefiero vivir solo el resto de mi vida que ser la esposa de nadie. Quizá tú seas capaz de sobrevivir a una existencia así, pero yo no.

—Oliver…

Lu le puso una mano en el brazo a Charlotte y negó con la cabeza. Ella se mordió el labio.

—Esto es fingir. —Oliver se señaló el vestido de día, el pelo largo y recogido—. No soy yo. ¿Quieres saber dónde me veo en cinco años? Me veo a mí mismo. No pienso fingir así para siempre. Preferiría morir.

Charlotte jadeó en silencio, pero no le importó. Cada palabra que había dicho era cierta. Se secó los ojos y se serenó. Y menos mal, porque Lydia y Kitty se habían detenido y volvían a mirarlos con recelo.

Oliver reanudó la marcha, y Charlotte y Lu se apresuraron a seguirlo.

—Lo siento —se apresuró a decir Charlotte—. No quería disgustarte. Solo me preocupa tu futuro.

—Intenta preocuparte por mí —espetó Oliver—. No pienso someterme a una vida en la que sería desgraciado y tú no deberías querer que lo hiciera.

Charlotte apartó la mirada, sonrojada. Parecía avergonzada.

Oliver se alegraba.

Tras una larga pausa, Lu habló:

—Tal vez podrías encontrar a alguien con quien ser tú mismo en casa. Aunque tengas que fingir ser Elizabeth en ciertas situaciones públicas, tal vez encuentres a alguien con quien ser un marido en la intimidad del hogar.

La sugerencia era mejor que el futuro que Charlotte había insinuado, pero la idea de tener que fingir ser la esposa de alguien, aunque solo fuera en *ciertas situaciones públicas*, le revolvía el estómago. Seguramente podría sobrevivir, sí. Pero ¿por qué debía transigir y conformarse con un futuro que solo sería la mitad de lo que deseaba?

¿De verdad crees que algún día conocerás a alguien que te acepte como marido? Oliver apretó la mandíbula y se obligó a apartar ese pensamiento. Sin embargo, incluso después de acallar la duda, dejó tras de sí un frío vacío que le hizo sentirse como una manzana sin centro.

—¡Vamos! —gritó Lydia, con las manos en las caderas mientras se les acercaba—. ¡Sois muy lentas! Vamos a perdernos a los soldados.

Oliver frunció el ceño mientras se acercaba a su hermana.

—¿Soldados?

—El regimiento cuarenta y dos —respondió Kitty con aire soñador—. Están en la ciudad. Lydia y yo queremos verlos.

Ah. Así que por eso estaban tan ansiosas por salir. Para contemplar embobadas a jóvenes apuestos.

—Pero será imposible si seguís caminando como si llevarais grilletes en los pies —protestó Lydia—. ¡Así que vamos!

Llevaban caminando unos diez minutos cuando Lu se animó de repente y se volvió hacia Oliver con una sonrisa de complicidad.

—¿Ves ese edificio ahí? ¿La taberna?

Oliver miró en la dirección que le indicaba y echó un vistazo a las tiendas que había allí. Todos los escaparates estaban pegados unos a otros, prácticamente sin espacio entre ellos, lo que daba la impresión de que fueran tiras de edificios diferentes amontonados. Una sastrería con una fachada de estuco con detalles de madera marrón oscuro al lado de una zapatería de ladrillo rojo con un toldo azul oscuro que necesitaba un lavado, al lado de una taberna de ladrillo pálido que sobresalía por delante de las otras dos. Bajo su propio toldo, a rayas azules y blancas, había dos mesas pequeñas con sillas dispuestas para los clientes que quisieran disfrutar de un bocado al aire libre. Un cartel colgaba muy por encima del toldo y rezaba TABERNA DE AVERY.

—La veo —respondió Oliver con cautela.

—¿Sabes lo que es?

Frunció el ceño.

—¿Si sé lo que es una taberna?

Lu se rio y luego se inclinó hacia él, bajando la voz.

—Es una Molly House. Para gente joven en concreto.

Oliver parpadeó y volvió a mirar la taberna con interés. Las Molly Houses eran una parte secreta de la sociedad, una de la que por descontado la familia Bennet no hablaba. Eran lugares que frecuentaban hombres que se sentían atraídos por hombres, mujeres que se sentían atraídas por mujeres, personas que no pertenecían a ninguno de los dos géneros y otra gente del estilo. Incluso había oído que otros como él acudían en ocasiones: chicos que se confundían con chicas y viceversa. El mero hecho de saber que existían más personas como él le había supuesto un bálsamo, a pesar de que aún no había entrado nunca en una Molly House. Lo que no sabía era que hubiera locales específicamente destinados a jóvenes.

—¿En serio? —preguntó—. ¿Cómo lo sabes?

—Era el lugar favorito de William antes de ser demasiado mayor —respondió Lu con una sonrisa.

William era su hermano mayor y el primer chico al que Oliver había conocido que se sentía atraído por otros chicos. Fue él quien le enseñó la verdad sobre las Molly Houses, que eran lugares seguros donde las personas podía ser quienes eran y no los antros de perversión que la sociedad les atribuía. Lo último que había oído era que William se había mudado a París, que era un lugar un poco más seguro para hombres como él.

—Yo misma he ido un par de veces —continuó Lu—. Es un ambiente muy acogedor, muy agradable, ¿verdad que sí, Charlotte?

Oliver casi se queda con la boca abierta al mirar a su amiga.

—¿Tú también has estado?

Ella se sonrojó y cubrió una leve sonrisa con la mano.

—Fue idea de Lu.

—Y te encantó.

—Fue una experiencia sorprendentemente agradable —admitió Charlotte.

Lu emitió un gritito triunfal mientras Oliver se reía.

—Tal vez debería ir —dijo.

—¡Ay, Oliver, tienes que ir! —exclamó Lu—. De verdad que es muy divertido. Pregunta por la cafetería en el bar y te indicarán a dónde dirigirte.

Oliver nunca había estado en una Molly House, pero hacía tiempo que quería hacerlo. Todo le resultaba intimidante; ¿y si la gente se reía de él? ¿O si no lo aceptaban como a un chico al que le gustan los chicos? Pero si aquella Molly House estaba destinada específicamente a los más jóvenes e incluso Charlotte había ido...

Tal vez no sería tan aterrador como pensaba.

—¿Con quién hablan Lydia y Kitty? —preguntó Charlotte de repente.

Las hermanas de Oliver habían ido muy por delante de ellos durante todo el paseo, lo cual no era ninguna sorpresa. Lo que sí lo sorprendió fue encontrarlas ante una sastrería de ladrillo gris con ropa de caballero expuesta en el escaparate de cristal de la fachada, hablando con un chico alto y rubio vestido con uniforme militar. Era guapo, de mandíbula fuerte y hombros anchos.

Mientras los tres se acercaban, sus hermanas soltaban risitas y se sonrojaban.

—Kitty, Lydia —dijo Oliver y empleó un tono a medio camino entre severo y educado—. No deberíais alejaros tanto. Casi os perdemos de vista.

El muchacho se volvió hacia Oliver y, al verlo de cerca, se dio cuenta de que era más hombre que chico.

Tendría unos veinte años, en contraste con los catorce de Lydia y los quince de Kitty. Algo en su mirada hizo que se estremeciera y sintió deseos de apartar la vista de aquellos penetrantes ojos azules, pero se obligó a enfrentarlos.

—Hola —saludó el hombre—. Me llamo Wickham.

Cuando fingía ser una chica, Oliver detestaba las presentaciones. Ya era bastante duro tener que forzarse a responder a un nombre que no lo representaba en nada, pero obligarse a que ese nombre saliera de su propia lengua era especialmente doloroso. Negar quién era en voz alta, con sus propias palabras. Era una traición a sí mismo que calaba hondo.

—Elizabeth Bennet —se obligó a decir, después de que Charlotte y Lu se presentaran—. Es un placer.

—El placer es mío. —La sonrisa de Wickham era de esas que hacían que a muchos les temblaran las rodillas. Oliver se la devolvió con educación antes de volverse hacia sus hermanas.

—Deberíamos irnos ya a casa —dijo, más que preparado para que las chiquillas protestaran, pero para su sorpresa, y no poca sospecha, Lydia se iluminó al oírlo.

—¡Perfecto! —exclamó—. Wickham acaba de decirnos que iba en la misma dirección y se ha ofrecido a acompañarnos a casa. ¡Podría venir con nosotras!

—Eso no será necesario —se apresuró a responder Oliver, pero Wickham lo interrumpió.

—¡Tonterías! ¿Qué clase de caballero sería si permitiera que estas hermosas mujercitas regresaran a casa sin escolta? No puedo permitirlo. Insisto en que acepten mi oferta.

Oliver apretó la mandíbula, despreciando cada segundo de la conversación más que el anterior. Charlotte debió de notar su angustia, porque le apoyó una mano en el brazo y le sonrió a Wickham con amabilidad.

—Gracias, es un ofrecimiento muy generoso —dijo.

Wickham sonrió.

Mientras caminaban de regreso a casa, Lydia y Kitty entablaron conversación con Wickham, mientras Oliver se tragaba una ardiente humillación. Hubo un tiempo en que, cuando se refería a él como una chica o una mujer, se sentía extraño, como intentar juntar a la fuerza dos piezas de un rompecabezas que no encajaban, dañándolas a ambas en el proceso. Sin embargo, la incomodidad que antes le era fácil ignorar se había vuelto más y más dolorosa después de experimentar la euforia de que lo vieran como quien era en realidad, un chico, por primera vez. Cuanto más tiempo pasaba en la dicha de ser el chico que siempre había estado destinado a ser, más desgraciado se sentía al obligarse a interpretar el papel de la chica que nunca había sido.

—¿No es ese el señor Bingley que bailó con Jane en el baile de Meryton? —preguntó Lydia, lo que arrancó a Oliver de sus pensamientos como un pez atrapado en un sedal. Su hermana tenía razón, pero Bingley no era el único que paseaba por la acera de enfrente; junto a él estaba, cómo no, Darcy.

A decir verdad, no estaba seguro de qué sentir al observar a los dos jóvenes caminar, ajenos a su presencia. Después de haber pasado varias horas con los dos siendo él mismo, una parte de él no quería que ninguno lo volviera a ver nunca como Elizabeth.

Por supuesto, era un deseo muy poco realista, dado el interés de Jane por Bingley, y era poco probable que pudiera evitarse. Aun así, Oliver apartó la mirada de los dos y se obligó a mostrar una expresión despreocupada.

—Nuestra hermana mayor, Jane, pasó una noche maravillosa bailando con Bingley en el baile de Meryton —explicaba Lydia a Wickham.

—Parecía un hombre muy agradable —añadió Kitty.

El rostro de Wickham se tensó en una especie de mueca antes de suavizar el gesto y apartar la mirada de la pareja de caballeros.

—Bingley es una persona agradable —dijo despacio—, pero les aconsejaría a todas que evitaran relacionarse con Darcy en la medida de lo posible.

Oliver frunció el ceño mientras Kitty levantaba las cejas con interés.

—¿De verdad? ¿Por qué lo dice?

Wickham suspiró y negó con la cabeza.

—No quisiera cotillear —dijo, aunque sonaba reacio—. Lo único que diré es que es notorio por ser poco amable con las mujeres.

Oliver frunció el ceño. Darcy había sido grosero con él en el baile de Meryton, cuando iba vestido de mujer. Pero parecía tan diferente el día de la feria…

Sí, pero entonces sabía que no eras una mujer, susurró una vocecita en su mente.

Quiso apartar el pensamiento con la misma facilidad con la que se limpia el polvo de una mesa pulida. Pero ¿y si la acusación tenía algún fundamento?

CAPÍTULO 6

Cuando se detiene en la entrada de una sala repleta de chicos y jóvenes de la alta sociedad, Oliver apenas se creía que hubiera aceptado ir.

La sala tenía un tamaño abrumador y había tanta gente que apenas alcanzaba a ver el otro extremo. Las paredes estaban empapeladas en un rojo vino, con un sutil pero intrincado diseño que se repetía en un tono brillante del mismo color. No una, sino dos grandes lámparas de araña colgaban del techo. En el lado izquierdo de la sala había una larga mesa de comedor, tan grande que bien podrían haber sido dos mesas juntas, una al lado de la otra. Los cubiertos ya estaban colocados y sobre las sillas reposaban exuberantes cojines de terciopelo rojo con ribetes dorados.

Por el resto de la sala había repartidas más mesas de juego de las que Oliver podía contar, salvo por el elaborado bar situado en la pared de la derecha. Desde su posición ventajosa en la puerta, parecía que un setenta y cinco por ciento de la pared derecha, desde la altura de la barra hasta el techo, estaba cubierto por estantes llenos de diversos alcoholes. Las botellas relucían con la luz de las lámparas la araña y formaban un arcoíris de estrellas.

La sala era un tumulto de ruidos, risas y decenas y decenas de conversaciones superpuestas. El tintineo de los vasos, el roce de los zapatos sobre las alfombras y la madera, el chirrido de las sillas al moverse y las explosiones de risas como fuegos artificiales... Era abrumador. Se sentía como si flotase en un mar de sonidos y parpadeó mientras digería la escena, ligeramente mareado.

¿Había sido una mala idea?

—Es mucho que asimilar en un primer momento —dijo Darcy a su lado.

Oliver se sobresaltó, pues por un segundo se había olvidado de que Darcy estaba con él. También iba Bingley con ellos, pero ya se había alejado hacia la mesa del comedor para saludar a algunos de los presentes con una amplia sonrisa.

La voz de Darcy era extrañamente delicada. Oliver nunca lo había oído emplear una ternura así y, cuando se encontró con su mirada, el otro chico sonrió; solo un poco en las comisuras, solo por un segundo.

Era una sonrisa agradable.

Tal vez no fuera una mala idea. Por razones que prefería no pararse a analizar, la mirada de Darcy lo tranquilizaba. Como el suave vaivén de la marea, sintió que se alejaba mar adentro, pero sin asustarse como debería.

No estaba solo en aquel extraño lugar. Tal vez Bingley se hubiera ido, pero Darcy seguía a su lado. Con él de su parte, podía hacerlo.

—Sinceramente —dijo Oliver tras recuperar la agudeza mental—, no imaginaba que fueras de los que disfrutan de un ambiente tan alborotado.

Darcy se mostró avergonzado y se pasó la mano por el pelo, despeinándose de una forma muy adorable. Hizo un gesto con la cabeza en dirección a la mesa de comedor para indicarle que se acercara y dejaran de bloquear la puerta.

—Tienes razón, no lo soy en absoluto. Si te soy sincero, la primera vez que Bingley me trajo aquí, lo deteste tanto que juré que no volvería nunca.

—Y sin embargo, me has invitado a venir —respondió Oliver con una sonrisa irónica.

Darcy soltó una carcajada y Oliver se quedó tan estupefacto que fue incapaz de disimular la sorpresa en su rostro. La risa del chico era genuina; le recorrió la espina dorsal y le provocó una oleada de calidez. No pudo evitar sonreír en respuesta.

—Ya no lo detesto —dijo Darcy—. Me ha ido conquistando. Espero que te suceda lo mismo.

—Cuidado con lo que deseas —dijo Oliver—. Si me gusta demasiado, puede que quiera venir todas las semanas.

—Eso espero —dijo Darcy sin vacilar.

Se le calentaron las mejillas. ¿Le estaba diciendo que quería pasar más tiempo con él? Observó al chico más alto con detenimiento, se fijó en su cabello oscuro ondulado y en su afilada mandíbula. En contraste con el caos que los rodeaba, parecía muy relajado.

Sin embargo, Oliver no tuvo oportunidad de seguir con la conversación, porque habían llegado a la mesa de comedor. Darcy le apartó una silla y él lo miró con una ceja arqueada. El rostro del chico se tiñó de rosa, probablemente al darse cuenta de que era un gesto más propio para una mujer, pero no soltó el respaldo de la silla hasta que Oliver se sentó. Darcy se sentó a su lado, con la cara todavía un poco roja, pero volvía a sonreír y Oliver empezaba a descubrir que disfrutaba mucho de esa sonrisa.

—Cuidado —dijo en voz baja—, si te excedes con la caballerosidad, voy a pensar que intentas cortejarme.

En el momento en que las palabras salieron de su boca, le dieron ganas de darse un puñetazo a sí mismo. ¿Cómo se le ocurría ser tan atrevido con Darcy? Aunque había mantenido un tono distendido para que el chico pudiera interpretarlo como una broma...

Darcy abrió los ojos un poco más de lo normal, pero al mismo tiempo esbozó una sonrisa de complicidad.

—Tienes razón —dijo en voz baja—. Sería terrible.

Oliver no pudo contener la sonrisa mientras el alivio le inundaba el pecho. Se obligó a apartar la mirada, sintiendo calor de repente y apenas capaz de oír nada más que el latido de su corazón. No se creía lo que estaba pasando. Acababa de coquetear con Darcy. ¿Y él le había devuelto el coqueteo?

Cuando Bingley se sentó al otro lado de Darcy, Oliver prácticamente zumbaba de excitación. La mesa no tardó en llenarse de comensales y de las dos puertas del fondo del salón salieron varios hombres vestidos de blanco y negro, cada uno con una bandeja. Se distribuyeron a la perfección a ambos lados de la mesa y les sirvieron a todos un tazón humeante de sopa blanca.

A Oliver le rugió el estómago. Después de que les hubieran servido a todos, miró a Darcy por el rabillo del ojo. El otro chico había agarrado su cuchara y la acercaba al cuenco. Lo imitó, con cuidado de dejar que el humeante líquido se aireara un poco en la cuchara antes de metérselo en la boca. La sopa estaba espesa, caliente y cargada de sabor. Parecía hecha a base de pollo, pero tenía un toque ácido que hacía que quisiera lamer el cuenco hasta dejarlo limpio. ¿Limón, tal vez?

Apenas acababa de terminarse el cuenco cuando volvió la oleada de camareros, que sirvieron un nuevo plato que, para su asombro, aún no era la comida principal. En su lugar, contenía unas gambas pequeñas colocadas con esmero en un charco de alguna clase de salsa amarilla. Las gambas estaban perfectamente tiernas y la salsa alimonada complementaba el sabor de la sopa blanca que aún le quedaba en la boca.

A continuación llegó el plato principal, rodaballo en una espesa salsa de bogavante. Oliver estaba seguro de que hacía tiempo que no comía tanto de una sentada. Sabía que Watier's tenía fama de servir buena comida, a diferencia de la mayoría de los clubes de caballeros, pero aquello superaba con creces sus expectativas.

—Empiezo a entender por qué este sitio terminó por conquistarte —dijo a Darcy mientras los camareros le retiraban el plato y lo sustituían por un vaso de agua con hielo y limón.

Darcy se rio.

—La comida no es la única razón, pero sin duda ayudó.

—Quizá sea razón suficiente para mí —dijo Oliver con una sonrisa.

Una vez terminada la comida, pocos se quedaron en la mesa. La mayoría parecían ansiosos por situarse en una de las mesas de juego, lo cual, supuso, era la principal razón por la que alguien iba a un club como Watier's.

Por desgracia, los juegos de cartas no formaban parte de la formación para ser una dama que su madre les había enseñado a sus hermanas y a él. Cuando se atrevió a echar un vistazo a la sala desde su silla en la mesa de comedor, se le revolvió el estómago al ver la soltura que todo el mundo demostraba con las cartas.

¿Quedaría como un tonto por no saber jugar? Ni siquiera sabía a qué juego estaban jugando.

Bingley le dijo algo a Darcy que Oliver no entendió y luego se acercó a una mesa en la parte de atrás de la habitación. Cuando Darcy se volvió hacia él, hizo lo posible por disimular el pánico que sentía.

—¿Juegas al macao?

Sonrió con timidez.

—Me temo que no.

Pero, para su sorpresa, Darcy dijo:

—Bien.

Oliver arqueó una ceja.

—¿Ah, sí?

—Me temo que aquí nadie gana al macao. Es un juego excelente si lo que quieres es tirar el dinero, pero no es una afición para nada lucrativa.

Oliver asintió y miró alrededor con renovado interés.

—¿Es a lo que juega todo el mundo? ¿Decenas de partidas de macao desperdigadas?

—Principalmente, aunque debe de haber algunos jugando al lanterloo o al whist, sin duda. ¿Conoces alguno?

Oliver se mordió el labio y se inclinó hacia Darcy. El corazón le latía con fuerza mientras intentaba que no le temblara la voz.

—¿Te cuento un secreto? —preguntó con complicidad.

La ceja de Darcy tembló y se inclinó a su vez; su cara estaba a meros centímetros de la de Oliver.

—Sé guardar un secreto.

—No sé jugar a ningún juego de cartas.

Darcy levantó las cejas con sorpresa y luego sonrió.

—¿Ahora te cuento yo un secreto?

Oliver parpadeó.

—No me digas que tampoco sabes jugar.

Darcy rio.

—No, no es eso.

—Adelante, entonces.

La sonrisa de Darcy se volvió pícara.

—Detesto los juegos de cartas.

Oliver se rio y sintió una oleada de alivio que lo recorría como una lluvia en verano.

—¿Por qué no me sorprende?

—Quizá te has dado cuenta de que soy un individuo con criterio.

—Con criterio, sí. Es una forma de verlo. Otros tal vez lo llamarían quisquilloso.

—¿Acaso es algo malo? —Darcy se incorporó hacia el respaldo de la silla y suavizó la sonrisa en un gesto divertido—. Me gusta pensar que eso significa que las personas y las cosas que me gustan son especiales. Las aprecio más de lo que lo haría de otro modo.

Oliver ladeó la cabeza.

—¿Crees que disfrutarías menos si disfrutaras una selección de cosas más amplia?

—Es lógico, ¿no?

—Solo si consideras que tienes una cantidad limitada de disfrute que se puede agotar.

—¿Tú no?

Oliver negó con la cabeza y apartó la mirada de la intensidad que transmitían los ojos de Darcy. Divisó a Bingley al otro lado de la sala; no era difícil, dado su llamativo pelo rojo, y parecía muy concentrado en el juego de cartas al que estaba jugando.

—Trato de disfrutar del mundo lo máximo posible. La vida es corta, ¿qué mejor manera de pasarla que intentar divertirse siempre que se pueda?

—¿Y lo consigues?

Oliver se enfrentó a la mirada interrogante de Darcy. Su rostro era suave y muy atractivo; no había dejado de mirarlo ni una sola vez. Parecía realmente interesado en su respuesta. Al darse cuenta, sintió un cosquilleo en el estómago y una ligereza en los huesos.

—No siempre —reconoció tras una pausa—. Pero no por ello dejo de intentarlo.

—Creo que es admirable —dijo Darcy.

Entonces, por primera vez desde que había comenzado la conversación, el chico apartó la mirada y observó el salón. De repente, sus hombros se tensaron y la calma de su rostro se disolvió en una expresión tormentosa, preocupantemente cercana a la furia.

Con el ceño fruncido, Oliver siguió la dirección de su mirada hacia el lado este de la habitación. Bingley estaba allí jugando al macao, pero era poco probable que él hubiera provocado el repentino cambio de temperamento de Darcy. Justo cuando empezaba a volverse hacia el otro chico para preguntarle qué le ocurría, se fijó en un joven que los miraba con mala cara. Se le cortó la respiración: lo conocía. Su rostro era inconfundible; después de todo, solo había conocido a Wickham el día anterior.

Darcy apretó los labios y luego se volvió hacia Oliver, apenas disimulando su rabia. Luego inhaló hondo por la nariz y, poco a poco, suavizó la expresión.

—Sé que te invité a venir a Watier's —dijo con sorprendente calma—, pero ¿te gustaría dar un paseo?

Oliver vaciló.

—No quisiera arruinarle la diversión a Bingley...

—Puede quedarse aquí. Le haré saber que nos vamos. Estoy seguro de que no le importará. Si tú quieres, por supuesto. También podemos quedarnos, si te interesa aprender a jugar a un juego de cartas o dos.

Oliver sonrió con malicia.

—Creía que habías dicho que no te gustaban los juegos de cartas.

—Estoy bastante seguro de que lo que dije es que los detesto, lo cual es totalmente cierto. No obstante, estaría dispuesto a enseñarte, si quisieras aprender.

Que le ofreciera algo así a pesar de que era evidente que ya no quería estar allí hizo que Oliver se sintiera como si flotase. Apenas se creía que estuviera teniendo aquella conversación, ¡con Darcy, nada menos! Aún más increíble era que el chico quisiera pasar más tiempo con él, sin Bingley. Sería un escándalo si fuera una mujer.

Menos mal que no lo era.

—No me importaría pasear.

Darcy sonrió.

—Esa es la respuesta que esperaba.

La noche de marzo era fría y el aire fresco estaba impregnado del aroma a rocío de una llovizna reciente. Oliver y Darcy caminaban por un sendero que conducía a un jardín público, tan cerca que sus hombros casi se tocaban. Si Oliver se movía un poco hacia la izquierda, chocaría con el brazo de Darcy. Era una tentación difícil de ignorar.

Es el mismo Darcy que te trato horriblemente en el baile de Meryton, se recordó a sí mismo. *Incluso si no sabía que eras tú, no habla bien de su carácter.*

Era cierto y debería importarle. Sin embargo, cuanto más tiempo pasaba con Darcy, más difícil le era darle importancia.

—Me gusta caminar por aquí para pensar —dijo Darcy—. Sobre todo a esta hora de la noche. Es muy relajante.

Oliver asintió e inhaló el tenue aroma de la vegetación. Le costaba ver en la oscuridad, pero se imaginó rodeado por arbustos de flores todavía sin florecer mezclados entre los setos. El aire frío de la noche le picaba en la nariz y las mejillas, pero no le importaba.

—A mí me gusta ir al puente de Westminster con ese propósito —dijo—. Me apoyo en la barandilla y contemplo el Támesis. Me ayuda a despejarme, sobre todo cuando necesito estar un rato a solas.

Darcy asintió.

—¿Te resulta difícil encontrar la soledad en casa?

Oliver soltó una risita.

—Somos cinco hermanos y vivimos todos en casa con nuestros padres, así que se podría decir que sí.

Darcy arqueó una ceja.

—¡Cinco hermanos! Ni me lo imagino.

—¿Tú tienes hermanos?

—Solo una, mi hermana menor, Georgiana. —Hizo una pausa y luego añadió—: Nuestros padres fallecieron hace dos años.

Oliver frunció el ceño.

—Lo siento.

—Gracias. Por entonces yo aún era demasiado joven para asumir el papel de cabeza de familia, así que hasta que cumplí los dieciocho los dos vivimos con nuestra tía. Ahora Georgiana y yo residimos principalmente en la finca familiar, Pemberly, aunque a veces ella opta por quedarse con nuestra tía mientras estoy fuera.

—De modo que no debes de necesitar salir de casa para encontrar algo de tranquilidad —dijo Oliver con una sonrisa irónica.

—No —coincidió Darcy, con una leve sonrisa. Después de un rato en silencio, añadió—: Me alegro de haberte conocido, Oliver.

Él lo miró con sorpresa y soltó una risita.

—Es un alivio, dadas las circunstancias. Este sería un paseo muy diferente si en secreto detestaras pasar tiempo conmigo.

Darcy se rio una vez, un sonido rápido y asombroso.

—Imposible.

Oliver estaba flotando. Jamás lo habría esperado; con ningún chico, en realidad, pero mucho menos con alguien como Darcy. Pero ¿solo estaba siendo amable o había algo más?

¿Seguirá sintiendo lo mismo cuando descubra lo de Elizabeth?

Con ese pensamiento, una nube de tormenta oscureció su estado de ánimo. Tal vez Darcy fuera agradable entonces, pero le parecía improbable que nunca antes hubiera conocido a un chico como Oliver. La idea de que aquella nueva amistad pudiera estar condicionada por algo que escapaba a su control le daba náuseas.

Sus propios padres nunca aceptarían a Oliver por quien era en realidad. ¿Por qué iba a ser Darcy diferente?

———

Normalmente, cuando Oliver regresaba de sus salidas nocturnas, todos se habían ido ya a dormir. Así había logrado no levantar todavía sospechas; después de todo, la última vez que alguien lo había visto, se iba a la cama, como la mayoría de la familia, y Jane siempre lo cubría las pocas veces que los molestaban.

El señor Bennet siempre era el último en irse a dormir, pero la mayoría de las noches no importaba; para cuando Oliver regresaba, incluso él ya estaba dormido.

No obstante, cuando cruza el jardín delantero, se fija en que todavía hay una vela encendida en el despacho de su padre. El cálido amarillo de la llama se derrama por el césped y dibuja un círculo de color en una noche, por lo demás, fría.

Siente un escalofrío en la columna y camina más despacio. El enrejado que lleva a la habitación que comparte con Jane pasa directamente por delante de la ventana del despacho del señor Bennet. Nunca antes había sido un problema.

Sin embargo, esa noche parece ser la excepción. La situación lo obliga a detenerse y pensar. La única forma de subir a su habitación sin entrar en la casa era escalar el enrejado hasta su ventana sin cerrojo. En teoría, también podría entrar por la puerta principal; sabía dónde se guardaba la llave por si alguien se quedaba fuera por accidente, pero le sería imposible abrir la puerta, abrirla, cerrarla y colarse a hurtadillas en su habitación sin que su padre se diera cuenta. Y eso suponiendo que nadie más se despertara al oír el ruido.

No, el enrejado era la única opción. Podría intentar esperar a que su padre se acostara; después de todo, era tarde y el señor Bennet se iría pronto a la cama, pero ¿y si no era así? Lo único que se le ocurría que pudiera mantenerlo despierto hasta tan tarde era el trabajo y no tenía forma de saber cuánto le quedaba por hacer. Por no mencionar que estaba agotado. Y hacía frío.

Tal vez si se movía sin hacer ruido y con rapidez lograría trepar por el lateral de la casa sin que su padre se percatara. Se mordió el labio y se acercó al enrejado desde un lado, fuera de la vista desde la ventana. Había unos quince centímetros de enrejado que se apoyaban en la fachada de ladrillo en vez de directamente en la ventana. Desde luego, no era espacio suficiente para que Oliver trepara, pero al menos le permitía acercarse sin preocuparse de que lo descubrieran. Aún.

Con dedos temblorosos, se agarró al enrejado con la mano izquierda. La idea de ser descubierto hacía que le sudaran las palmas, lo que no era ideal para trepar. Respiró hondo y se frotó las manos en el pantalón mientras intentaba inhalar aire despacio para calmar su corazón acelerado.

Todo irá bien, se tranquilizó. *Has hecho esto decenas de veces sin problemas. Podrías escalarlo con los ojos cerrados. Muévete rápido y, aunque te oiga, no te verá.*

Tras respirar hondo por última vez, Oliver se agarró al enrejado y se elevó. Se movió deprisa y contuvo la respiración mientras buscaba los puntos de apoyo conocidos con las manos y los pies para subir. Durante unos segundos, su torso quedó justo delante de la ventana de su padre, luego solo las piernas y, por último, solo las botas.

Una vez hubo dejado atrás la ventana por completo, se detuvo y apoyó la frente en el fresco enrejado de madera hasta que se le ralentizó el corazón, aún alterado. Lo había conseguido. Soltó una risa nerviosa y levantó la cabeza para seguir con el ascenso.

El pie izquierdo se le resbaló y jadeó al deslizarse un par de centímetros hacia abajo acompañado de un ruido que le heló la sangre. Oliver clavó con fuerza el pie derecho en el enrejado, se agarró a la madera e intentó volver a subir antes de que...

El sonido de la ventana al abrirse lo detuvo en seco. Al resbalarse, había quedado justo encima de la ventana del despacho. No se atrevió a moverse. Apenas respiró, con la mejilla pegada al enrejado, mientras rezaba para que su padre no levantara la vista.

No me mires, suplicó. *Habrá sido un animal. Vete a la cama. Vete a dormir, por favor.*

Durante un largo momento, solo hubo silencio. El pulso le rugía en los oídos, le ardían y le temblaban las piernas y los brazos, mientras se mantenía completamente inmóvil. Su aliento temblado rebotaba en el ladrillo detrás del enrejado y le calentaba la cara. Los músculos empezaban a dolerle; no estaba seguro de cuánto tiempo más iba a aguantar.

—Lizzy, ¿eres tú?

Oliver gimió y apoyó la frente en el ladrillo.

—No —respondió, perfectamente consciente de lo ridículo que sonaba, aunque era la verdad.

Curiosamente, su padre se rio.

—Aunque admiro tu capacidad atlética, quizá te resulte más fácil entrar por mi ventana.

No había forma de evitarlo. Temblaba tanto que era un milagro que no se hubiera vuelto a resbalar. Despacio, bajó hasta la ventana abierta, metió las piernas dentro y aterrizó sin hacer ruido en una gran alfombra. El pulso le retumbaba en los oídos. Allí estaba, en medio del despacho de su padre, delante del señor Bennet en persona, vestido de pies a cabeza con ropa de hombre. Temía desmayarse de la ansiedad. O vomitar.

Detrás de él, su padre cerró la ventana con un chirrido. Oliver se quedó helado mientras el hombre lo rodeaba y lo estudiaba con ojo crítico. Al cabo de un rato, su mirada se encontró con la de Oliver y ocurrió algo de lo más inesperado.

El señor Bennet sonrió.

—Menuda sorpresa —dijo.

Oliver abrió la boca, dispuesto a decir que había una explicación, pero… ¿la había? No se le ocurría ninguna excusa lo bastante rápido como para explicar por qué la segunda hija mayor del señor Bennet se había escapado en mitad de la noche vestida de chico. En cualquier caso, tampoco estaba seguro de querer mentir. Al menos, no a su padre.

Lo que significaba que no le quedaba más que la verdad.

La realidad de la situación le provocó una oleada de frío y calor al mismo tiempo por todo el cuerpo. Se le humedecieron las axilas y las palmas de las manos se le impregnaron de sudor. Estaba pasando. Había llegado el momento de contarle la verdad a su padre. Pero aunque Oliver intentó armarse de valor para hablar, el miedo le ahogó la voz.

—Debo decir —dijo el señor Bennet, con una voz sorprendentemente amable—, que estás muy guapo.

Fue entonces cuando lo vio, el brillo en los ojos de su padre, que casi parecía…

¿Orgullo?

—Gracias —consiguió decir, aunque con apenas un hilo de voz. Pero su padre no parecía disgustado; de hecho, seguía sonriendo y, cuanto más lo miraba, más seguro estaba de que el señor Bennet se sentía inexplicablemente orgulloso de él.

—Padre —se obligó a decir antes de que volviera a fallarle la voz—. Deberías saber… —Dios, estaba temblando. Tenía todo el cuerpo en tensión, como la cuerda de un piano—. Deberías saber que me llamo Oliver. Y soy… soy tu hijo.

La sonrisa del señor Bennet se extendió de oreja a oreja, como una planta que gira sus hojas hacia el sol.

—Desde luego que lo eres —dijo y entonces rodeó a Oliver con los brazos.

Él se fundió en el abrazo y cerró los ojos con alivio. Abrazó a su padre con fuerza y las lágrimas se le derramaron por las mejillas a pesar del esfuerzo por contenerlas.

—Hijo mío —dijo el señor Bennet y Oliver estuvo a punto de implosionar de felicidad. *Hijo*. La palabra que se había sentido desesperado por oír, la palabra que había creído que nunca oiría dirigida a él. Sonó verdadera, resonó en su pecho y lo llenó de calidez.

Su padre se apartó primero y lo sujetó por los hombros. Oliver se quedó atónito al ver las lágrimas que resbalaban también por sus mejillas. Frunció el ceño.

—Papá…

—Me alegro mucho, Oliver —dijo el señor Bennet—. Estoy orgulloso de ti. Y muy feliz de que me lo hayas contado. Gracias por hacerlo.

Oliver sintió que si sonreía más la cara se le iba a partir en dos.

—No pareces sorprendido —dijo con una risita.

El señor Bennet arqueó una ceja.

—¿Debería estarlo?

Oliver dudó. Habría pensado que sí, pero tal vez su padre tuviera razón. De todos los miembros de la familia, Jane y el señor Bennet siempre habían sido los que mejor lo entendían. ¿Tan descabellado era pensar que su padre pudiera haber visto algo en él incluso antes de que el propio Oliver hubiera estado dispuesto a admitirlo en voz alta?

Entonces, dijo:

—Oliver, no creerás de verdad que nunca te había visto subir y bajar por el enrejado de tu habitación hasta esta noche, ¿verdad? —Le ardió la cara. El señor Bennet se rio y le dio una palmada en el hombro—. No te preocupes, hijo. No le mencionaré esa parte a tu madre.

Le guiñó un ojo.

Oliver esbozó una tenue sonrisa, pero la mención de su madre le produjo una nueva oleada de náuseas.

—En cuanto a eso… Jane y mis tíos saben quién soy, pero no estoy preparado para decírselo a madre.

El rostro de su padre se serenó y asintió.

—Lo comprendo. La verdad, no sé cómo reaccionaría. Creo que lo más sensato es no contárselo por el momento, pero deberías hacerlo en algún momento.

Oliver bajó la vista hacia sus botas.

—Lo sé.

Su padre le apretó los hombros.

—Cuando estés preparado, hijo, estaré a tu lado.

No se había dado cuenta de cuánto necesitaba oír aquellas palabras. Todo su cuerpo se relajó con un suspiro inaudible y, aunque las lágrimas se le acumulaban en las comisuras de los ojos, Oliver sonreía.

CAPÍTULO 7

Como era habitual en un día de primavera londinense, llovía. No caía una simple llovizna, sino un aguacero de los que calaban hasta los huesos en cuanto salías a la calle. Además, el viento soplaba fuerte y lanzaba la lluvia directamente contra el cristal de la ventana, con tanta fuerza que casi parecía que lloviera de lado.

Oliver frunció el ceño al mirar por la ventana, con los brazos cruzados sobre el pecho, mientras el zumbido constante de la lluvia repiqueteaba como un trueno silencioso. No iría a ninguna parte si no amainaba. Los últimos días en casa, se había visto obligado a seguir con sus tareas habituales, pero había dedicado casi todo el tiempo a repasar mentalmente la noche que había pasado con Darcy. Aun así, si tenían que quedarse en casa, prefería que fuera por propia voluntad y no porque el tiempo lo tuviera atrapado dentro.

Suspiró y bajó las escaleras, tratando de ignorar cómo la falda se ondulaba alrededor de sus tobillos.

Estaba en casa, así que al menos ese día no tendría que llevar un corpiño que le acentuara el busto. Llevaba un vestido de día sencillo, de color azul oscuro, y le resultaba ligero de llevar, a diferencia de los corpiños y las prendas que vestía con frecuencia.

Hacía que la ropa fuera un poco menos sofocante, un poco más fácil de ignorar. Sin embargo, también implicaba que sentía el movimiento de su pecho al caminar, lo que le resultaba terriblemente difícil de pasar por alto. *Cuánto más sencillo y cómodo sería si me hubiera quedado con el pecho plano*, pensó. Era una realidad ante la que, por desgracia, poco podía hacer, pero eso no le impedía anhelar que su cuerpo cambiara.

Al entrar en el comedor, se encontró con una animada conversación.

—Hace frío y llueve —decía Jane—. Seguro que por hoy podemos prescindir del carruaje.

—Querida, precisamente porque está lloviendo no podemos —respondió la señora Bennet—. Llévate el caballo. Bastará para llevarte hasta la casa de los Bingley lo bastante rápido.

Oliver frunció el ceño.

—Mamá, Jane se empapará si se lleva el caballo. Tampoco hace demasiado calor, se congelará.

Inexplicablemente, los ojos de la señora Bennet brillaron con alegría al volverse a mirarlo.

—Cuento con ello —declaró—. Tal vez así padezca un resfriado y tenga que quedarse con los Bingley hasta recuperarse. Así pasará más tiempo con cierto caballero.

Jane y Oliver se quedaron boquiabiertos. Incluso Mary, que había estado comiendo tranquilamente mientras ignoraba educadamente la discusión, levantó la vista con los ojos muy abiertos.

—No lo dirás en serio —dijo Oliver—. ¿Quieres que se ponga enferma?

—Un simple resfriado no es nada de lo que preocuparse —dijo la señora Bennet—. Suficiente para que una compañía educada le exija que se quede, sin que eso ponga en peligro su vida. Créeme, es lo mejor para nuestra Jane.

Jane bajó la vista al regazo y Oliver sintió una chispa de rabia. Su hermana iba a aceptar. Iba a salir fuera, bajo la lluvia torrencial, y llegar a casa de los Bingley con pinta de perro mojado.

¿Ese era el plan maestro de su madre para que Jane atrajera a Bingley? ¿Aparecer como una damisela en apuros?

Oliver negó con la cabeza y la rabia se le filtró en la voz.

—No me creo que le hagas esto.

La señora Bennet chasqueó la lengua.

—Me lo agradeceréis cuando el señor Bingley se desviva por Jane y se ofrezca a cuidarla en su propia casa.

Oliver lo dudaba mucho, pero, cuando abrió la boca para discutir, Jane lo miró y negó con la cabeza.

—Está bien —dijo—. El trayecto no es muy largo. Tal vez haga un poco de frío, pero llevaré un abrigo y un paraguas.

—De poco te servirá un paraguas con este viento —murmuró Oliver, pero si Jane, o la señora Bennet, para el caso, lo habían oído, ninguna de las dos lo demostró.

A nadie sorprendió que horas más tarde llegara un mensajero con una carta de los Bingley. La señora Bennet aceptó la nota con gran entusiasmo y se volvió hacia Oliver, que estaba en un sillón de lectura cercano con un libro abierto en el regazo, con una sonrisa triunfal.

—¿Lo ves? —dijo—. ¡Es de los Bingley!

Oliver no respondió.

La señora Bennet deslizó el dedo bajo el sello de lacre y abrió la carta con premura. Unos segundos después, soltó un grito de victoria y exclamó:

—¡Jane está enferma!

Oliver cerró el libro despacio y respondió a la excitación de su madre con la mirada inexpresiva.

—Qué extraño que una madre celebre la desgracia de su hija, ¿no crees?

—Déjalo —reprendió la señora Bennet y le acercó la carta—. Los Bingley han escrito para decirnos que Jane se quedará con ellos unos días para recuperarse. ¡Días! ¡En plural! Qué increíble oportunidad para nuestra Jane de conocer mejor a los Bingley.

—No sé cuánto podrá conocer desde su lecho de convaleciente. —Oliver se levantó, conteniendo a duras penas el furioso calor que le hervía en el pecho—. Debería ir a verla.

Su madre abrió los ojos de par en par y su rostro se descompuso con un deleite renovado.

—¡Sí! Excelente idea, Elizabeth. Que los Bingley conozcan mejor a nuestra familia…

—No voy por los Bingley —gruñó Oliver—. Voy por Jane.

—Claro que sí, querida.

Oliver se mordió el labio. No tenía sentido seguir discutiendo.

—Supongo que no me permitirás llevar el carruaje.

La señora Bennet lo miró, horrorizada.

—¿Qué impresión daría que enviara a Jane a caballo en mitad de una tormenta y luego te prestara a ti el carruaje? De ninguna manera.

Oliver se pellizcó el puente de la nariz y miró por la ventana más cercana. La lluvia había amainado considerablemente, aunque seguía lloviznando. Aun así, no estaba tan mal como cuando su hermana había salido por la mañana.

—Bien —bufó—. Me llevaré el otro caballo.

—Me temo que el señor Bennet ya ha dispuesto del segundo caballo —respondió la señora Bennet—. No es un paseo muy largo, ¿no?

———

Cuando la bota de cordones se le hundió por enésima vez en el barro resbaladizo y frío, Oliver maldijo al cielo y al infierno. Ya era bastante malo tener que hacer ese recorrido después de una terrible tormenta, pero era aún peor no poder hacerlo siquiera con sus propias botas y pantalones.

Por supuesto, la señora Bennet lo había obligado a cambiarse el sencillo vestido de día antes de salir, así que había terminado atrapado en otro sofocante corpiño que le provocaba náuseas cada vez que se miraba la curvatura del pecho. Al menos no había tenido que ponerse su mejor vestido de día; la señora Bennet había entrado en razón cuando le había señalado que tendría que caminar por el barro la mayor parte del camino en cuanto saliera de la ciudad propiamente dicha. A él no le habría importado mancharse de barro ningún vestido, pero a su madre sin duda sí, a pesar de que era ella quien había insistido en que fuera caminando después de una tormenta.

Despegó el pie con un ruido de succión nada decoroso, con cuidado de pisar en los parches de hierba de aspecto más espeso. Era un avance lento, que le obligaba a caminar con torpeza por los islotes de hierba capaces de soportar mejor su peso, y aun así tenía que detenerse a despegarse del barro cada cinco metros más o menos. Tampoco ayudaba que llevara una bolsa con su ropa y la de Jane, que le desequilibraba aún más. Mientras tanto, se imaginaba lo fácil que sería ir con pantalones. Sí, se habría manchado igual, pero al menos no sentiría cómo el barro frío le salpicaba las piernas y la ausencia de cordones en las botas de hombre habría facilitado mucho su limpieza posterior.

—Esto nunca habría pasado con pantalones —susurró a la nada.

CAPÍTULO 8

Cuando la hermana de Charles Bingley, Caroline, le abrió la puerta, analizó con la mirada sus botas embarradas, el dobladillo embarrado de su vestido, sus faldas salpicadas de barro y, finalmente, su rostro ligeramente sudado. Abrió los ojos muy despacio al verlo y apretó los labios hasta que se volvieron casi invisibles en su pálida piel.

—¿Ha... venido andando? —preguntó despacio.

—Sí —respondió Oliver al instante—. Me disculpo por mi aspecto desaliñado. Puedo limpiarme las botas aquí fuera si es tan amable de proporcionarme una toallita y un poco de agua.

—Sí —respondió Caroline con firmeza—. Creo que sería lo mejor.

Diez minutos más tarde, Oliver entró con las botas húmedas y manchadas (pero bastante menos embarradas), cubiertas en su mayor parte por sus faldas salpicadas de barro. Poco podía hacer al respecto y, francamente, no le importaba. Ignoró el disgusto que reflejaba el rostro de Caroline, que permanecía rígida a su lado.

—¿Mi hermana? —preguntó—. ¿Dónde está? ¿Cómo está?

—Está descansando. La acompaño a la habitación de invitados.

Ni Oliver ni Caroline se dirigieron la palabra durante el corto e incómodo trayecto hasta la habitación de invitados. En cuanto la joven le señaló la puerta, él le dio las gracias y entró sin mirar atrás. Caroline no lo siguió.

Cuando la puerta se cerró a sus espaldas, Oliver parpadeó al contemplar la luminosa y amplia habitación. Las paredes estaban empapeladas con un color azul apagado, las ventanas eran grandes y abundaban las cortinas de seda. El suelo era de madera, pero había varias alfombras repartidas por toda la estancia, todas de un azul intenso y diseño turco. Junto a la ventana más alejada había un escritorio y una silla, cerca de una pequeña estantería repleta de libros.

—Exagerado, ¿verdad? —preguntó Jane con una risita.

Oliver se dio la vuelta siguiendo su voz y la encontró en una cama con dosel tan grande que cabrían tres personas cómodamente. Al lado de su hermana había media docena de cojines y las sábanas también parecían de seda, a juzgar por cómo relucían.

—Vaya —dijo—. A lo mejor mamá tenía razón.

—¡Oliver! —siseó Jane, pero se estaba riendo. Dio una palmada en el colchón a su lado y le dejó espacio.

—No sé si es buena idea. —Oliver se señaló las faldas cubiertas de barro—. No quisiera ensuciar la cama.

Jane abrió mucho los ojos, como si no se hubiera percatado de su aspecto hasta ese momento.

—No me digas que mamá te ha hecho venir andando.

Oliver forzó una sonrisa.

—Dijo que habría dado mala imagen dejarme el carruaje cuando a ti te lo negó.

Jane gimió y señaló un gran armario blanco en el lado izquierdo de la habitación.

—Caroline me ha ofrecido cualquiera de los vestidos del armario. Por favor, sírvete.

Oliver se estremeció ante la sugerencia.

—Ni pensarlo.

Jane frunció el ceño.

—Seguro que a Caroline no le importará.

—Seguro que te equivocas. En cualquier caso, no es necesario. —Levantó la bolsa llena de ropa de Jane—. Te he traído ropa para que te cambies los próximos días. E incluí un vestido extra para mí, por si acaso.

Una vez se hubo cambiado y limpiado el barro seco de las piernas con un paño húmedo, se sentó a los pies de la cama.

—¿Cómo se entretienen por aquí?

———

Oliver se llevó una grata sorpresa al encontrar una gran variedad de títulos interesantes en la estantería de la habitación. Eligió uno y, cuando Jane le dijo que quería descansar, la dejó sola y se dirigió al salón.

Al entrar, lo que vio era justo lo que esperaba, dado el lujo que imperaba en el resto de la mansión: una habitación innecesariamente grande con unos enormes ventanales, una lámpara de araña de cristal, algunas mesas pequeñas con sillas dispuestas a lo largo de las paredes y dos zonas de descanso con sofás y sillones en el centro. No le sorprendió encontrar a las hermanas de Bingley, Caroline y Louisa, ya en la sala de estar, hablando en voz baja.

Lo que no esperaba ver era al muchacho alto y de cabello oscuro que estaba sentado a una mesa cerca de una de las ventanas, con las largas piernas estiradas frente a él, cruzadas por los tobillos. En retrospectiva, no debería haberlo sorprendido encontrar a Darcy en Netherfield; después de todo, sabía que los Bingley y los Darcy habían alquilado el lugar juntos. Pero se le había olvidado, de modo que no se había preparado para ver al joven, y mucho menos para interactuar con él.

Se quedó paralizado en el umbral de la puerta, apretando el libro en el costado. Solo habían pasado unos días desde su visita a Watier's con Bingley y Darcy, y desde que el segundo chico y él habían dado un paseo nocturno juntos. Sin embargo, había pasado casi una semana desde que *Elizabeth* se había relacionado con él, y aquello había ido… En fin, no muy bien.

Oliver se mordió el labio y, antes de que nadie se diera cuenta de que estaba mirando a Darcy desde la puerta, se acercó a la mesa más cercana y apartó una silla. Intentó moverla sin hacer ruido, pero las patas de madera chirriaron contra el suelo de madera encerada y se estremeció. En el silencio de la habitación, bien podría haber dado un portazo. Darcy, Caroline y Louisa levantaron la vista a la vez.

Se encogió y se le calentaron las mejillas mientras fingía no darse cuenta de las miradas. Se sentó deprisa, abrió el libro y se quedó mirando el texto de la página mientras esperaba a que se le enfriara la cara. Al cabo de unos instantes, la tranquilidad de la estancia se restableció y nada más que los susurros de Caroline y Louisa perturbaban el silencio.

—Todavía no me creo que caminara cinco kilómetros hasta aquí con todo el camino embarrado —dijo Caroline.

—Un comportamiento de lo más impropio —respondió Louisa.

Oliver pasó la página del libro, aunque no tenía ni idea de lo que decía la anterior. Las hermanas tenían que saber que las estaba oyendo, pero no parecía importarles.

—Madre nunca nos habría permitido comportarnos así —dijo Caroline.

—Desde luego que no.

—Supongo que no deberíamos esperar nada más de alguien de su posición. Es una verdadera pena. Jane es muy guapa, pero ¿te imaginas a nuestro hermano casado con una familia así?

Las dos soltaron una carcajada. A Oliver le costaba respirar. Qué grosería, hablar de su familia mientras él se encontraba en la habitación... ¡Qué desfachatez! El pulso se le aceleró en los oídos. Todas sus interacciones con Bingley le habían llevado a la conclusión de que era un individuo de lo más agradable, pero sus hermanas le daban ganas de arrojarles el libro.

Darcy cerró su propia lectura de golpe y Oliver dio un respingo. Las muchachas callaron cuando Darcy se levantó con brusquedad, empujó la silla hacia atrás y salió del salón.

La sala se quedó en silencio y, esa vez, ningún susurro envenenado estropeó el ambiente.

Oliver había albergado la esperanza de dar por terminada aquella visita indeseada sin la aparición de su madre, pero se llevó una decepción. No había pasado ni un día cuando la señora Bennet envió un aviso para anunciar su llegada y, apenas dos horas después, se presentó en Netherfield con Mary, Kitty, Lydia y dos baúles llenos con la ropa de Jane y Oliver.

Por supuesto, habían llevado el carruaje.

—Había oído comentar que Netherfield era precioso, pero ¡nunca habría imaginado algo así! —exclamó con alegría exagerada—. Es una auténtica maravilla, ¿hay jardines?

Bingley sonrió con incomodidad.

—Los hay, en la parte de atrás. ¿Le gustaría verlos?

—Mejor no, soy alérgica a varias flores —respondió la señora Bennet—. Aun así, añade una atmósfera muy relajante.

Oliver fue incapaz de contener una mueca. Su madre tenía buenas intenciones, pero tendía a entusiasmarse demasiado en situaciones como aquella, una realidad que fácilmente podría degradar aún más la reputación de su familia a ojos de los Bingley. Dado el trato que él había decidido de parte de las dos hermanas hasta ese momento, sospechaba que el comportamiento de la señora Bennet no pasaría desapercibido. Al menos, Jane seguía descansando en la habitación de invitados, así que se ahorraría la vergüenza.

—Muy impresionante —dijo la señora Bennet, que seguía hablando—. ¿Piensan quedarse mucho tiempo?

Bingley vaciló y luego encogió un hombro.

—Lo cierto es que todavía no hemos decidido la duración de nuestra estancia.

La señora Bennet emitió un gritito ahogado.

—¡Deben quedarse! Es una propiedad encantadora y muy bien situada. Deberían considerar quedarse a tiempo completo. Creo sinceramente que valdría la pena.

Bingley soltó una risita.

—Lo tendremos en cuenta. Sin embargo, creo que la decisión final recaerá en la tía de Darcy. Para empezar, fue ella quien eligió este lugar.

—¡No me diga!

Oliver se aclaró la garganta.

—Me temo que Jane aún no se encuentra bien.

La señora Bennet lo miró como si se percatara de su presencia por primera vez.

—Ay, mi pobre Jane, por supuesto. ¿Ha habido alguna mejoría?

—No sabría decir —admitió Oliver—. Ha dormido casi todo el día. Espero que el descanso de hoy le dé energías para mañana.

La señora Bennet asintió.

—Esperemos. ¡Mi pobre y preciosa Jane! Verla así de enferma me destroza los nervios.

—Le aseguro que está bien cuidada —se apresuró a decir Bingley—. Hemos llamado al médico de la familia y nos ha asegurado que unos días de descanso son todo lo que necesita.

—Es un alivio oírlo —dijo la señora Bennet—. Gracias de nuevo por cuidar tan bien de nuestra querida Jane. Es un gesto muy generoso por su parte.

Bingley sonrió.

—Es un placer.

—Dicen que Jane es una de las muchachas más bellas de todo Londres —afirmó con confianza la señora Bennet—. ¿Lo sabía? Sin duda es muy hermosa. El orgullo de la familia.

Oliver abrió los ojos como platos. ¿Cómo se le ocurría? No cabía duda de que Jane era guapa, pero aquello era muy transparente. Louisa y Caroline, que se encontraban un par de metros por detrás de su hermano, soltaron una risita con disimulo. Bingley, siempre caballeroso, recibió con calma aquella humillante demostración.

—Estoy de acuerdo. Es la joven más atractiva que he conocido. Me siento muy afortunado de haber asistido al baile de Meryton la misma noche que ella.

Aunque solo estaba siendo educado, la declaración sirvió para animar todavía más a la señora Bennet.

—¡Por supuesto! —exclamó—. Qué alegría oír eso. Los dos hacen una pareja muy agraciada.

Bingley se limitó a sonreír.

Oliver se apresuró a buscar una manera de cambiar de tema hacia un asunto menos delicado, pero al final no fue necesario, porque Lydia habló primero.

—Señor Bingley —dijo—, posee usted una propiedad maravillosa en Netherfield. ¿Cree que alguna vez celebrará un baile?

Bingley, presumiblemente ansioso por cambiar de tema, se sumergió con gusto en la nueva conversación.

—¡Un baile! Esa es todo una idea.

—Debería considerarlo de verdad —insistió Lydia—. Netherfield sería perfecto para ello. ¿No crees, Elizabeth?

Oliver se estremeció.

—Bueno, sería agradable, imagino. Si al señor Bingley le complace, claro.

Bingley asintió despacio, pensativo.

—Habrá que esperar hasta que Jane se haya recuperado por completo, claro, pero la idea no me disgusta. Lo meditaré seriamente.

—¡Maravilloso! —exclamó Lydia.

—Verdaderamente espléndido —coincidió la señora Bennet.

Oliver rezó porque Jane se despertara pronto para poder despachar a su familia, antes de que los Bingley los repudiaran a todos para siempre.

CAPÍTULO 9

Por fin, las Bennet se marcharon.

Había sido un día agotador de tener que soportar el indulgente entusiasmo de su madre y sus interminables fanfarronerías. Oliver comprendía perfectamente lo que pretendía; quería presentar a Jane de la mejor manera posible y convencer a Bingley de que serían una pareja estupenda. No obstante, una parte de él temía que le hubiera hecho un flaco favor a su hermana, y al resto de la familia, en el proceso.

Aún más agotador había sido ignorar a Caroline y Louisa mientras cuchicheaban sobre su madre (y su familia) delante de todos. No creía que la señora Bennet se hubiera percatado, pero a él la falta de respeto no le había pasado desapercibida.

Sin embargo, no había nada que pudiera hacer al respecto. Enfrentarse a ellas durante la visita no habría servido más que para poner en evidencia el ridículo de su familia y desprestigiarse más todavía a ojos de las hermanas de Bingley, cosa que no le habría molestado en absoluto de no ser por los sentimientos de Jane hacia el joven caballero y la forma en que su comportamiento afectaría al resto de la familia.

Ahora, en el salón, Oliver leía, o lo intentaba, mientras Darcy estaba sentado a unas mesas de distancia escribiendo una carta. Caroline tocaba el pianoforte y Bingley daba golpecitos con el pie al ritmo de la música. Era una pianista medianamente buena, no tanto como Mary, pero sin duda mejor que Oliver. Aun así, dependía demasiado de las notas, lo que creaba un volumen único, constante y fuerte y un efecto de *staccato* involuntario. A decir verdad, no se habría dado cuenta de no ser porque que estuviera tocando le hacía imposible fingir que la muchacha no estaba presente y el abuso que había sufrido de su mano lo volvía menos caritativo hacia cualquiera de las hermanas Bingley.

Serían unas cuñadas terribles, pensó con disgusto. Caroline y Louisa serían, sin duda, la peor parte si Jane y Bingley terminaban siendo pareja.

—¡Deberíamos bailar! —exclamó Louisa de repente—. ¿No te parece, hermano? ¡Ven conmigo!

Bingley rio y se levantó.

—Una idea espléndida. Darcy…

—No —respondió él de inmediato.

—Vamos —respondió Bingley—. Seguro que a Elizabeth le encantaría bailar contigo.

Oliver se quedó helado y levantó la vista del libro muy despacio. Bingley le sonreía. ¿Se había olvidado de lo ocurrido en el baile de Meryton? ¿De verdad pretendía exponerlo a una nueva humillación a manos de Darcy?

Aunque Oliver esperaba que el otro chico se negara de inmediato, se quedó callado y lo miró. Sintió una punzada de pánico en el pecho al encontrarse con su mirada. Darcy y él ya se habían mirado a los ojos apenas unas noches atrás. ¿Lo reconocería si lo miraba con demasiado detenimiento?

—Puede que no me importe —dijo Darcy, ante el total asombro de Oliver.

No bailaría con Darcy, no como Elizabeth. No se arriesgaría a que se le acercara tanto y se fijara en él de verdad. Tal vez Bingley no le hubiera prestado tanta atención, pero Darcy sí lo haría y, si lo descubría...

—¿Está seguro? —espetó Oliver—. Creo recordar que mi atractivo no estaba a la altura de sus gustos.

Darcy abrió mucho los ojos y Bingley se rio. Oliver volvió a su libro, con el corazón rugiéndole en los oídos, y rezó porque ese fuera el final de la conversación. Después de un minuto entero contemplando la misma página sin que nadie lo interrumpiera, se atrevió a mirar a Darcy.

Había reanudado la redacción de su carta. Oliver se relajó y respiró más tranquilo. Apenas se creía lo bien que le había salido.

Al cabo de un rato, Bingley se levantó y comentó que iba a ver cómo estaba Jane antes de salir de la sala. Poco después, Caroline dejó de tocar, resopló y cerró la tapa de las teclas del piano.

—¡Ay, no! —dijo Louisa—. ¡Con lo que nos estábamos divirtiendo!

—No me cabe duda —respondió Caroline airada—. Tengo los dedos cansados. Creo que mejor leeré un libro.

Se acercó a la pared del fondo, donde estaban las estanterías. Arrastró la mano por los lomos y tarareó en voz alta mientras consideraba la selección.

—¡Ah! —Sacó un libro de la estantería—. *Un año inusual en tiempos usuales.* ¿No es la continuación del libro que estabas leyendo el otro día, Darcy?

Darcy no levantó la vista de la carta.

—Así es.

—¡Espléndido! Entonces estoy segura de que lo disfrutaré. —Atravesó el salón, con los tacones resonando en la madera entre las alfombras, antes de instalarse a una mesa de distancia de donde estaba sentado el joven. Abrió el libro y comenzó a leer, mientras Darcy regresaba a su carta.

Fue entonces cuando Oliver comprendió que Caroline no era desagradable sin motivo. Soltó un profundo suspiro mientras miraba la página con una extraña ferocidad. Era demasiada coincidencia que el libro que hubiera elegido fuera uno que Darcy conociera tan bien. Incluso se había tomado la molestia de señalárselo. Por si fuera poco, se había sentado a su lado, suspiraba cada dos segundos y procuraba leer de la manera más molesta posible.

Evidentemente aburrida, Caroline cerró el libro y lo dejó sobre la mesa.

—No hay nada como la lectura. Cualquier otra forma de entretenimiento palidece en comparación. Algún día, cuando esté casada y sea la señora de una hermosa casa, me sentiré muy apenada si no dispongo de una extensa biblioteca propia.

Oliver comenzó a preguntarse si la muchacha habría leído alguna vez un libro.

Sin embargo, si su objetivo era llamar la atención de Darcy, ni siquiera esa pomposa declaración le funcionó. El chico siguió escribiendo, sin levantar la vista ni hacer ninguna pausa. Oliver casi sintió ganas de reír. Caroline miraba a Darcy con el ceño fruncido y él no se daba ni cuenta.

De repente, la joven se levantó y comenzó a pasear por la habitación.

—Me gusta caminar —dijo en voz alta—. Es maravilloso estirar las piernas y respirar aire fresco.

Oliver no estaba seguro de qué aire fresco iba a respirar en aquella estancia sin una sola ventana abierta, pero no hizo ningún comentario.

—¡Elizabeth! —exclamó Caroline de pronto.

Oliver dio un respingo. El sonido de aquel nombre en labios de la hermana de Bingley le provocó la misma incomodidad que si le hubiera arañado la espalda con las uñas. Levantó la vista del libro con recelo y se arrepintió en cuanto vio la mirada de la chica.

—¡Tiene que caminar conmigo! Acompáñeme por favor.

Oliver se encogió.

—Creo que será mejor que…

—¡Tonterías! Caminar es muy importante, no debemos permitirnos estar todo el día sentadas. Acompáñeme.

Fue más una orden que una sugerencia, pero como nadie más intervino para salvarlo, cerró de mala gana el libro y se puso de pie. Al hacerlo, Darcy levantó la vista, con un atisbo de curiosidad en la mirada al encontrarse con los ojos de Oliver.

No me mires demasiado, suplicó y apartó la mirada, mientras se obligaba a sonreírle a Caroline. Fue como intentar estirar un músculo rígido por la falta de uso. La joven le tendió el brazo y él no vio forma de rechazarlo sin ser grosero, así que lo aceptó. Juntos, caminaron por la habitación en círculos lentos mientras el suelo crujía bajo sus pies.

—¿No es mucho mejor? —preguntó Caroline—. Es muy refrescante moverse después de un largo día de estar quieta.

Oliver no podía hablar por ella, pero, en su caso, entre entretener a su madre y a sus hermanas y echarle un ojo a Jane periódicamente a lo largo del día, no había tenido mucho tiempo para estar ocioso. No obstante, no se molestó en corregirla. De todos modos, no creía que estuviera prestando atención ni a la mitad de lo que decía. Estaba claro que hablaba con la única intención de llenar el aire.

—Es agradable —concedió.

—¿Qué están haciendo? —preguntó Darcy.

Caroline se mostró encantada. Soltó una risita y le dedicó una alegre sonrisa.

—Dar un paseo, por supuesto.

—¿Alrededor de la habitación?

—En efecto.

—¿Qué sentido tiene dar vueltas por una habitación? Dudo que sea un gran entretenimiento recorrer una y otra vez el perímetro de una estancia en la que uno ha estado decenas de veces.

Oliver estaba de acuerdo. Aun así, fingió no prestar atención a la incómoda conversación que tenía lugar a su alrededor y dejó vagar la mirada por la sala, captando las rayas brillantes de las paredes decoradas.

—Es un placer sencillo para damas sencillas —respondió Caroline. Oliver fue incapaz de contener una expresión de asco. Aunque fuera una mujer, jamás se describiría a sí mismo como una *dama sencilla*. ¿Ese era de verdad el mejor intento de coqueteo de Caroline?

Darcy se recostó en la silla y estiró las piernas hacia delante.

—¿Ese es el auténtico motivo? ¿O has convencido a Elizabeth de dar un paseo por el salón contigo para llamar mi atención?

Caroline soltó un chillido de ofensa.

—¡Señor Darcy!

—Eso no ha sido un no.

A su lado, la joven soltó otra risita.

—No sabría decirte. ¿Funciona?

Era el paseo más doloroso que Oliver había dado en su vida, y eso que una vez se había olvidado de dar de sí unas botas de cuero nuevas antes de caminar tres kilómetros con ellas.

—Para que quede claro —interrumpió al cabo de un rato—, solo estoy caminando por la insistencia de Caroline. No podría importarme menos que fuera o no suficiente para despertar su interés.

Era cierto, al menos mientras tuviera que presentarse como Elizabeth. Cuanto menos interactuara con Darcy fingiendo ser una chica, mejor; ya era bastante humillante tener que estar en la misma habitación que él vestido así, después del tiempo que habían pasado juntos siendo él mismo.

Darcy sonrió satisfecho.

—Por supuesto. No esperaría menos de usted.

Oliver frunció el ceño.

—¿Pretende insinuar algo sobre mi carácter?

—Si tuviera intención de declarar algo sobre su carácter, señorita Bennet, tenga la seguridad de que lo diría sin rodeos. No me interesa perder el tiempo con juegos verbales.

Oliver resopló y, antes de que pudiera contenerse, espetó:

—No tiene ningún interés en perder el tiempo con nadie en absoluto.

Se arrepintió de las palabras al instante. No porque no fueran ciertas, sino porque se suponía que Elizabeth no debía entablar conversación con Darcy. Darcy no tenía que fijarse en Elizabeth.

Por desgracia, le resultaba muy difícil ignorar una batalla de ingenios.

—Soy exigente con mi tiempo, es cierto —dijo el otro chico—. Pero me gusta pensar que eso significa que aquellos a quienes se lo dedico merecen especialmente mi atención.

—¿No le parece atrevido suponer que otros no?

—¡Ya sé! —interrumpió Caroline—. Juguemos a un juego, Elizabeth. Para divertirnos, determinemos las peores cualidades de Darcy.

Le costaba creer que fuera a estar de acuerdo con la hermana de Bingley en algo, pero tenía que admitir que sonaba divertido. Además, la forma en que Darcy entrecerró los ojos ante la sugerencia lo convenció aún más de que era una excelente idea.

—¿Sabe qué, Caroline? Me parece una idea espléndida. ¿Quiere empezar?

—¿Y no tengo yo que consentir a este juego? —preguntó Darcy.

—No —dijeron Oliver y Caroline al mismo tiempo.

Oliver sonrió y la risa le burbujeó en el pecho.

—Pues empiezo yo —dijo Caroline—. Darcy se cree más inteligente que todos a su alrededor. Es, en efecto, muy inteligente, por lo que resulta intimidante.

Oliver resistió el impulso de mirar de reojo a Caroline. Se suponía que iban a burlarse del carácter de Darcy, pero aquel «defecto» parecía más bien un intento de la joven de continuar con el coqueteo.

Darcy hizo un gesto pensativo.

—Puedo aceptarlo.

Oliver puso los ojos en blanco.

—Claro que sí; eso no era un defecto en absoluto.

—Sin embargo, no estoy seguro de estar de acuerdo. Yo diría que mi peor característica es que, cuando alguien pierde mi estima, la pierde para siempre. —Darcy cruzó los brazos sobre el pecho y sonrió con ironía—. ¿Cuál es su conclusión sobre mi carácter?

—Opino que su inclinación a aborrecer a todo el mundo sería su defecto más destacado —respondió Oliver.

—Y la suya su inclinación a malinterpretar a todo el mundo.

Oliver abrió la boca para replicar, pero Caroline le soltó el brazo y resopló.

—Me aburro —dijo—. Tengo una idea mejor. ¿A quién le apetece tocar el pianoforte? Yo ya lo he hecho antes, así que debería tocarle a otra. Elizabeth, ¿sería tan amable de tocar para nosotros?

Oliver apretó la mandíbula, agotado de oír ese nombre una y otra vez. La intención de Caroline era evidente; luego insistiría en que Darcy bailara con ella y se aseguraría así toda su atención. Aunque el chico no se mostraba más interesado en sus coqueteos que al principio de la velada, Caroline había conseguido que Oliver se sintiera exhausto de oírla.

—En realidad, creo que voy a pasar un rato con Jane. Gracias a todos por el entretenimiento.

Tras esto, salió de la sala, ignorando la sonrisa triunfante de Caroline y el calor de la mirada de Darcy en la espalda.

No encontró a Jane en la habitación de invitados, como había esperado, sino en un banco del vestíbulo, con Bingley a su lado. Los dos reían de algo que Oliver no había oído y el tono de la suave risa de su hermana hizo que se detuviera en seco. Conocía muy bien la diferencia entre la risa educada y tranquila de Jane y una muestra de diversión genuina. Aquella era la segunda.

Dudó; no quería molestarlos. Se inclinaban el uno hacia la otra, quizá un poco más cerca de lo debido, pero no demasiado. Y aunque no llegaba a ver la cara de Jane, notaba la sonrisa en su voz.

—Debo agradecerle de nuevo su hospitalidad —dijo—. Me sentí muy decepcionada cuando empecé a encontrarme mal. Había esperado una visita agradable y sin incidentes.

—¿Sería muy horrible de mi parte decir que me alegro de que tuviera motivos para quedarse más de lo planeado? —preguntó Bingley con una voz media tímida—. Por supuesto que no me alegro de que se encuentre mal. Pero ha sido agradable tener la oportunidad de ofrecerle algunos cuidados extra.

—Supongo que podría perdonarlo —dijo Jane con timidez y Oliver casi se queda con la boca abierta del susto. Su hermana estaba coqueteando.

Los dos se rieron y la facilidad de su alegría debería haberlo hecho feliz. Lo hacía. Pero también le producía una incómoda punzada en el estómago. Porque él también ansiaba esa clase de complicidad. Quería poder cortejar a alguien sin temer cómo reaccionaría si supiera la verdad. Quería abrirse a otra persona sin miedo, sin preocupaciones. Deseaba esa facilidad, pero le parecía imposible. ¿Cuáles eran las probabilidades auténticas de que alguna vez encontrara a alguien que supiera amar a un chico como él?

La verdad era que no lo sabía. Y no saberlo dolía más de lo que quería admitir.

CAPÍTULO 10

Mamá:

Jane y yo lo tenemos todo dispuesto para volver a casa. Aunque Jane aún no está recuperada del todo, ha convenido que está lo bastante bien como para viajar y preferiría terminar su descanso en la comodidad de su habitación. Si pudieras enviar el carruaje para llevarnos a casa, te lo agradeceríamos mucho.

Con amor,
Elizabeth

Elizabeth:

Tu padre necesita el carruaje hoy, así que me temo que no será posible. ¿Quizá sería mejor que os quedarais otro día? Estoy segura de que a Jane no le importará pasar más tiempo con el apuesto señor Bingley.

Con amor,
mamá

Oliver estuvo a punto de hacer pedazos la carta al recibirla. Aunque era verosímil que el señor Bennet de verdad fuera a usar el carruaje aquel día, el resto de la carta le hacía sospechar lo contrario. ¿De verdad su madre quería que alargasen aún más su estancia?

Supuso que la señora Bennet no creía posible que nadie pudiera cansarse de Jane, y tal vez fuera cierto, pero él también estaba allí y, después de dos días, estaba más que agotado de compartir espacio con dos jóvenes Bingley en particular.

Tras un desayuno compuesto por bollos con mermelada de fresa y una taza de té, paseó por Netherfield en busca de Bingley. Pero la mansión era muy extensa y enseguida se dio cuenta de que, a pesar de haber pasado dos días allí, apenas había estado en un puñado de habitaciones, en ninguna de las cuales se encontraba el joven pelirrojo.

Cuando entró en la biblioteca, no le sorprendió encontrar allí a Darcy, leyendo el libro que le había enseñado a Oliver en el Templo de las Musas. La cubierta le trajo a la memoria el recuerdo de su recorrido por la librería con Darcy a su lado y se detuvo en seco. Casi olió el cálido aroma del papel y el pegamento, y la sonrisa del chico…

Oliver apartó la mirada del chico. No había ido allí por Darcy. Bingley no estaba, así que suspiró y dio media vuelta. Se dirigía a la puerta para marcharse cuando una voz lo detuvo.

—¿Quería algo, señorita Bennet?

Oliver cerró los ojos. Que Darcy se dirigiera a él fue como un puñetazo en el estómago. Estaba acostumbrado a que se refirieran a él como la señorita Bennet, pero viniendo de Darcy, después de oírlo usar su verdadero nombre, era diferente.

Peor aún era que llevaba días sin poder ser él mismo. Cada momento que pasaba actuando como Elizabeth, le resultaba más difícil respirar.

Cuando abrió los ojos y se dio la vuelta, Darcy lo miraba expectante. Había hecho una pausa demasiado larga.

—Mis disculpas —se apresuró a decir—. Buscaba al señor Bingley. ¿Por casualidad sabe dónde se encuentra?

—No.

Oliver esperó a que dijera más, pero al cabo de unos segundos se volvió evidente que esa sería toda la respuesta de Darcy. El otro chico lo miró con una inexpresividad que transmitía puro desinterés, y tal vez una pizca de irritación. Como si le costara creer que lo hubieran interrumpido por un intercambio tan banal.

No había querido creer la acusación de Wickham de que Darcy odiaba a las mujeres, pero cada vez le resultaba más difícil negar la posibilidad.

—Bien —dijo Oliver—. No le robaré más tiempo.

—¿Piensan quedarse mucho más tiempo en Netherfield? —preguntó Darcy con frialdad.

Oliver se sonrojó. Era más que consciente de que Jane y él habían alargado demasiado su estancia, que era la razón por la que estaba buscando a Bingley. Sin embargo, oír insinuarlo de manera tan evidente en boca de alguien que hacía muy poco por ocultar su desdén le resultó humillante.

Procuró que no se le reflejara la vergüenza en la cara. Cuadró los hombros y se aclaró la garganta.

—En realidad, por ese motivo buscaba al señor Bingley. Esperaba que tal vez Jane y yo pudiéramos tomar prestado un carruaje para regresar a Longbourn. Jane se ha recuperado lo suficiente como para volver a casa, pero esta mañana hemos recibido una carta de nuestra madre que nos informaba de que nuestro padre necesitaba el carruaje, así que no podrán enviárnoslo.

—Ah —dijo una voz suave detrás de él—. Ya se marchan.

Oliver se dio la vuelta sobresaltado y encontró por fin a Bingley, que lo miraba con un atisbo de tristeza en los ojos. Casi se sintió mal por insistir en que se marcharan ese mismo día. Casi.

—Me temo que debemos —dijo Oliver.

—Son más que bienvenidas a quedarse otro día si lo desean —dijo Bingley—. Espero que sepa que su hermana y usted no son ninguna imposición.

Oliver forzó un amago de sonrisa e hizo un esfuerzo por no mirar a Darcy. No obstante, aunque el amigo de Bingley hubiera aceptado que se quedaran, la idea de seguir allí atrapado fingiendo ser Elizabeth un día más le daba náuseas.

—Es muy generoso de su parte, pero creo que Jane preferiría terminar de recuperarse en la comodidad de su propia cama.

Bingley asintió.

—Es comprensible. Por supuesto, no será ninguna molestia que se lleven uno de nuestros carruajes.

Apenas Jane y Oliver atravesaron la puerta de su casa, la señora Bennet los recibió con una expresión de evidente desagrado.

—¿Cómo habéis vuelto a casa? —preguntó. Luego se volvió hacia Oliver, con su humor cada vez más agrio evidente en sus facciones—. ¿No habrás obligado a Jane a caminar hasta aquí en su estado?

Jane abrió la boca para responder, pero le salió una débil tos, así que Oliver se le adelantó.

—No, madre. El señor Bingley ha tenido la amabilidad de prestarnos un carruaje.

La señora Bennet entrecerró los ojos.

—¿Os ha pedido que os fuerais?

—Lo hizo el señor Darcy —respondió Oliver, lo cual era, a grandes rasgos, cierto.

—Yo quería volver a casa —interrumpió Jane, antes de que la señora Bennet volviera a replicar—. Todavía no me encuentro del todo bien, mamá. Quiero descansar en casa, en mi propia habitación.

La señora Bennet suavizó la expresión.

—Por supuesto que sí, pobrecita mía. ¿Necesitas ayuda?

Jane negó con la cabeza.

—No, gracias, mamá. Pero si alguien pudiera traerme el baúl…

—Yo lo subiré junto con el mío —dijo Oliver.

Jane le dio las gracias y subió las escaleras hasta el dormitorio que compartían. Él hizo ademán de seguirla, pero la señora Bennet lo detuvo.

—Un momento, querida. Me gustaría que me lo contaras todo sobre la visita. ¿Ha podido Jane pasar más tiempo con el señor Bingley?

Oliver se mordió el labio y dejó ambos baúles en el suelo antes de que comenzaran a dolerle los brazos.

—Algo. La mayor parte de nuestra estancia se quedó descansando en su habitación, pero el señor Bingley acudió a verla con frecuencia.

—¡Espléndido! Qué excelentes noticias. ¿Qué hay de ti? ¿Has aprendido algo de las hermanas de Bingley?

Oliver parpadeó.

—¿Perdón?

—Son dos mujeres muy hermosas y femeninas. Había pensado que sería muy instructivo para ti pasar algo de tiempo con dos perfectas damas, dadas tus propensiones.

A Oliver le latía tan fuerte el corazón que le dolía el pecho y el calor le subió por el cuello. La señora Bennet no sabía que salía a la calle vestido de chico; no existía ni la más remota posibilidad de que no hubiera estallado al instante de haberse enterado de la verdad. Entonces, si su madre no sabía que prefería vestirse de chico, que era un chico, ¿a qué diantres se refería?

—No lo entiendo —dijo con cuidado—. ¿A qué propensiones te refieres?

La señora Bennet suspiró con notable exasperación.

—Por favor, Elizabeth, ¿acaso pensabas que tu propia madre no se daría cuenta de lo mucho que detestas tus vestidos más bonitos? ¿O la absoluta desdicha que muestras cuando se espera que bailes con un caballero? Por no mencionar la forma en que te estremeces ante la mera mención de un pretendiente…

—De acuerdo —la interrumpió Oliver—. Entiendo lo que quieres decir. Pero nada de eso es nuevo, mamá. Siempre me han disgustado esas cosas.

—Precisamente. Por eso creo que lo mejor para ti sería pasar más tiempo con señoritas como es debido. Tal vez ser una dama no te resulte tan natural como a tus hermanas, pero no es nada que no tenga arreglo. Solo necesitas la educación adecuada.

El calor del cuello se le extendió por el resto del cuerpo y lo abrasó vivo mientras unas náuseas crecientes le acosaban el estómago. Lo que la señora Bennet sugería le provocaba un rugido en los oídos y le oprimía los pulmones. Necesitaba escapar de aquella conversación de inmediato.

—No, gracias —dijo Oliver y se esforzó por mantener un tono casual y educado.

Su voz sonó distante y sus movimientos fueron inconexos al agacharse a por los baúles. Era como si se viera a sí mismo hablar y moverse, pero fuera otra persona la que controlaba su cuerpo. Él era un mero espectador, flotando en un punto perdido en la tormenta de sus oídos.

—Estoy bien así —dijo, con la voz a punto de quebrarse—. Voy a ver cómo está Jane.

Subió las escaleras a la primera planta, con la cabeza ligera mientras luchaba por mantenerse en tierra. La señora Bennet no lo detuvo.

Jane estaba dormida, lo que lo favorecía.

Oliver se lanzó a la cama y cayó en el colchón con tanta fuerza que casi se quedó sin aire. Tumbado con los brazos detrás de la cabeza, le dio vueltas a las palabras de su madre, casi mareado por la angustia que le provocaban.

La tela del vestido le apretaba demasiado. Se levantó de un salto, se estremeció por el crujido del suelo al pisarlo y se arrancó la ropa por encima de la cabeza hasta que cayó a sus pies. Liberado de su prisión de tela, acercó la silla de madera del pequeño escritorio y la apoyó contra la puerta para evitar que nadie entrara sin avisar. Satisfecho, regresó a la cama, se arrodilló y metió la mano debajo para apartar los baúles señuelo y liberar el oculto del fondo.

Aunque le habría gustado vestirse al completo con abrigo, corbata, botas y todo, sería mucho más difícil quitárselo rápidamente en caso de necesidad, así que optó por unos pantalones, la tela compresora y una camisa. Una vez vestido, se pasó la mano por el pecho y suspiró con gran alivio mientras una sonrisa tímida se le dibujaba en los labios. La prenda de compresión le rodeaba las costillas como un abrazo y lo reconfortaba de una forma difícil de explicar.

Cuando el pánico desapareció, buscó una pluma, un tintero y una hoja de papel. Había usado la silla para bloquear la puerta, así que no podía sentarse en el escritorio. En vez de eso, se sentó en el suelo delante del baúl abierto, cerró la tapa y extendió el papel encima. Mojó la pluma en el tintero, escribió *Aspiraciones*, y debajo empezó una lista:

Ir a una Molly House.
Pasar varios días seguidos vestido de mí mismo sin fingir ser una chica.
Contarle a toda la familia y al servicio quién soy para poder ser yo mismo en casa.

Dudó. El último punto que quería añadir le parecía imposible. Pero se trataba de una lista de aspiraciones y, si ni siquiera podía permitirse soñar con ello, ¿qué sentido tenía?

Así que Oliver respiró hondo y escribió lo imposible con dedos temblorosos:

Besar a un chico siendo un chico.

CAPÍTULO 11

Para alegría de Lydia, no pasó mucho tiempo desde que se marcharon de Netherfield hasta que Jane se recuperó. Poco después recibieron una invitación para un baile en la propiedad. La muchacha canturreaba sobre los apuestos jóvenes que con toda seguridad acudirían, mientras Jane intentaba restarle importancia a su entusiasmo por disfrutar de más tiempo con Bingley sin estar enferma.

—Solo ha pasado una semana desde la última vez que los vimos, pero estará bien vernos de nuevo —dijo, con las mejillas cubiertas de un tenue rubor rosa—. Claro que habrá mucha gente. No debo esperar ser el único objeto de su atención.

—Tal vez no debas esperarlo —concedió Oliver—. Pero sospecho que lo serás.

Por su parte, él no había tenido oportunidad de salir solo ni una vez desde que habían regresado de Netherfield. Se sentía como un animal con una pata enganchada en una trampa, los dientes de las expectativas de su madre hundiéndose más y más en su piel cada vez que se resistía.

La señora Bennet había insistido en que Oliver la ayudase durante toda la semana. A preparar la casa para la llegada de su primo, el señor Collins, que les había hecho saber que pronto iría de visita por primera vez. Como los Bennet no tenían hijos legalmente reconocidos, Collins iba a heredar Longbourn en caso del fallecimiento de su padre. Oliver no tenía ni el más mínimo interés en conocer a aquel hombre, pero la señora Bennet parecía convencida de que quizás alguna de sus hijas le gustaría bastante como para casarse con ella. Era una idea de lo más vil y Oliver estaba decidido a ser lo menos agradable posible.

Sin embargo, esa noche no tenía que preocuparse por Collins, pues era el baile de Netherfield. Cuando llegaron a la propiedad y siguieron a la multitud hasta el salón de baile, Oliver quedó impresionado por la grandiosidad de la sala. Aunque había pasado varios días allí, nunca se había aventurado en aquella estancia, ya que tampoco había tenido motivos para hacerlo. Al encontrarse en ella, la contempló con los ojos muy abiertos.

Los suelos de madera oscura estaban recién encerados y brillaban a la luz; estaban tan bien pulidos que Oliver podía ver su reflejo en la madera. Dos grandes lámparas de arañas de cristal iluminaban la habitación como estrellas titilantes. Las paredes eran de un azul intenso y las cortinas de seda estaban ribeteadas en oro.

Aunque el baile de Meryton había sido público, aquel era privado, lo que significaba que todo el mundo había acudido con sus mejores galas. Oliver hacía lo posible por no mirar su vestido de noche. Sabía que era azul, no muy diferente del color de las paredes, y el cierre delantero del corsé se le clavaba en la piel justo debajo del pecho cada vez que sentía la tentación de encorvarse para no resaltar la forma de su busto. Se había vestido, con la ayuda de la señora Bennet, procurando mirar su reflejo lo menos posible. Al menos llevaba el pelo recogido. Había tenido que discutir con su madre para que le permitiera llevarlo así, pero al final había cedido.

En cualquier caso, no era el vestido lo que le importaba. Aquella noche presentaba una oportunidad única de observar lo más destacado de la moda masculina. No era una oportunidad que tuviera a menudo y no iba a desaprovecharla.

Apenas habían entrado en el salón cuando Bingley se les acercó, absolutamente radiante. Miro a Jane como si fuera la mujer más hermosa que hubiera visto nunca, con una sonrisa que reflejaba a la luz.

—Está absolutamente despampanante —dijo y le ofreció la mano—. ¿Me concede este baile?

Jane se sonrojó y sonrió mientras aceptaba su mano.

—Todos los que quiera, señor Bingley.

Y se marcharon.

Ver al chico pelirrojo le recordó a Oliver que Darcy también debía de estar por allí; después de todo, vivía en Netherfield. Por razones que prefería no analizar, paseó la vista por la estancia para intentar localizarlo entre la multitud. No tardó mucho en verlo, con la espalda pegada a la pared y los brazos cruzados. Parecía enfadado, lo que le extrañó. Sabía que Darcy no era un gran aficionado a los bailes, pero aquel era uno que él mismo había ayudado a organizar. No debería estar tan irritado por el evento como en el baile de Meryton.

Cuanto más miraba a Darcy, más se convencía de que el otro chico estaba mirando a alguien en particular. Oliver siguió su mirada por la sala hasta llegar a Wickham, de entre todos los invitados, vestido con el uniforme de gala de un soldado. Parecía corresponder la mirada de odio de Darcy con la suya propia.

Hasta cierto punto, comprendía por qué a Wickham no le caía bien Darcy.

Pero ¿por qué Darcy se había enfurecido así al ver a Wickham?

Lydia, Kitty y Mary se escabulleron entre la gente. Oliver se dispuso a irse en la dirección opuesta cuando una mano lo agarró por el hombro.

—Querida —dijo la señora Bennet y le apretó fuerte el hombro—. Quiero que te animes a bailar con alguien esta noche. Ahora que Jane está casi comprometida con el señor Bingley...

—Eso es un poco presuntuoso, ¿no crees? —convino Oliver con una sonrisa.

—¡Presuntuoso! —replicó su madre—. Recuerda mis palabras, querida, el señor Bingley no le quitará los ojos de encima a Jane ni una vez en toda la noche. Estoy absolutamente convencida de que no bailará con nadie más.

—Supongo que lo comprobaremos —dijo Oliver y se dio la vuelta, pero la señora Bennet volvió a agarrarlo del brazo. Suspiró y la miró de nuevo—. Perdona, ¿querías algo más?

—Quiero que me prometas que bailarás al menos con un caballero esta noche.

Oliver hizo una mueca.

—Seguro que Kitty y Lydia bailarán con caballeros más que suficientes para compensar. —La señora Bennet entrecerró los ojos y Oliver se mordió el labio antes de ceder—. Si algún caballero me saca a bailar, aceptaré. Pero no pienso desfilar delante de ellos como un pavo real buscando pareja.

—Está bien —dijo la señora Bennet, mucho más triunfante de lo que le resultaba cómodo. Fue entonces cuando se dio cuenta de que no lo estaba mirando a él, sino a algo por encima de su hombro—. Ah, señor Collins. Qué agradable sorpresa.

A Oliver le dio un vuelco el estómago. ¿El señor Collins? ¿Su primo, el señor Collins? ¿Allí? Se suponía que no llegaría hasta la tarde siguiente.

—Buenas noches, señora Bennet. Señorita Bennet. —Un hombre se les acercó y se quitó el sombrero mientras los saludaba con la cabeza—. ¡Qué agradable encuentro! No esperaba disfrutar del placer de su compañía hasta dentro de veinticuatro horas.

Oliver se obligó a sonreír, aunque todo su ser le gritaba que buscara una excusa para marcharse de inmediato. La señora Bennet no podría haberlo preparado mejor aunque lo hubiera intentado; aunque tal vez lo había hecho.

—Señorita Bennet, está usted absolutamente deslumbrante —dijo Collins.

Oliver contuvo un escalofrío. Al final, se atrevió a mirar al hombre, y se arrepintió de inmediato. Collins lo miraba con demasiado interés. Se suponía que era la hermana Bennet antipática, pero aquello empezaba con muy mal pie.

Collins era un hombre torpe, con una frente brillante ya resbaladiza por la transpiración nerviosa, y no sabía qué se había hecho en el pelo corto, pero le había quedado tan tieso que Oliver se lo habría creído si alguien le hubiera dicho que era una peluca de cerdas de jabalí. Llevaba una corbata de volantes, como de encaje, que estaba pasada de moda. El resto de su vestimenta era más o menos actual, pero insulsa. Camisa de lino blanco, chaqueta negra, pantalones negros, botas negras. El corte de la chaqueta y la camisa era cuadrado, como si no se lo hubieran hecho a medida, o al menos, no bien.

En conjunto, daba la impresión de un joven que se había puesto los zapatos demasiado grandes de su padre.

—Me alegro de verlo, señor Collins —se obligó a decir—. ¿Tengo entendido que mañana visitará Longbourn?

—Así es. Hace poco me di cuenta de que aún no había estado nunca en la propiedad, lo cual consideré absurdo, dado que algún día será mía. Qué extraño que no se me hubiera ocurrido venir antes. Pero no importa, tengo muchas ganas de conocer el lugar, y a su familia, por supuesto. Creo que será bueno, importante incluso…

—Yo también lo espero con impaciencia —interrumpió Oliver—. Si me disculpa, creo que Mary está a punto de sentarse al pianoforte y es mi deber detenerla.

—No te preocupes, querida —dijo con alegría la señora Bennet—. Yo cuidaré de Mary.

—No es necesario, mamá. No me importa...

—En realidad, señorita Bennet, esperaba que me hiciera el honor de concederme este baile.

Y ahí estaba. Oliver se puso rígido y la sonrisa forzada se le borró de la cara cuando su madre le dedicó su mirada más exigente. Arqueó las cejas, con un mensaje claro: *Prometiste que aceptarías si alguien te lo pedía.*

Pero ¿Collins?, quiso replicar. *Es mi primo, ¡no un caballero!*

No le hizo falta expresarlo en voz alta para saber que la discusión no lo llevaría a ninguna parte. Su madre, por desgracia, le había ganado la partida.

Muy despacio, se volvió hacia Collins, que seguía mirándolo expectante, con la mano tendida.

—Por supuesto —dijo con frialdad.

Oliver aceptó su mano. Estaba resbaladiza por el sudor y ligeramente fría, como sostener un pescado que se había dejado demasiado tiempo en la encimera. Esa vez fue incapaz de reprimir el escalofrío que le recorrió la espina dorsal, pero se las arregló para sonreírle a su primo a pesar de la tensión.

—Tiene unas caderas muy bonitas, perfectas para tener hijos —dijo Collins en cuanto se acercaron al centro del salón, al parecer con una habilidad innata para soltar el peor comentario posible.

Si un rayo atravesara el techo de Netherfield y cayera directamente en el corazón de Oliver, sería un alivio.

—Lleva una corbata... tradicional —respondió con frialdad.

El señor Collins sonrió.

—¡Ah, se ha dado cuenta!

Oliver se esforzó por mantener una expresión seria. ¿Cómo no hacerlo? La monstruosidad de volantes que le salía del pecho le recordaba a un tapete demasiado grande.

—Podría decirse que soy una especie de tradicionalista —continuó Collins con una nota de orgullo en la voz—. En la forma de vestir, por supuesto, pero también en la vida. Creo que el mundo sigue funcionando por una razón, por lo que, como sociedad, debemos aprender del pasado para mejorar el futuro.

—¿Cómo va a mejorar el futuro si se sigue imitando el pasado? —replicó Oliver, incapaz de contenerse.

Collins se quedó pasmado; no esperaba que Oliver lo desafiara en algo.

—Esa pregunta presupone que, como sociedad, no hemos empezado a caer en el caos por desviarnos del pasado —dijo, nervioso—. Pero seguro que no cree eso.

—Claro que no —respondió secamente.

Collins asintió, aliviado, ajeno al sarcasmo. Luego, tal vez incómodo por el tema, sonrió cuando la música pasó de un simple vals a un baile en línea.

—¡Ah! Qué maravilla. Me encanta este baile.

Oliver también se alegró del cambio de música, aunque solo fuera porque un baile en línea supondría pasar menos tiempo pegado a Collins. Se situó en la fila de mujeres, ignorando la profunda sensación de disgusto que le provocaba hacerlo. Rodeado por damas sonrientes a ambos lados, recordó de repente cómo lo veía el resto del mundo. Al mirarlo, Collins veía a una chica con un vestido, como todas las demás chicas colocadas en fila para el baile. Se mordió el labio y apartó la incomodidad. Sin embargo, cada vez que intentaba suprimir el remolino que le retorcía en las tripas y que le empujaba a marcharse de allí, más difícil le resultaba.

Sospechaba que no pasaría mucho tiempo antes de que tuviera que encerrar esos sentimientos en la cajita que guardaba en un rincón de su mente, solo para descubrir que la caja estaba a punto de reventar.

Comenzó la música y Oliver se dejó llevar por los movimientos. Se concentró en los pasos, en el tira y afloja del baile con la pareja y en fingir con todas sus fuerzas que su pareja no era Collins. Cuando llegó el momento de cambiar de sitio con la chica de la izquierda y bailar con su acompañante, se sintió aliviado por alejarse de su primo, aunque solo fuera por unos instantes.

Se acercó a su nuevo compañero y se sobresaltó al ver que Darcy avanzaba hacia él. Se encontraron con las palmas de las manos sin llegar a tocarse y se rodearon mientras el corazón de Oliver le martilleaba el pecho.

—Buenas noches, señorita Bennet —dijo Darcy con tono neutro.

Oliver tragó saliva.

—Buenas noches, señor Darcy.

—¿Se divierte?

—Yo no diría tanto.

Inesperadamente, Darcy sonrió, solo un poco, y Oliver sonrió también sin esperarlo.

—Su acompañante parece bastante parlanchín.

—Una observación acertada. Por fortuna, parece pertenecer a esa clase de habladores a quienes solo les interesa oírse hablar a sí mismos.

Darcy arqueó una ceja.

—¿Eso es algo bueno?

—Lo es cuando yo no tengo ningún interés en hablar con él.

—Ah. —Darcy ensanchó la sonrisa—. Espero que no sea mi caso.

Ah… ¿Sí? Oliver no sabía cómo interpretar aquel cambio de actitud. Cada vez que había interactuado con Darcy vestido de chica, un bloque de hielo habría sido una compañía más amigable. Pero ahora Darcy parecía casi… agradable.

—Si prefiere la conversación al sonido de su propia voz, ya va un paso por delante de mi pareja de baile —dijo Oliver.

Darcy abrió la boca con la intención de decir algo, pero entonces la música varió y llegó el momento de volver a intercambiar parejas. Oliver asintió y retrocedió hacia la derecha para cambiar de sitio con la pareja original de Darcy. Tal vez fueran imaginaciones suyas, pero la joven parecía aliviada de volver con el otro chico.

Mientras se cruzaba con Collins, Oliver volvió a encontrarse en la poco envidiable situación de bailar cerca de su primo durante un largo rato. Collins empezó a hablar al instante de la dudosa calidad de las mujeres del lugar y, por el bien de su propia cordura, Oliver dejó que su mente divagara. La voz de su primo se volvió distante, como si estuviera debajo del agua, y la música creció en su mente y lo condujo a través de los hipnóticos pasos.

Oliver dejó vagar también la mirada y captó el movimiento del frac de Darcy, el giro de sus zapatos lustrados, el corte de sus pantalones oscuros y su abrigo de doble botonadura. La ropa del chico estaba bien entallada en la cintura y los hombros y acentuaba su envidiable forma de triángulo invertido, pero la pieza estrella era claramente el abrigo. A diferencia de muchas de las mismas prendas negras que había en el salón, el abrigo de Darcy era de un color azul marino intenso, con el cuello y los puños de terciopelo negro como contraste. Los botones eran plateados y resaltaban sobre los tonos profundos de la tela. Quiso uno de inmediato.

Oliver tenía varias prendas para hombre, pero todavía no tenía ropa de etiqueta. Después de todo, siempre asistía con su familia a cualquier evento que requiriera ropa formal; no podía fingir que no iba y presentarse vestido de hombre. Quizás el público general no se diera cuenta de que Oliver y Elizabeth eran la misma persona, pero no dudaba ni por un segundo de que la señora Bennet lo veía al instante.

Allí rodeado de hombres vestidos con sus mejores galas, lo que más deseaba era arrancarse el vestido y ponerse unos pantalones elegantes, unos zapatos de cuero relucientes, una camisa de seda, una corbata y un abrigo perfectamente entallado, tal vez de color burdeos o verde bosque, con un cuello negro en contraste, similar al de Darcy. Había mucha elegancia para admirar en aquella estancia; desde abrigos como el de Darcy hasta chalecos de hermosos colores que contrastaban con otros negros, pasando por elegantes botas negras de Hesse sin los cordones con volantes de las botas de mujer. Se veía a sí mismo con todo, se imaginaba cómo sería ir de punta en blanco con el pecho aplastado. Lo deseaba con todas sus fuerzas, pero le parecía imposible que alguna vez fuera a pasar.

El dolor en el pie izquierdo lo arrancó de sus pensamientos errantes. Oliver jadeó, apartó la pierna hacia atrás y se tropezó en el paso de baile.

—¡Vaya! —exclamó Collins—. Lo siento mucho. En ocasiones me equivoco con esta canción. ¿Se encuentra bien?

Oliver se lo quedó mirando mientras le palpitaba el pie. El dolor no era insoportable, pero lo notaba. Entonces reconoció que el desafortunado incidente era una oportunidad.

—Creo que debería sentarme —dijo.

—Por supuesto —se apresuró a decir Collins—. Cómo no. ¿Necesita que la ayude a llegar a una silla?

—No, no es necesario. Tendrá que encontrar otra pareja de baile. Siento mucho las molestias.

—Señorita Bennet, por favor, soy yo quien debe…

Pero Oliver ya se estaba dando la vuelta, así que la disculpa de Collins se desvaneció en el aire.

Oliver caminó con cuidado, sin tener que fingir la cojera, porque el pie le dolió de verdad durante el minuto que tardó en encontrar un rincón con algunas sillas dispuestas.

Una vez sentado, cerró los ojos y apoyó la cabeza en la pared. La noche había sido un desastre, pero al menos Collins había tenido la amabilidad de brindarle una escapatoria, aunque fuera por accidente.

—Disculpe, señorita Bennet, ¿se encuentra bien?

Oliver gimió para sus adentros. ¿La noche no iba a acabar nunca? A regañadientes, abrió los ojos y se sorprendió al encontrarse nada menos que con Wickham ante él, con un ceño de preocupación.

—Ah, sí —dijo Oliver y se apresuró a llenar el incómodo silencio—. Mi última pareja de baile me ha pisado el dedo del pie, pero estoy bien.

Wickham levantó las cejas.

—¡Que la ha pisado! ¡Menudo patán! ¿Seguro que se encuentra bien?

—Seguro —respondió Oliver con firmeza—. De verdad que no tiene por qué preocuparse.

—Me alegra oírlo —dijo Wickham—. En ese caso, ya que su última pareja no la ha herido de gravedad, ¿me haría el honor de bailar conmigo? Prometo no pisarle los pies.

Wickham le dedicó una sonrisa que probablemente consideraba encantadora. Habría funcionado, si la manipulación no hubiera sido tan obvia, y si Oliver no hubiera tenido ya una desagradable interacción anterior con él. Pero ¿qué iba a decir? No podía fingir estar herido después de asegurarle dos veces que estaba bien. Wickham lo había arrinconado con mucha habilidad y lo sabía.

Como no creía que fuera a ser capaz de disimular la irritación en su voz, Oliver aceptó la mano que le tendía sin decir palabra y se levantó. Así se encontró de nuevo en la nada envidiable situación de bailar con un hombre con el que no tenía ningún interés en bailar.

—Es usted muy hermosa —dijo Wickham mientras daba vueltas con Oliver por la pista de baile—. Sin duda algún día será una preciosa esposa para un hombre muy afortunado. Quizá incluso pronto.

Oliver retrocedió un poco.

—¿Pronto? Espero que no. Desde luego, no he conocido a nadie con quien tenga interés de casarme.

Wickham sonrió con altivez.

—Tal vez lo ha conocido, pero aún no se ha dado cuenta.

Si Oliver no hubiera agotado toda su paciencia con Collins, tal vez habría sido capaz de disimular la repulsión que se le reflejó claramente en el rostro ante la insinuación de Wickham. Estando las cosas como estaban, miró al joven como si fuera un tarro de leche que hubieran dejado al sol y dijo:

—No lo creo.

La sonrisa desapareció del rostro de Wickham al instante, sustituida por una expresión turbulenta. Pasaron el resto de la canción en un silencio de lo más incómodo mientras Wickham apenas contenía el ceño fruncido. Oliver sabía que lo educado sería disculparse, pero no quería alentar sus coqueteos.

Por fortuna, la canción terminó y Wickham se apartó con brusquedad de Oliver, le hizo una reverencia cortés y se mezcló con la multitud. Mientras lo veía alejarse, pensó que no lo lamentaba. En absoluto.

CAPÍTULO 12

El día después del baile de Netherfield, a Oliver por fin se le presentó una oportunidad de volver a salir solo. Era el día previsto para la llegada de Collins, por lo que la energía que se respiraba en Longbourn era caótica cuanto menos. La señora Bennet repartía tareas entre el personal y sus hijos mientras se angustiaba por el estado de la casa (que, tras días de limpieza, estaba prácticamente inmaculada) y por el menú para la cena.

Por supuesto, Oliver ya había dedicado varios días a preparar Longbourn para la llegada de su estimado primo, así que tenía preparada una excusa irrefutable cuando anunció que iba a visitar a Charlotte.

—¿Ahora? —protestó la señora Bennet—. Sabes muy bien quién llega esta noche, ¿y quieres salir? ¿Es que quieres crisparme los nervios?

—Es demasiado tarde para eso, mamá —respondió Oliver con una sonrisa socarrona—. De todos modos, ya te he ayudado a preparar la llegada del señor Collins los últimos tres días. ¿No crees que me he ganado un descanso?

La señora Bennet abrió la boca, probablemente para negarse a su petición, pero el señor Bennet levantó la vista del periódico y habló antes:

—No pasa nada, querida. Tenemos otras cuatro hijas para ayudar con los últimos detalles. Seguro que no nos llevará más de una hora terminar los preparativos.

Oliver sonrió. Su madre cerró la boca otra vez. Resopló furiosa y luego levantó los brazos.

—¡De acuerdo! Si es absolutamente imprescindible que visites a Charlotte la víspera de la llegada de tu primo...

—Así es —respondió Oliver con seriedad.

—Entonces supongo que debo permitirlo, siempre y cuando prometas volver a casa antes de su llegada esta noche.

—Gracias, mamá.

Le dio un beso en la mejilla y sonrió a su padre, que le guiñó un ojo antes de volver a bajar la vista al periódico. Henchido de felicidad, Oliver salió bailando por la puerta antes de que a la señora Bennet se le ocurrieran nuevas exigencias.

Dos horas más tarde, tras cambiarse a un atuendo más apropiado, cortesía del vestuario que guardaba en casa de Charlotte, contemplaba sentado un espectáculo acrobático al aire libre en un parque cercano. Aún se estaban preparando para la actuación, pero el escenario era enorme y Oliver había conseguido un asiento en la tercera fila, justo en el centro. Seguro que sería excelente; ya había visto actuar a aquella compañía una vez, el año anterior, y había quedado asombrado por la fluidez de sus acrobacias...

—¿Está ocupado este asiento? —Oliver levantó la vista.

Era Wickham. Se quedó helado y, por un momento, lo asustó la idea de que pudiera reconocerlo, pero poco a poco se obligó a relajarse. Nadie más lo había descubierto. ¿Por qué iba Wickham a ser diferente?

—Yo no se lo estoy reservando a nadie —respondió—. Pero no puedo hablar por los demás.

El joven se encogió de hombros y se sentó junto a Oliver.

—Me llamo Wickham —dijo—. ¿Y usted?

—Oliver Blake.

—Un placer conocerle, Blake.

Sonrió con afabilidad y Oliver le devolvió el gesto. No estaba muy seguro de qué pensar de Wickham. No había quedado precisamente impresionado con él en el baile, pero podría decir lo mismo de prácticamente todos los hombres que habían estado presentes. Darcy parecía detestarlo, pero debía admitir que a Darcy no le caía bien la mayoría de la gente. Por lo tanto, ¿era de verdad reseñable que Wickham desagradara al otro chico? Probablemente no.

—¿Nos conocemos? —preguntó Wickham y frunció el ceño.

A Oliver casi se le paró el corazón. Tragó saliva con dificultad y se obligó a respirar con calma mientras Wickham lo seguía estudiando con atención.

—No lo creo —respondió y se enorgulleció de lo tranquilo que había sonado.

—Puede que no nos hayan presentado, pero estoy seguro de haberlo visto antes —insistió Wickham.

Oliver se sintió desfallecer. Le había ido tan bien a la hora de mantener sus dos vidas separadas que ni siquiera Darcy, que había conversado largo y tendido con él en ambas formas, había establecido la conexión. ¿Cómo era posible que Wickham lo reconociera cuando nadie más lo había hecho? No debería haber aceptado bailar con él.

—Vivo en Londres, así que es posible que me haya visto por la calle alguna vez —dijo Oliver—. ¿Quizás asistió a la Feria de Bartholomew a principios de año?

Wickham negó con la cabeza.

—No, no es eso. No estuve en la feria.

Oliver se limitó a encogerse de hombros y mantuvo la compostura a pesar de que le temblaban las manos.

—Me temo que no recuerdo haberlo conocido. ¿Quizá me confunde con otra persona?

—¡Watier's! —exclamó Wickham—. Por supuesto. ¿Ha estado en Watier's hace poco?

Oliver parpadeó y sintió un profundo alivio. Wickham no había reconocido a *Elizabeth*, sino a él. Había estado a punto de entrar en pánico ante la idea de que alguien malinterpretara quién era y causara un escándalo que afectaría a su familia, cuando Wickham solo había reconocido a *Oliver*.

—Lo cierto es que sí. —Rio y se relajó en el asiento—. Aunque no creo que nos conociéramos.

—No, creo que no. —Wickham sonrió y volvió a mirar al escenario—. ¡Ah! Misterio resuelto. ¿Ha visto actuar a esta compañía antes?

Oliver respondió que sí.

—¡Espléndido! Para mí es la primera vez. Me vendrá bien un poco de diversión después de la desagradable semana que he tenido.

Era evidente que Wickham quería que le preguntara, pero Oliver no estaba del todo seguro de que le apeteciera hacerlo. Era un joven bastante agradable, pero estaba claro que pretendía involucrarlo en una conversación para la que no estaba seguro de estar preparado. Había salido aquel día con la intención de pasar un tiempo a solas. Wickham, evidentemente, había salido con la intención de encontrar a alguien con quien quejarse.

Sin embargo, cuanto más callaba Oliver, más incómodo se volvía el silencio. Al final, cedió y dijo:

—Lamento oírlo.

—Gracias, es muy amable por su parte. Tal vez haya sido un poco exagerado; supongo que si lo pienso bien, mi semana había ido bien hasta anoche. Pero la desagradable experiencia que viví ayer ha ensombrecido una semana por lo demás perfectamente normal.

Tal vez Oliver no quisiera participar en aquella conversación, pero ya no tenía forma de evitarla. Un pensamiento inoportuno se abrió paso en su mente: ¿Estaba Wickham a punto de quejarse, en fin, de él? Era cierto que había sido grosero con él la noche anterior, pero el comportamiento de Wickham había sido tan atrevido que le había parecido la única forma de dejar claro su desinterés. ¿O quizás había ocurrido algo más en el baile de Netherfield de lo que él no se había percatado? Tal vez se estuviera refiriendo a su concurso de miradas con Darcy.

—¿Qué ocurrió anoche? —preguntó, en contra de su instinto.

—Me temo que cometí un terrible error de juicio. Recibí una invitación para el baile de Netherfield y pensé que sería completamente benigna, como es de esperar. Sin embargo, ahora temo que dicha invitación se me envió con fines mucho más funestos.

Oliver resistió el impulso de reír. ¿Fines funestos? Casi daba a entender que hubiera una conspiración para asesinarlo. Sin embargo, no le dio más detalles, por lo que era evidente que pretendía que Oliver fuera un participante activo de aquella extraña conversación.

—¿Qué fines? —preguntó al final.

Wickham miro alrededor, como si lo que estuviera a punto de decir fuera una información de alto secreto. Luego se inclinó hacia Oliver y bajó la voz.

—Creo que conoce a un tal Darcy de Pemberly. Si no recuerdo mal, lo vi con él en Watier's.

Oliver se apartó con discreción.

—Así es.

—Lo imaginaba. No son íntimos, espero.

—Algo extraño de esperar.

Wickham sonrió con culpabilidad.

—Me preocupa que lo que voy a decir pueda resultar molesto si tiene una relación cercana con Darcy.

—Lo conozco bien, pero no estoy seguro de que él nos considerase cercanos —dijo Oliver.

Wickham asintió.

—¡Entonces es una suerte que lo haya conocido! Si se hubiera familiarizado más con Darcy, podría terminar siendo amigo de todo un villano.

La cuidadosamente construida fachada de apatía distante de Oliver estuvo a punto de quebrarse. Contuvo una carcajada, pero la sonrisa se le escapó sin remedio.

—¿Un villano?

—En efecto —dijo Wickham con aire sombrío—. Darcy de Pemberly ha arruinado el futuro de mi querida prima. Verá, está comprometido con mi prima Liliana, a quien siempre he tenido un gran aprecio. Desde que eran niños, se había acordado que se casarían y, durante un tiempo, todo fue bien, hasta que los dos empezaron a acercarse a una edad casadera. Desde hace dos años, Darcy trata a mi prima con mucha frialdad. No la visita por voluntad propia y nunca responde a sus cartas. Cuando los dos se encuentran a causa de terceros, la trata como a una extraña. Es verdaderamente horrible de contemplar y ha sido muy doloroso para mi pobre prima.

Oliver frunció el ceño. Desde luego, Darcy nunca había mencionado a una prometida.

—Si Darcy no quiere casarse con su prima, ¿por qué no rompen el compromiso?

—¡Esa sería una buena solución! —exclamó Wickham—. Pero este villano se niega a hacerlo, lo que deja a mi pobre prima sola e incapaz de cortejar a nadie más. Me hierve la sangre solo de pensarlo. Por desgracia, supongo que no debería sorprenderme; ha dejado más que claro su desprecio por las mujeres.

Oliver frunció el ceño. Lo que Wickham describía era cruel y frío; no quería creer que Darcy fuera capaz de nada así. Sin embargo, cuanto más pensaba en lo que sabía de él, incluyendo cómo el chico se había descrito a sí mismo, más difícil le resultaba negar la capacidad para un acto de aquella índole en su carácter. Aunque había disfrutado de momentos de lo más agradables con Darcy cuando iba vestido de él mismo, el joven era una persona completamente distinta cuando Oliver se hacía pasar por una chica.

—Es terrible —dijo y esa vez no tuvo que fingir verdadera preocupación—. Siento mucho oírlo.

Wickham asintió.

—Es una realidad de la que no muchos son conscientes, me temo. Los Darcy siempre han tenido buenos contactos, de modo que es natural que se hayan esforzado por mantener un asunto así a espaldas de la opinión pública. Pero le aseguro que lo que digo es cierto.

Oliver no sabía muy bien qué pensar de todo aquello. No se le ocurría qué motivos podría tener Wickham para inventarse una historia tan atroz; al fin y al cabo, él no era nadie importante cuya opinión sobre Darcy tuviera ninguna importancia a nivel social.

—Lo siento —repitió, sin saber qué más responder.

—Y aún hay más.

A Oliver se le revolvió el estómago. No estaba seguro de querer saberlo, la verdad. La información recién descubierta ya lo atormentaba. ¿Sabía Bingley lo que Darcy le había hecho a la prima de Wickham? No creía que fuera posible; Bingley y Darcy eran prácticamente inseparables y el primero no ocultaba el afecto que sentía por su amigo. Le costaba imaginar que un alma tan dulce como Bingley fuera a relacionarse con Darcy si supiera de lo que era capaz.

Miró a Wickham con recelo, lo cual solo pareció animarlo, porque se inclinó más hacia él.

—He oído que Darcy visita con frecuencia varias Molly Houses —susurró y su aliento humedeció la mejilla de Oliver. Después se echó hacia atrás, con una sonrisa de suficiencia, y cruzó los brazos sobre el pecho.

Oliver parpadeó y unas punzadas de calor le recorrieron la cara, el cuello y el pecho. La posibilidad de que Darcy se sintiera atraído por otros chicos no lo sorprendía tanto, pero sí que Wickham se atreviera a compartir algo así con él. Dadas las obvias implicaciones de que alguien frecuentara una Molly House, era un rumor particularmente peligroso. Sin duda era más que suficiente para arruinar la reputación de alguien, una realidad que lo enfurecía. ¿Qué le importaba a nadie por quién se sentía atraído Darcy?

—Difundir un rumor como ese podría ser extremadamente perjudicial —dijo con frialdad.

Wickham arqueó una ceja.

—Si es cierto, la gente merece saberlo.

—¿Por qué? —El tono de Oliver era cortante y quizá un poco sospechoso, porque Wickham entrecerró los ojos. Impregnó la voz de un aura venenoso—. No creo que sea algo que se deba divulgar, sobre todo porque ni siquiera sabe si es cierto.

—Después de lo que le he contado sobre su carácter, ¿por qué debería importarte? —preguntó Wickham, incrédulo—. Después de lo que le ha hecho a mi prima...

Oliver lo interrumpió:

—Opino que su insistencia en difundir unos rumores tan dañinos, sabiendo perfectamente el daño que podrían causar, habla más de su propio carácter que del suyo.

El rostro de Wickham se volvió inexpresivo, pero no le importó. No tenía ningún interés en continuar con aquella conversación ni un segundo más. Se disculpó y se levantó, incapaz de controlar cómo le temblaban las manos mientras abandonaba el teatro al aire libre.

—————

La mente de Oliver bullía. Después de cambiarse en casa de Charlotte, caminó de vuelta a casa aturdido, mientras intentaba procesar todo lo que había descubierto sobre Darcy. La información sobre su cuestionable comportamiento hacia la prima de Wickham lo perturbaba, pero si era cierto que visitaba las Molly Houses, entendía por qué Darcy no quería casarse con ella.

Sin embargo, si ese era el caso, ¿por qué no había roto el compromiso? En cualquier caso, aquello tampoco explicaba la frialdad de Darcy hacia él cuando se vestía de chica.

Oliver no fingiría que no había esperado en parte que a Darcy le gustaran los chicos, sobre todo después de la noche que habían compartido en Watier's. No obstante, buscar esa confirmación habría sido peligroso, así que no se había atrevido. Pero tal vez no le hiciera falta preguntar. Tal vez lo único que debía hacer era armarse de valor para acudir él mismo a un par de Molly Houses y preguntar si Darcy era un habitual. Estaba en su lista de aspiraciones, independientemente de las inclinaciones del otro chico, así que ir le serviría para las dos cosas.

Por otra parte, ¿un establecimiento tan discreto estaría dispuesto a compartir esa clase de información? Probablemente no. Pero ¿de qué otra manera podría averiguar con certeza si el rumor era cierto?

Oliver frunció el ceño. Lu le había contado que aquella Molly House en particular la frecuentaba una clientela joven. Tal vez si iba...

El chasquido de un palo a sus espaldas lo arrancó de sus pensamientos. Miró por encima del hombro y se sorprendió al encontrar el sendero vacío. Los setos a ambos lados del camino estaban tan intactos como de costumbre, e incluso la calle embarrada estaba inusualmente vacía, salvo por el inevitable montón de estiércol de caballo.

Sacudió la cabeza y siguió adelante tras ajustarse el incómodo vestido. Habría sido una ardilla.

Oliver dobló la esquina y entró en el corto camino que conducía a Longbourn. Pasó junto a los dos carruajes casi en trance y caminó hasta la puerta principal antes de detenerse.

Un momento. ¿Dos carruajes?

Oliver se volvió a mirarlos y, en efecto, había dos. Se le revolvieron las tripas por la ansiedad. ¿Era más tarde de lo que pensaba? El sol seguía alto, no serían más de las tres. Collins había dicho que llegaría por la tarde, pero Oliver no reconocía el carruaje. ¿Quién más podría ser?

Se mordió el labio, empujó la puerta principal y entró con aire despreocupado. Cerró la puerta procurando no hacer ruido, pero fue en vano, porque en el salón contiguo al vestíbulo, vio a sus hermanas, a su madre y al señor Collins, todos juntos. Collins estaba acomodado en una de las butacas, al igual que la mayoría de sus hermanas, pero la señora Bennet y Jane estaban de pie. Al verlo, los ojos de su hermana mayor se abrieron de par en par y se apresuró a acercarse.

—El señor Collins ha llegado temprano —le susurró con palabras atropelladas—. Ya lleva aquí dos horas y su amigo acaba de llegar también.

Oliver parpadeó.

—¿Amigo?

—No había forma de ocultar que no estabas, lo siento...

—¿Ha regresado por fin la desaparecida señorita Bennet? —preguntó Collins.

Se levantó y se acercó. Oliver apenas tuvo tiempo de esbozar una sonrisa falsa antes de que su primo doblara la esquina y lo viera. Aunque él sonreía con amabilidad, Collins no lo hacía. Con los brazos cruzados sobre el pecho como un padre desaprobador, frunció el ceño y negó con la cabeza, preparándose para una reprimenda.

—Vaya, señorita Bennet. Imagínese mi sorpresa cuando la señora Bennet me informó de que había usted salido sola, sin ningún acompañante. Un comportamiento de lo más escandaloso. Desde luego, yo nunca permitiría que una hija mía se comportara así.

De milagro, Oliver consiguió mantener la sonrisa, aunque el calor le subió por el cuello.

—Entonces es bueno para todos que no sea su hija —respondió con voz dulce.

Collins abrió mucho los ojos, pero antes de que llegara a responder, un muchacho al que no le costó reconocer dobló la esquina y se quedó parado y con los ojos muy abiertos mientras miraba a Oliver. Él, por su parte, le devolvió la mirada y apenas fue capaz de no quedarse con la boca abierta.

¿Qué diantres hacía él allí?

—Ah —dijo Wickham—. Hola de nuevo.

Oliver no se creía su mala suerte. ¿Cuáles eran las probabilidades de que el amigo de Collins fuera el mismo chico al que había conseguido ofender tanto siendo él mismo como siendo Elizabeth? Wickham debió de ir directamente allí después el espectáculo de acrobacias para haber llegado antes que Oliver. Si no se hubiera detenido en casa de Charlotte para cambiarse, probablemente se habrían seguido con torpeza por el camino hasta Longbourn.

Sin palabras, se limitó a saludarlo con cortesía con una inclinación de cabeza. Por fortuna, el señor Bennet lo salvó de cometer más torpeza.

—¡Lizzy! —dijo al entrar en la habitación con una sonrisa genuina—. Qué alegría verte. El señor Collins nos estaba contando una historia fascinante sobre su vecina, lady Catherine de Bourgh.

—Bueno —se apresuró a intervenir Collins—, yo no diría que sea mi vecina, exactamente, pero es cierto que vivimos cerca. Le estaba contando a su familia lo afortunado que he sido al permitírseme frecuentar los terrenos de Rosings con cierta regularidad. De hecho, antes de salir de viaje hacia aquí, cené con la estimada señora en persona.

—Qué fascinante —dijo Oliver e intentó sin éxito contener el sarcasmo mientras evitaba mirar a Wickham—. Me encantaría oír más. ¿Nos sentamos?

Collins se dio la vuelta para regresar al salón y se sumergió en una detallada descripción de lo que habían cenado mientras Wickham lo seguía de cerca. Oliver le dio las gracias a su padre, quien le guiñó un ojo con una sonrisa.

—¿Te lo has pasado bien? —susurró.

—Sí, papá, gracias.

El señor Bennet le dio una palmadita en el hombro y siguieron a Collins y a Wickham a la sala de estar para escuchar otra historia en la que ninguno estaba ni remotamente interesado.

La cena terminó transcurriendo del mismo modo. Oliver tuvo la desgracia de que lo colocaran al lado de Collins y frente a Wickham, pero supuso que era un justo castigo por no haber estado presente a su llegada. Kitty y Lydia se encontraban en el rincón más alejado de ellos y compartían susurros mientras espiaban con disimulo al joven rubio, que escuchaba cortésmente al señor Collins, que no paraba de parlotear. Su primo no parecía ser consciente de la presencia de las Bennet más jóvenes, lo cual era preferible.

En mitad de una historia sobre un gato callejero que había encontrado vagando por Hunsford, su casa, bajó los cubiertos de repente.

—Debo hacer una pausa para agradecer su hospitalidad. Debo admitir que no sabía qué esperar a mi llegada, dada la inusual circunstancia de tener cinco hijas solteras, todas ellas con edad suficiente para casarse, pero mis expectativas se han visto superadas.

Todos se removieron incómodos. Oliver no sabía por dónde empezar. Desde luego, él no consideraría a todas sus hermanas lo bastante mayores como para casarse; ¡si Lydia solo tenía catorce años! Por supuesto, había oído hablar de chicas que se casaban a los quince, pero no era lo que se esperaba de alguien tan joven, y con razón. ¿Y qué *expectativas* había tenido Collins? Sonaba como si les estuviera diciendo que les había puesto el listón muy bajo.

—En realidad, Jane se comprometerá muy pronto —intervino la señora Bennet, con un ligero exceso de emoción—. La habrán visto en el baile de Netherfield bailando con el señor Bingley. Pasó toda la velada con ella y no miró ni una sola vez a ninguna otra joven.

—Me percaté la otra noche —dijo Wickham—. Felicidades.

El rostro de Jane enrojeció ante la repentina atención, pero sonrió con dulzura. Aunque tal vez su madre exageraba un poco en cuanto a la certeza del compromiso, lo que decía era cierto. Incluso Oliver contaba con que Bingley fuera a proponerle matrimonio pronto, aunque no lo consideraba un hecho inamovible.

—¡Una noticia maravillosa! —respondió Collins—. El señor Bingley es un buen hombre.

La señora Bennet asintió con entusiasmo.

—Jane y él se llevan de maravilla. Espero que se casen antes de fin de año. Es muy emocionante.

—¿Y tú, Elizabeth?

Oliver se sobresaltó al oír aquel nombre en labios de su primo. Hasta ahora, Collins lo había llamado «señorita Bennet», pero suponía que había demasiadas señoritas Bennet en la sala en aquel momento, así que el cambio al nombre de pila que le habían asignado al nacer tenía sentido. A pesar de ello, la familiaridad lo incomodó.

—¿Qué pasa conmigo? —preguntó con ligereza, sin mirarlo.

—¿También has llamado la atención de algún buen partido?

—Espero que no —respondió y se rio. Nadie más lo hizo, así que ese momento se volvió más incómodo. Oliver se aclaró la garganta y volvió a intentarlo—. Creo que no.

Collins asintió.

—Tal vez sí, pero aún no eres consciente de ello.

Miró a Collins por el rabillo del ojo y la educada sonrisa se escurrió de su cuidadosa fachada. Era una expresión tan sospechosamente parecida a lo que Wickham le había dicho en el baile de Netherfield que no pudo evitar preguntarse si los dos hombres habrían hablado de la interacción. ¿Pretendía Collins insinuar que Wickham seguía interesado en él? A menos que… No querría dar a entender que él mismo estaba interesado, ¿verdad?

Oliver se concentró en la comida, decidido a no morder el anzuelo. Entonces Wickham se volvió hacia su madre y dijo:

—Señora Bennet, debo elogiarla por su hermosa familia. Tuve el honor de bailar con Elizabeth la otra noche. Pasar un rato agradable con tan estimada compañía fue lo mejor de la velada.

La señora Bennet sonrió de oreja a oreja por el orgullo mientras Oliver entrecerraba los ojos. Sabía a ciencia cierta que no había sido del todo cordial con Wickham y que él se lo había tomado como algo personal. ¿Qué pretendía?

—¡Cuánto me alegra oírlo! —exclamó la señora Bennet—. Espero que su experiencia fuera placentera.

—Con una pareja de baile tan encantadora, sería inevitable —respondió él, lo que confundió más a Oliver. Sin embargo, aunque el hombre lo estaba halagando, solo miraba a la señora Bennet. ¿Acaso pensaba que no importaba si a él le gustaba mientras le gustara a su madre?

Se estremeció al pensar que tal vez no estuviera muy desencaminado.

Mientras Collins comenzaba a contar otra aburridísima historia, Wickham seguía hablando con la señora Bennet, haciéndola reír y sonrojarse con una frecuencia cada vez más nauseabunda. Incluso Oliver se dio cuenta de que él no debía ser partícipe de aquella conversación y de poco le servía seguir escuchando, así que centró su atención en otra cosa. Dejó que las palabras entremezcladas de Collins y Wickham se perdieran en la lejanía y permitió a su mente vagar a destinos más amables.

Como cuando paseaba con cierto joven en la oscuridad, uno al lado del otro, tan cerca que sus manos casi se rozaban. A una distancia apta para oírse hablar en susurros, bajo la luna y las estrellas, con infinitas posibilidades a sus pies.

CAPÍTULO 13

A l día siguiente, Collins insistió en que salieran a dar un paseo todos juntos para «saborear el comienzo del nuevo mes».

El señor Bennet se excusó argumentando que tenía trabajo que hacer. Como era un hombre, Collins no protestó.

Oliver no se molestó en intentar recibir la misma cortesía. En cualquier caso, la noche anterior, incluso después de que Wickham se hubiera marchado, Collins los había tenido a todos despiertos hasta tan tarde con sus interminables historias que no había tenido oportunidad de hablar con Jane sobre lo que había descubierto. Así que mientras el señor Collins guiaba al grupo por un parque local, Oliver llamó la atención de su hermana y redujo el paso.

Jane también aminoró la marcha, hasta que quedaron varios metros por detrás del resto del grupo. Collins no se dio cuenta, por supuesto, pues estaba demasiado absorto en su historia, que tenía que ver con la vez que se había torcido el tobillo de camino a Rosings.

El parque estaba lleno de londinenses que deambulaban y disfrutaban del aire templado de principios de primavera. A diferencia de otros olores menos favorables de la ciudad, el parque olía a la dulce glicina púrpura plantada a ambos lados del paseo, un aroma que la brisa fresca arrastraba, fuerte, pero sin resultar abrumador.

Jane se colocó a su lado y le preguntó en voz baja:

—¿Va todo bien?

—Creo que sí —respondió Oliver—. No es nada urgente, pero me he enterado de algo interesante sobre Darcy que quería compartir contigo.

La ceja arqueada de Jane era la única invitación que necesitaba. Le explicó lo que Wickham le había contado sobre su prima, pero omitió la parte sobre las Molly Houses; era un rumor demasiado privado y volátil, prefería no repetirlo. Aun así, le seguía molestando mucho que Wickham lo fuera compartiendo por ahí.

—Qué terrible —susurró Jane cuando terminó—. ¿Crees que es verdad?

—No lo sé —respondió Oliver—. Prefiero pensar que no lo es. No sé si te diste cuenta, pero Wickham estuvo en el baile de Netherfield y Darcy y él se estuvieron asesinando con la mirada desde distintos extremos del salón.

—Me cuesta creer que Bingley lo sepa —dijo Jane con el ceño fruncido—. Seguro que no tendría una relación tan estrecha con Darcy si supiera de lo que es capaz.

—Si es que es verdad —dijo Oliver—. No estoy seguro de poder confiar en Wickham. Cuando hablamos, parecía bastante decidido a arruinar la reputación de Darcy por todos los medios posibles. Por lo que sé, la historia podría ser una invención para manchar su nombre.

El ceño de Jane se profundizó.

—¿Crees que es inventada?

Oliver no respondió. No quería creer que fuera cierto que a Darcy no le importaría arruinar las perspectivas de futuro de una muchacha, pero, entre su frialdad hacia las mujeres y el rumor de las Molly Houses... Era plausible. ¿Y si Darcy usaba el compromiso para evitar preguntas sobre sus inclinaciones?

No sabía qué pensar, pero todo el asunto le había dejado un sabor muy amargo en la boca.

———

La presencia de Collins impedía que Oliver pudiera escaparse, ni de día ni de noche. Pronto aprendió que su primo tenía la costumbre de acostarse muy tarde y, lo que era peor, tendía a mantener a los demás despiertos con él. La única noche que trató de escabullirse, acabó sentado junto a la puerta apenas entreabierta de su habitación, escuchando a Collins contar a sus padres sus planes para cómo se haría cargo de Longbourn una vez que lo heredara.

Por eso, cuando el hombre tuvo que regresar a Hunsford, tres días después de su llegada, Oliver estaba ansioso por salir. La mañana de la partida de

Collins estaba de muy buen humor. Después de todo, solo tendría que lidiar con su exasperante primo unas horas más; luego podría ir a «visitar a Charlotte» y tomar el aire.

Con ese agradable pensamiento rondándole la cabeza, se sentó a la mesa del comedor y untó con mantequilla una rebanada de pan recién horneado mientras el té se enfriaba frente a él. Todos los Bennet estaban presentes, pero Collins aún no se había unido a ellos, lo que no era inusual. Aunque no dormía en exceso, parecía empezar el día más tarde que los demás, probablemente por quedarse despierto hasta altas horas de la noche.

Oliver acababa de morder la gruesa corteza de la tostada cuando Collins entró en la habitación con los hombros erguidos y la cabeza alta. En lugar de sentarse, se aclaró la garganta.

—Buenos días a todos. Quisiera su permiso para hablar con Elizabeth a solas.

El silencio que siguió fue tan estremecedor que casi parecía que el tiempo se hubiera detenido. A Oliver se le revolvió el estómago y se le calentó la cara. No imaginaba muchas razones por las que Collins quisiera hablar con él a solas, sobre todo después de anunciárselo a toda la familia de aquella forma.

La única que se le ocurrió hizo que el pan que tenía en la boca se convirtiera en arena mojada.

Lydia dejo caer el cuchillo de la mantequilla en el plato con un estruendo, lo que sacó a la señora Bennet de su estupor. Su madre se levantó de un salto y les indicó a todos que se marcharan.

—Dejémosles un poco de privacidad, niñas —dijo—. ¡Arriba, vamos!

Oliver agarró a Jane de la mano mientras se levantaba.

—¡No me dejes! —siseó en voz baja.

Jane lo miró con pesar mientras se soltaba.

—Lo siento —susurró—. Sabes que mamá no me dejará quedarme. Estaré cerca, no te preocupes.

Después ella también salió.

Oliver no se movió de la silla. La sangre le rugía en los oídos, mientras el señor Bennet, el último en abandonar la habitación, se detenía en la puerta para mirarlo un segundo a los ojos y ofrecerle una casi imperceptible inclinación de cabeza para darle ánimos antes de que la puerta se cerrara tras él. Collins asintió, carraspeó otra vez y se le acercó. Se detuvo a unos pasos de distancia. No se sentó y, por suerte, tampoco se arrodilló, pero la forma en que se alzaba sobre él no le hizo sentirse mucho mejor.

—Elizabeth —empezó y Oliver se sobresaltó. A pesar de mirarlo directamente, Collins no se dio cuenta—. Seguro que sabes por qué he solicitado este encuentro.

—Me temo que no —dijo Oliver con un hilo de voz. Tenía las palmas de las manos empapadas de sudor y se las apretó en los muslos para intentar disimular cómo le temblaban las piernas.

Collins levantó una ceja.

—Ah. Supongo que entonces esto será una agradable sorpresa. Vine a Longbourn con la intención de conocer la propiedad que algún día heredaré, así como a la familia que actualmente la habita. Había oído decir que las hijas de los Bennet eran damas muy hermosas y ahora puedo afirmar con seguridad que estoy de acuerdo con tal declaración.

Oliver no era capaz de mirarlo a los ojos. Se concentró en su frente, perlada de sudor. Cuando un silencio ensordecedor siguió a la proclamación de Collins, se le ocurrió que, a pesar de la esterilidad de su tono, aquel era un cumplido que esperaba respuesta.

—Gracias —se obligó a decir, a pesar de que las palabras *hijas* y *damas* le provocaban un escalofrío en la columna.

Collins asintió una vez con sequedad.

—En vista de lo cual, he decidido que lo mejor para todos sería que me casara con alguna de vosotras. Al principio consideré que Jane sería la esposa ideal, pero al enterarme de que ya estaba casi comprometida con otro, valoré que la segunda hija mayor también era perfectamente aceptable. En consecuencia, creo que deberíamos casarnos.

Oliver lo miró anonadado. ¿Hablaba en serio? Una proposición era sin duda lo que más temía, pero ni en sus peores pesadillas había esperado que fuera así. ¿De verdad acababa de decirle que hubiera preferido casarse con Jane, pero que aceptaría a Oliver como premio de consolación?

No se le ocurría cómo responder, pero no hizo falta, porque Collins siguió hablando.

—Yo sería un marido ideal para ti y tú una esposa ideal para mí. Eres bastante guapa, bien educada y las mujeres de tu familia son claramente más que aptas para tener hijos. Además, nuestro matrimonio significaría que una Bennet seguiría viviendo en Longbourn, incluso después de la muerte de tu padre. Esto aseguraría que, en cierto modo, siguiera siendo propiedad de los Bennet durante muchas generaciones más.

Por supuesto, Oliver veía lo que le decía. El cuadro que pintaba Collins le resultaba familiar, le acechaba como una tormenta obstinada y amenazadora. Se veía a sí mismo atrapado en un vestido sofocante, con un busto que se le clavaba en el pecho y ahogándose entre enaguas; al señor Collins, refiriéndose a Oliver como su *esposa*, llamándolo *Elizabeth* sin cesar, hablándole todo el día, todos los días, sin ninguna posibilidad de respiro; compartiendo cama con él, dando a luz a sus hijos; su cuerpo contorsionándose y cambiando de formas que le asqueaba pensar mientras se veía obligado a gestar un hijo que nunca había querido tener. La perspectiva de una vida así lo mareaba.

El señor Collins, aunque pareciera increíble, no se había dado cuenta de la angustia de Oliver y seguía hablando, mientras él se sentía como si tuviera la cabeza rellena de algodón. No se casaría con el señor Collins. Desde luego, no sería su esposa. Sin una pizca de exageración, se dio cuenta de que preferiría un destino mucho más oscuro.

Fue esa constatación la que le despejó la mente. Volvió a oír la voz de Collins, como la inevitable llegada de la marea, bañándolo y dejándolo frío.

—También creo que yo sería un marido ideal para ti por mi estatus —decía. En ese momento, ni siquiera miraba a Oliver, lo cual no era sorprendente. ¿Acaso lo veía siquiera? ¿O no lo consideraba nada más que un recurso para continuar labrándose una reputación en sociedad?—. Soy muy respetado y mi riqueza también elevaría tu posición. Soy paciente, inteligente, y creo que mi mano firme te ayudará a convertirte en una joven y esposa adecuada. Creo que lo que necesitas es...

—Disculpe —interrumpió Oliver, incapaz de seguir callado mientras la propuesta de Collins se volvía más horripilante a cada segundo—. ¿Tengo derecho a opinar sobre este plan? ¿O espera que acepte su propuesta por defecto?

El señor Collins parpadeó y miró por fin a Oliver, con los ojos muy abiertos.

Parecía sorprendido, casi como si se hubiera olvidado de que Oliver estaba en la habitación.

—Ah —dijo—. Bueno, por supuesto que tienes voz en el asunto, pero no se me ocurre ninguna razón por la que te negarías.

Oliver se echó a reír.

—No, ¿verdad?

Collins enrojeció.

—Por supuesto que no —dijo, alterado—. Como he mencionado, nuestra unión mejoraría tu posición en sociedad y también la de tu familia. Además...

—Señor Collins —lo cortó Oliver—, contrariamente a lo que pueda esperar, me niego a tratar mi futuro como una mera transacción comercial. No puedo, bajo ninguna circunstancia, ser su esposa. No somos la pareja que usted cree que somos y, aunque me halaga su propuesta, me es imposible aceptarla.

En realidad, Oliver no se sentía nada halagado, pero consideró que era un añadido necesario para atenuar el golpe de la negativa, aunque solo fuera para que el señor Collins no le guardara rencor o, lo que era más importante, a su familia, para toda la eternidad.

Pero Collins no parecía enfadado, ni siquiera molesto. Parecía confundido, por razones que Oliver no llegaba a comprender.

—No lo entiendo —dijo tras una pausa dolorosamente larga—. Claro que puedes aceptar mi propuesta. Sería beneficioso para ambos y, como tu hermana Jane ya está prometida, tú eres la opción más lógica para esta unión.

—¿De verdad le parece halagador dejar bien claro que, incluso si me casara con usted, cosa que no haré, no sería más que un premio de consolación porque su primera elección, mi hermana mayor, no está disponible? —respondió Oliver con ligereza.

El señor Collins frunció el ceño.

—No lo entiendo —repitió.

—No —dijo Oliver y se levantó—. Supongo que no. No importa. Lo único que tiene que entender es que declino su propuesta.

—Pero, Elizabeth… —El nombre le chirriaba en los oídos como si arañara una pizarra—. ¿Es que no ves que sería un acuerdo beneficioso para ambos? ¿Lo feliz que haría a tu familia, a tu madre en particular? Nuestros hijos podrían crecer en los mismos salones que tú. No se me ocurre una unión más adecuada ni más conveniente.

No se creía que siguieran hablando del tema. ¿Cuántas veces tendría que decir que no para que Collins lo aceptara? Le era imposible ser más claro en su negativa. Sintió una punzada caliente en el pecho que lo empujaba a abandonar aquella habitación de inmediato, antes de que Collins lo atrapase allí para siempre. Necesitaba salir. Necesitaba que su primo se fuera. Pero, sobre todo, necesitaba dejar bien claro que nunca sería la esposa de nadie, y mucho menos la suya.

—La respuesta es no —dijo, esforzándose por mantener la calma—. No hay nada que pueda decir o hacer que me convenza de lo contrario. No me casaré con usted, señor Collins, ni hoy, ni mañana, ni nunca. Pido disculpas por cualquier malentendido entre nosotros y por cualquier inconveniente que mi negativa le haya causado, pero mi respuesta no cambiará.

Collins se lo quedó mirando unos segundos, boquiabierto, antes de cerrar la boca. Asintió una vez y se alisó el chaleco, aunque no le hacía falta.

—Muy bien —dijo por fin—. Admito que no era la respuesta que esperaba, pero si cambias de opinión…

—No lo haré.

—Ya veo. —Tragó saliva y la nuez se paseó por su garganta—. En ese caso, me marcho. Gracias por su tiempo, señorita Bennet.

Después se dio la vuelta y salió del comedor, cerrando tras de sí con un sonoro golpe. Oliver se quedó parado, temblando, solo, antes de desplomarse en una silla y enterrar la cara en las manos.

No lloraría. No por Collins. Pero se quedó así un buen rato.

CAPÍTULO 14

Oliver no se sorprendió al encontrar a sus hermanas aún en el salón, fuera del comedor, cuando por fin salió. Sí se extrañó al ver que la señora Bennet no estaba con ellas, hasta que Jane habló.

—Mamá está hablando con el señor Collins —dijo con una mueca.

Ah. Cómo no.

Oliver suspiró y se sentó junto a su hermana mayor en el sofá. Ella puso una mano sobre la de él y le dio un apretón leve. Oliver se forzó a esbozar un amago de sonrisa.

—Espero que no intente hacerlo cambiar de opinión. Me ha costado mucho convencerlo de mi negativa.

—Parecía bastante decidido a casarse contigo —comentó Lydia con despreocupación.

—Estaba decidido a casarse con cualquiera de las hermanas Bennet —corrigió Oliver—. No creo que le importara mucho cuál después de descubrir que no sería Jane.

—Es verdad —dijo Kitty—. Mencionó dos veces que hubiera preferido casarse con Jane.

La aludida torció el gesto. Oliver se giró hacia ella y soltó una risita.

—Has llamado la atención de Bingley en el momento perfecto.

Jane sonrió con suavidad y se sonrojó.

—No tenía la intención de desviar las atenciones del señor Collins hacia ti.

—No, ya lo sé. —Oliver hizo un gesto con la mano—. Solo ha sido una coincidencia. Me alegro por ti, de verdad. Bingley es un partido mucho más admirable que Collins.

Aunque las normas de cortesía así lo exigieran, Jane no lo negó. De repente, la puerta que daba al pasillo se abrió y tanto el señor como la señora Bennet entraron en la habitación. Su padre se mostraba extrañamente alegre para ser un hombre cuyo hijo acababa de avergonzar al invitado que iba a heredar su casa, mientras que su madre parecía tan furiosa como esperaba. Tenía la cara hinchada y los ojos muy abiertos y desorbitados. Cuando fulminó a Oliver con la mirada, él sintió el impulso de salir huyendo, pero se quedó donde estaba y le devolvió la mirada con toda la calma que fue capaz.

—Vas a disculparte con el señor Collins y aceptar su propuesta de matrimonio —dijo la señora Bennet con acritud—. Ahora mismo.

Oliver cuadró los hombros y le sostuvo la mirada.

—Ya me he disculpado. Pero no aceptaré su propuesta. He dejado muy claro que no me casaré con él y que no cambiaré de opinión al respecto. Estoy decidida.

—¡Pero tienes que casarte con él! —exclamó la señora Bennet—. ¿Cómo se te ocurre rechazar a un hombre de su estatus? ¿Un hombre destinado a heredar nuestra casa? ¿Cómo has podido, Lizzy?

Oliver se mordió el labio. El apodo, aunque no le había molestado en la infancia, ahora le recordaba a unos zapatos que no le quedaban bien. Una incomodidad adicional en una situación ya de por sí desagradable.

—No debes de conocerme en absoluto si de verdad me crees capaz de casarme con el señor Collins, entre todas las personas —respondió con la voz temblorosa—. No me casaré con él, mamá. Nada de lo que digas me hará cambiar de opinión.

La señora Bennet levantó las manos.

—¡Qué poca importancia les das a mis pobres nervios! No puedes seguir así; si rechazas a todos los hombres que conoces, ¡nunca te casarás!

Oliver bufó.

—Rechazar a un hombre no implica condenarme a una vida de soledad.

La señora Bennet negó con la cabeza.

—Con el modo en que te comportas, tendrás suerte si alguna vez recibes otra proposición.

Oliver casi se queda con la boca abierta. ¿El modo en que se comportaba? No sabía si reír o llorar; en cuanto a él respectaba, se comportaba perfectamente bien delante de su madre. Ella ni siquiera sabía de sus salidas nocturnas, su nombre ni… ¡Nada! ¿Y aun así, lo consideraba lo bastante inadecuado como para verse abocado a la soledad?

Una bofetada le habría dolido menos.

La señora Bennet se volvió hacia su marido, que hasta entonces había estado tranquilamente sentado en su sillón favorito, con el ceño cada vez más fruncido.

—Dile algo, señor Bennet —exigió—. Debe casarse con el señor Collins. —Se volvió hacia Oliver, con el rostro enrojecido—. ¡Si te niegas, no volveré a dirigirte la palabra!

Oliver apenas se creía lo que oía. ¿Tanto le costaba creer que cualquier otro hombre fuera a querer casarse con él? *Ya le parece imposible y ni siquiera sabe cuánto más complicado es de lo que sabe.*

Era un pensamiento desgarrador, pero no cambiaba nada. Oliver no quería estar solo, pero si tenía que elegir entre ser la esposa de alguien o la soledad, no tenía ni que planteárselo. No era lo ideal, pero nunca le había importado estar solo.

Mientras toda la familia miraba a su padre, el señor Bennet suspiró y lo miró a él a los ojos. *Por favor*, le suplicó con la mirada. *No me obligue a hacer esto.* Por supuesto, su padre no podía leerle la mente, pero su rostro se suavizó.

—Me temo que tienes ante ti un terrible dilema —declaró el señor Bennet—. Desde hoy en adelante, la relación con uno de tus padres no volverá a ser la misma. Tu madre no volverá a dirigirte la palabra si no te casas con Collins y yo no volveré a hablarte si lo haces.

Oliver se quedó de piedra. ¿Acababa de decir…?

La señora Bennet jadeó.

—¡Señor Bennet! ¿Cómo has podido? ¿A alguien en esta familia le importan aunque sea un poco mis pobres nervios?

Después, salió furiosa de la habitación y, cuando la puerta se cerró tras ella, Oliver sonrió.

En tres pasos rápidos, cruzó la estancia y abrazó a su padre.

—Gracias —dijo con la cara en su hombro—. Gracias, gracias, gracias.

El señor Bennet soltó una risita y le palmeó la espalda.

—Sabes que lo único que me importa es que seas feliz. Nunca te obligaré a casarte con nadie con quien no quieras, aunque eso signifique que no te cases nunca.

Oliver cerró los ojos y, aunque tenía las mejillas mojadas por las lágrimas, sonrió.

CAPÍTULO 15

—¡Y durante toda la proposición, me habló como si mi opinión fuera irrelevante!

Charlotte frunció el ceño mientras daba un sorbo a la humeante taza de té. Mientras Oliver terminaba de contarles la desastrosa proposición de aquella mañana, solo el silbido de la cuchara al rozar la porcelana llenaba el aire mientras Lu disolvía un terrón de azúcar, con el rostro desprovisto de la sorpresa que él había esperado.

—¿Cómo reaccionó la señora Bennet? —preguntó Charlotte con diplomacia.

Oliver gimió y se desplomó en el asiento. Se pasó una mano por el pecho aplastado en busca de consuelo. El respaldo de la silla de madera se le clavó en la columna e hizo una mueca antes de incorporarse otra vez.

—Se puso furiosa, por supuesto. Me exigió que me disculpara con Collins y aceptara su propuesta, pero cuando me negué, mi padre apoyó mi decisión de forma inconfundible, así que lo dejó pasar. —Hizo una pausa—. Bueno, al menos dejó de insistir. Todavía está indignada.

—Te perdonará con el tiempo —dijo Lu.

—Lo hará —coincidió Oliver—, pero no me parece bien que se me castigue por negarme a casarme con un hombre con quien tendría una vida miserable.

Charlotte dejó la taza de té en una mesita cercana y bajó las botas blancas de cordones a la alfombra verde.

—Solo le preocupa tu futuro. Quiere que te cases para que tengas una seguridad económica cuando tu padre fallezca.

—Prefiero vivir en la indigencia que casarme con un hombre como Collins —protestó Oliver.

Charlotte suspiró. Miró a Lu, que encogió un hombro en respuesta a una pregunta sin formular.

—¿Qué pasa? —preguntó Oliver.

Tras una leve inclinación de cabeza, Charlotte lo miró.

—¿Eres consciente de que, si Collins me pidiera hoy mismo que me casara con él, aceptaría sin dudarlo?

Oliver se sorprendió.

—¿Aceptarías casarte con Collins?

Charlotte sonrió con gesto dulce.

—Es un hombre aburrido y bastante engreído, es cierto. Pero no es cruel y tiene capital para mantenerse a sí mismo y a su familia. Es una situación mejor que la de muchas mujeres.

—Tal vez tengas razón —convino Oliver—, pero se te olvida que yo no soy una mujer.

Charlotte hizo una mueca y volvió a mirar a Lu, que levantó las cejas.

—En eso tiene razón —dijo Lu—. Además, creo que vale la pena mencionar que tú y yo tenemos suerte, Charlotte, porque los hombres no nos repugnan como a otras mujeres a las que les gustan las mujeres.

—Sí, es cierto —aceptó Charlotte tras otro suspiro, después se volvió de nuevo hacia Oliver—. No eres una mujer. Pero eso tu madre no lo sabe, ni tampoco Collins, ni la mayoría de la gente.

Oliver negó con la cabeza y desvió la mirada hacia la ventana de la izquierda. Hacía un precioso día soleado y las calles de abajo estaban llenas de coches de caballos y gente que paseaba. La alegría de la escena exterior chocaba con su estado de ánimo sombrío. Volvió la vista hacia Charlotte y Lu, que lo observaban con evidente preocupación.

—Es que no creo que ninguno de nosotros deba resignarse a circunstancias que se interpongan en el camino de nuestra felicidad —dijo al fin—. Incluida tú, Charlotte.

—En un mundo ideal en el que Lu y yo hubiéramos nacido con riquezas, no tendría que ser así —respondió Charlotte—. Pero las circunstancias que nos han tocado vivir son muy distintas.

—Oliver —intervino Lu—. ¿Por qué crees que elegí casarme con un hombre?

Él vaciló.

—Bueno… No te puedes casar con una mujer.

Lu asintió.

—Es cierto, pero ¿no crees que habría preferido seguir soltera y vivir con Charlotte de forma permanente?

Oliver asintió. Por supuesto que Lu y Charlotte habrían sido más felices así. Ni siquiera era inaudito que dos mujeres compartieran un hogar sin un hombre, aunque sí inusual. Pero las mujeres que no habían nacido ricas necesitaban a un hombre que les proporcionara seguridad económica y comprendió que eso era justo lo que Charlotte quería que entendiera. La comprensión debió de reflejarse en su rostro, porque Lu asintió.

—Nadie quiere negarse la felicidad, Oliver —dijo—. Pero muchos tenemos que elegir un término medio si queremos sobrevivir.

Sabía que tenía razón, pero casarse con un hombre que lo obligara a fingir que era una mujer, una esposa, durante el resto de su vida le parecía todo lo contrario a sobrevivir.

———————

—¡Oliver! ¡Ven a nadar conmigo!

Hundió los dedos de los pies en el barro fresco de la orilla de un lago grande y plácido. Ya se había quitado la camisa y solo llevaba los pantalones; el sol le calentaba el pecho desnudo, plano desde la clavícula hasta las caderas. La suave extensión de piel, como cerámica esmaltada, era fácil. Natural. Suya.

—¡Oliver! —La voz procedía del lago, donde Darcy estaba nadando. Tenía el largo pelo castaño oscuro y mojado, y su sonrisa relucía con el sol. Agitó el brazo por encima de la cabeza y el agua le goteó por el antebrazo y el bíceps—. Métete. El agua es muy refrescante, te encantará.

Con una sonrisa, se quitó los pantalones y salto al lago. Se le cortó la respiración cuando el agua fresca le envolvió el pecho. Salió a la superficie riendo y nadó hacia Darcy, arqueando los brazos por encima de la cabeza y pataleando con los pies, mientras su pecho emergía y se sumergía en el agua al avanzar. Nunca había nadado así, con tanta facilidad y despreocupación. Nunca se había sentido tan cómodo en el agua, nunca había sentido cómo le besaba la piel desnuda del pecho plano. Era perfecto. Un sueño.

Estaba soñando.

Ante él, Darcy se volvió borroso cuando Oliver se acercó a él. Parpadeó para limpiarse el agua de los ojos. El rostro del otro chico se enfocó con nitidez y luego volvió a desdibujarse, como si se hubiera puesto las gafas de un extraño. Oliver nadó con más fuerza y batió las piernas más deprisa; ya estaba muy cerca, pero Darcy se emborronaba y el agua estaba tibia. Apenas la sentía ya en la piel. Incluso la tensión de las piernas se desvaneció, mientras el mundo a su alrededor se volvía tan borroso que apenas veía nada. Se detuvo, jadeante, flotando en el agua, y entrecerró los ojos en una niebla infinita.

No veía nada. ¿A dónde había ido Darcy? La oscuridad lo rodeaba, pero no quería despertarse, no quería, no…

Oliver se incorporó en la cama, con la respiración agitada. Se llevó las manos al pecho y la suavidad de su busto le revolvió el estómago como un vaso de leche caducada. Qué injusticia. Le ardían los ojos por las lágrimas y se tapó la boca para sollozar. La injusticia de todo se le clavaba en el pecho como un cuchillo. Para la mayoría de los chicos era muy fácil, sencillo, no tenían ni que pensarlo.

Poco a poco, se volvió a tumbar, con la almohada abrazada contra su pecho y la cara enterrada en la tela. Tal vez, si se concentraba lo suficiente, podría volver al sueño, aunque fuera solo por unos minutos. Aquellos momentos en la orilla, el calor del sol acariciándole la piel desnuda. El pecho liso, plano. No le costaba imaginarlo. Repitió la escena una y otra vez, concentrándose en el alivio que había sentido cuando su cuerpo se alineó con su alma.

Se quedó un rato tumbado sobre la almohada húmeda por las lágrimas, con una pequeña sonrisa en los labios y sin perder la concentración en ningún momento. Sin embargo, por más que lo intentó, no logró volver a dormirse.

No dejaba de pensar en la libertad que había sentido en el sueño, en la euforia de nadar sin la carga de sus pechos. En Darcy, llamándolo por su nombre y haciéndole señas para que se acercara.

Le dolía lo mucho que lo deseaba. Pero no se le ocurría ninguna forma de conseguirlo.

Oliver no tenía un pecho grande, cosa que agradecía enormemente, ya que le facilitaba el uso de la tela de constricción para el pecho. Pero sin la tela de constricción que remodelaba su cuerpo, no era plano. Incluso entonces, tumbado en la oscuridad y siendo el brillo de la luz la única luz que entraba por la ventana, lo notaba bajo la manta, la pequeña colina que le provocaba un nudo en el estómago cada vez que la miraba.

La mayor parte del tiempo intentaba no mirar.

Pero el sueño había quebrado su frágil determinación, como una mano que barría la tela de una araña.

Oliver sabía lo que necesitaba y no iba a conseguirlo quedándose despierto en la cama. Apartó las sábanas con facilidad y apoyó los pies descalzos en el suelo de tarima, que no crujió. Al otro lado de la habitación, Jane dormía plácidamente en su cama. Aunque su hermana nunca protestaba cuando la despertaba a escondidas en plena noche, intentó hacer el menor ruido posible al arrodillarse. Agachó la cabeza, miró debajo de la cama y levantó el baúl que estaba allí escondido. Luego lo sacó con cuidado y lo colocó encima de la cama.

Estaba cerrado, pero incluso en la oscuridad no le costó encontrar la llave guardada debajo del colchón y meterla en la cerradura. Una vez abierto, sacó unos pantalones doblados con mucho cuidado, la tela de constricción, una camisa, un chaleco, una corbata, un sombrero y un abrigo. Se vistió con rapidez y la tensión de sus músculos se relajó cuando se apretó la tela alrededor de las costillas para darle la forma adecuada a su pecho. Se abotonó la camisa blanca de lino y se metió los pantalones ajustados en las botas Wellington, se colocó bien la corbata de color verde oscuro y se abotonó el chaleco negro de doble botonadura, se recogió el pelo en un moño alto y apretado y lo ocultó bajo el sombrero. Por último, se puso el abrigo, una pendra de lo más elegante con un corte transversal en la parte delantera y una larga cola detrás.

Ya estaba listo.

Había pocos sitios abiertos a esas horas, pero la Taberna de Avery era uno de ellos.

La primera vez que Lu le señaló la Molly House, se emocionó con la idea de ir. Sin embargo, plantado delante de la modesta taberna, se le revolvieron las tripas por los nervios. ¿Cómo funcionaba? Tal vez fuera una mala idea. Aún estaba a tiempo de darse la vuelta y volver a casa, pero ¿entonces qué? ¿Se quedaría despierto en la cama durante horas, lamentando no haber ni siquiera intentado entrar?

No, ni hablar. Entraría, aunque fueran solo unos minutos. Para ver cómo era.

Se mordió el labio, cuadró los hombros y entró en la taberna.

Si no hubiera sabido que el local albergaba una Molly House secreta, nunca lo habría adivinado. Tenía el mismo aspecto que cualquier otra taberna en la que hubiera entrado, tenuemente iluminada con lámparas de gas, una larga barra al fondo con un estante de bebidas detrás del camarero, algunas mesas y sillas esparcidas por los alrededores y una conversación inesperadamente apagada para lo sorprendentemente lleno que estaba el local. Oliver se abrió paso entre la multitud, con la garganta cada vez más cerrada a medida que se acercaba a la barra.

El camarero lo miró y sonrió. Era guapo. Mucho, en realidad, con hoyuelos, la mandíbula afilada y el cuello ancho…

—¿Qué le sirvo? —preguntó con una amplia sonrisa marcada por los hoyuelos.

Era el momento de tomar una decisión. La última oportunidad para echarse atrás. Podía pedir una cerveza e irse. O volver a casa. Pero se arrepentiría si no lo intentaba, así que se inclinó hacia delante y bajó la voz.

—¿Busco... la cafetería?

La voz se le quebró un poco al hacer la pregunta y puso una mueca. Pero el camarero no se dio cuenta o no le importó. En cambio, ensanchó la sonrisa.

—¿Primera vez? —preguntó en voz baja y el calor le subió por el cuello.

¿Tan evidente era?

Oliver soltó una risita y esbozó una sonrisa avergonzada.

—Sí.

—Tranquilo —respondió el camarero con alegría—. Pasarás un buen rato. Ve al lado izquierdo de la sala, allí encontrarás las escaleras que suben a las habitaciones para huéspedes. El sitio que buscas está arriba de todo, la última puerta a la derecha. Llama tres veces y pide un café.

Todo era tan clandestino que parte de su ansiedad se transformó en emoción. Dio las gracias al camarero y siguió sus instrucciones entre la multitud, subió las escaleras, recorrió un pasillo aún más chirriante y llegó a la última puerta a la derecha. Por debajo se filtraban algunos murmullos suaves e ininteligibles. Oliver tragó saliva, ignoró cómo el corazón le golpeaba las costillas y llamó tres veces.

La puerta se abrió casi al instante. Apareció un hombre joven, de aspecto desaliñado, que lo miró a través de unas gafas de medialuna.

—Eh... —balbuceó Oliver—. ¿Podría tomar una taza de café, por favor?

El hombre sonrió.

—Por favor, ¿eh? Qué educado.

Oliver no supo qué responder, pero no le hizo falta, porque el hombre se rio y le abrió más la puerta mientras se apartaba. Entró y se guardó las manos temblorosas en los bolsillos.

La sala era más grande de lo que esperaba y estaba mejor iluminada que la taberna de abajo. Había unas veinte personas, algunas vestidas con elegancia y otras con atuendos más informales. Vio a dos chicas con pantalones y camisas abotonadas en la esquina de atrás, hablando con las caras muy cerca. Unos cuantos chicos y adolescentes andróginos estaban en una mesa del centro y jugaban una partida de cartas. Y a unos tres metros, en un sofá verde de aspecto cómodo, leyendo un libro, estaba...

Oliver se quedó con la boca abierta.

—¿Darcy?

El chico levantó la cabeza, con los ojos muy abiertos, hasta que sus miradas se encontraron. Arqueó una ceja y luego su rostro se relajó en una sonrisa vacilante.

—¡Oliver! Nunca te había visto por aquí.

Se sentó en el sofá a su lado y su ansiedad se disipó como la nieve en primavera.

—Es la primera vez que vengo. ¿Tú vienes a menudo?

Darcy vaciló.

—No... no a menudo. Pero disfruto de la compañía, cuando tengo tiempo de venir.

Los que estaban en la mesa de juego rompieron a reír a carcajadas. El ambiente estaba cargado de una alegre charla; nunca había visto a tanta gente sonriente en un mismo lugar. El buen humor de la sala era contagioso.

—Ya veo por qué. Estaba nervioso por venir, pero me alegro de haberlo hecho.

—Yo también me alegro —dijo Darcy sin vacilar—. No me había dado cuenta de que... —Dudó.

—¿Me gustan los hombres? —terminó Oliver—. Sí, así es.

Darcy cerró el libro y lo dejó en una mesita cercana.

A Oliver no le sonaba el título, *Los devaneos de un joven caballero*.

—A veces vengo a leer libros que están... mal vistos en la sociedad más habitual. —Darcy señaló una estantería blanca que Oliver no había visto al fondo de la habitación. No era muy grande, pero estaba abarrotada; no solo estaban llenos todos los estantes, sino que había libros apilados unos encima de otros y también encima del mueble. La mayoría estaban encuadernados, pero algunos también parecían manuscritos sin solapas.

Oliver enarcó las cejas.

—¿Todos esos libros son para gente como nosotros?

Darcy hizo una pausa.

—Diría que la mitad. La otra mitad son... ¿Más explícitos de lo normal? En cualquier caso, la mayoría pertenecen a editoriales muy pequeñas o están encuadernados a mano.

—Ah. —De todas formas, Oliver ni siquiera sabía que existieran libros para personas como él y mucho menos suficientes como para llenar una estantería entera. Muy despacio, se volvió hacia Darcy con una sonrisa burlona—. ¿Así que vienes aquí a leer?

—Sobre todo. —Darcy se sonrojó y sonrió con timidez—. ¿Te sorprende?

Estuvo a punto de decir que sí, pero luego recordó el comportamiento del otro chico en Netherfield y, por supuesto, en el Templo de las Musas. Había tenido un libro en la mano en casi todas las ocasiones en las que se habían visto, así que tal vez no debería sorprenderlo en absoluto.

—Ahora que lo pienso, encaja con tu carácter. No es una sorpresa, pues, pero es entrañable.

Darcy ensanchó la sonrisa.

—No hay muchos que estén de acuerdo contigo en eso, pero me alegro de que lo pienses. Deberías echar un vistazo a la estantería; hay algunos libros muy buenos.

—¿Alguna recomendación?

Y así se vio inmerso en una larga conversación sobre libros que hablaban de hombres a los que les gustaban otros hombres, mujeres a las que les gustaban otras mujeres, personas que no eran ni uno ni lo otro y, para gran sorpresa de Oliver, incluso un par de libros sobre chicos a los que confundían con chicas y viceversa. (El hecho de que Darcy le recomendara esos libros le provocó una difusa ligereza, aunque solo fuera porque significaba que el joven sabía que existían chicos como él). Eran títulos que no podría llevarse nunca a casa; no quería ni imaginarse cómo reaccionaría la señora Bennet si alguna vez lo descubriera con uno, así que tendría que volver tantas veces como fuera necesario para leerlos.

Darcy acababa de señalarle seis libros que volvería a leer con toda seguridad, cuando alguien se sentó al pianoforte en un lado de la sala y se puso a tocar un vals. Al chico se le iluminaron los ojos y le sonrió a Oliver.

—¿Te apetece bailar conmigo? —preguntó, con los ojos brillantes y la mano extendida.

Oliver parpadeó. ¿Bailar con Darcy? ¿Bailar con Darcy, siendo él mismo? Nunca había imaginado que fuera posible, pero parejas de personas de todos los género ya se habían levantado para bailar. Comprendió que allí era seguro ser quien era.

A diferencia de todos los bailes en los que había visto a Darcy, el otro chico parecía feliz ante la perspectiva de bailar con él.

Le devolvió la sonrisa.

—Pensaba que nunca me lo pedirías.

Cuando aceptó la mano de Darcy, una descarga le recorrió el brazo como un rayo que le golpeó los nervios. La mano del chico era cálida, suave y seca. Envolvió la suya con facilidad y Oliver lo siguió al centro de la habitación, sintiéndose como si flotara. Cuando llegaron a la zona donde bailaban los demás, estaba casi aturdido. En un sueño.

Entonces Darcy lo agarró por la cintura con una mano y con la otra tomó la suya. Tenía que estar soñando, ¿verdad? Era imposible que estuviera allí, siendo él y bailando con Darcy. Sentía que todo su cuerpo vibraba; le era imposible ser consciente de todo, la proximidad de Darcy, el calor que emanaba de su pareja de baile.

Eran dos chicos bailando juntos, a la vista de todos los presentes, y nunca había sido más feliz.

—Y yo que pensaba que no te gustaba bailar —dijo Oliver con una risita entrecortada.

Darcy arqueó una ceja.

—¿Qué te ha hecho pensar eso?

Se le heló el corazón en el pecho. ¿Acaso nunca habían hablado del tema cuando era él mismo?

—Bingley lo mencionó —contestó con un hilo de voz mientras el pulso se le aceleraba en los oídos.

—Ah. —Darcy se rio y la tensión en los hombros de Oliver desapareció—. Bingley tiene razón en que, por lo general, no me gustan los bailes, pero eso es porque no está muy bien visto que los chicos bailen con otros chicos.

Oliver se echó a reír. En retrospectiva, todo tenía sentido. El mal humor de Darcy en el baile de Meryton adquiría un nuevo matiz; por supuesto que estaba abatido. Se encontraba en una situación en la que tenía que fingir ser alguien que no era. En la que tenía que coquetear con un futuro que nunca lo haría feliz. Incluso su comentario de que no era «lo bastante atractiva», por grosero que hubiera sido, adquirió un nuevo significado. Era una palabra que servía para referirse a cualquier persona, pero Darcy había tenido en mente a un hombre al decirlo.

—¿Por qué es gracioso? —preguntó entonces con una sonrisa confusa.

—Porque ahora todos esos rumores sobre tu infame mal humor en diversos bailes tiene sentido —respondió Oliver.

—Ah. —Darcy enrojeció—. ¿De verdad es tan infame?

—Me temo que sí. —Oliver sonrió con afecto. La mano de Darcy se tensó ligeramente en su cintura y se la apretó con suavidad en respuesta—. Por lo que sé, sin embargo, nadie importante sospecha por qué.

—Espero que no —masculló Darcy—. Me he esforzado bastante por mantener en privado esa faceta de mi persona. —La sonrisa de Oliver se desvaneció. Darcy frunció el ceño en respuesta—. ¿Qué sucede?

Negó con la cabeza.

—No es nada. Es que… Ojalá no tuviéramos que escondernos. ¿Imaginas cómo sería bailar juntos así en un evento público?

Las comisuras de los labios de Darcy se elevaron un poco.

—Sospecho que estaría demasiado aterrorizado como para disfrutarlo.

—Pero si estuviera permitido —insistió Oliver—. Si viviéramos en una sociedad en la que bailar juntos no estuviera mal visto, en la que todo el mundo lo aceptara. Donde no fuera nada extraordinario.

—Me cuesta imaginar ninguna situación en la que no fueras extraordinario.

A Oliver se le cortó la respiración. El calor le subió por el cuello hasta la cara y se dio cuenta de repente de lo cerca que estaba Darcy. Los ojos del otro muchacho eran oscuros y lo miraban con calidez. Y sus labios… Parecían muy suaves. Notaba su aliento caliente en la piel; solo tendría que inclinarse un poco. Cerrar el espacio.

Sería muy fácil.

—Oliver —susurró Darcy, con su aliento caliente en la boca de Oliver. Él tragó con fuerza.

—¿Sí?

—Tengo muchas ganas de besarte.

Se estremeció. El corazón le palpitaba en los oídos, apenas oía su propia respiración.

—Entonces creo que deberías besarme —dijo con voz temblorosa.

Y lo hizo.

La boca de Darcy era tan suave como había imaginado. Sus labios rozaron los de Oliver, apenas una caricia al principio, luego otra vez con un poco más de presión. Besar a Darcy le recordaba a sentarse al sol en un día soleado para comer un plato fresco de fresas rebozadas en azúcar. Como saltar desde un acantilado a una piscina de agua refrescante. Como hundirse en el calor de su manta favorita delante de la chimenea. Como beber sidra de manzana caliente y que el vapor le pusiera la piel de gallina mientras el líquido caliente y especiado lo reconfortaba por dentro.

Besar a Darcy lo era todo.

Oliver no se dio cuenta de que la canción había terminado hasta que se separaron. Las parejas se alejaban, pero nadie parecía haberse dado cuenta, o no les importaba, de que dos chicos se besaban en el centro de la habitación. Se quedó mirando a Darcy, con los ojos muy abiertos. La boca aún le cosquilleaba con el eco de sus labios.

—Vaya —susurró.

Entonces Darcy lo soltó y dio un paso atrás. Su rostro se volvió inexpresivo, algo había cambiado en su mirada. La calidez de hacía unos segundos había desaparecido y la había sustituido un gesto ilegible.

—Lo siento —dijo con rigidez—. No sé por qué... Algo se ha apoderado de mí. Debo irme.

Oliver parpadeó. Ni un cubo de agua helada lo habría conmocionado más que el cambio de humor del joven.

—Darcy...

Pero no pudo terminar de hablar, porque el otro chico se dio la vuelta, recogió su abrigo y salió corriendo, mientras Oliver se quedaba solo en medio de la pista de baile.

CAPÍTULO 16

Al día siguiente, Oliver se despertó adormilado, pero con una determinación y una confianza en sí mismo renovados. Tras lavarse la cara y vestirse, bajó las escaleras con los hombros erguidos y una sonrisa obstinada.

Mary fue la primera en verlo. Levantó la vista del piano, abrió los ojos como platos y se equivocó con las escalas. Oliver se obligó a mantener la sonrisa mientras entraba en el comedor con paso seguro.

Se había despertado tarde, así que casi todo el mundo había desayunado ya, pero el señor Bennet seguía en la mesa, leyendo el periódico. Por desgracia, la señora Bennet también estaba. *En realidad, es mejor así*, pensó. *Acabaré primero con la peor parte.*

La señora Bennet estaba bebiendo té. Cuando se fijó en Oliver, dejó caer la taza, que chocó con el borde de la mesa y cayó al suelo con un estrépito de lo más dramático. Oliver se sobresaltó y su sonrisa flaqueó. El señor Bennet levantó la cabeza, pero lo que miró fue la taza de té hecha añicos y tirada en el suelo, en medio de un charco.

Una vez determinado el origen del ruido, levantó la vista hacia su esposa, que miraba a Oliver, sin color en las mejillas. Por fin, su padre siguió su mirada hasta él y se limitó a arquear una ceja.

—¿Qué llevas puesto? —dijo la señora Bennet en un trémulo murmullo.

—Pantalones, claro —respondió Oliver con alegría. Los había combinado con una camisa de lino y, aunque le habría gustado ponerse la tela de constricción, había optado por omitirla, aunque solo fuera por evitar las preguntas incómodas de su madre. Se arrepentía un poco de aquella decisión, de modo que procuraba no mirarse el pecho—. ¿Alguien va a limpiar ese té? Iré a por una escoba y un paño si...

—¿Y *por qué* llevas pantalones? —lo interrumpió la señora Bennet.

Aunque el corazón le latía acelerado y tenía las palmas de las manos húmedas por la ansiedad, Oliver mantuvo un tono desenfadado.

—Porque quiero. La verdad es que son muy cómodos. No veo ninguna razón por la que no debería vestirme como me apetece en la comodidad de mi propia casa.

La cara de la señora Bennet enrojeció tanto que por un segundo a Oliver le preocupó que fuera a reventarle un vaso sanguíneo. Abrió la boca para protestar, pero el señor Bennet bajó el periódico y miró a Oliver por encima de las gafas.

—Te queda muy bien —dijo con absoluta calma. Lo miró con calidez y esbozó una sonrisa casi imperceptible.

Él no pudo evitar devolverle la sonrisa. La agradable sensación al darse cuenta de que su padre lo veía por cómo era, de que veía a su hijo bajo el engañoso exterior, no se desvanecería nunca. Lo invadía un calor y una energía que se extendía desde el pecho a todas las extremidades.

—¡Señor Bennet! —exclamó su madre y se llevó una mano a la frente—. ¿Es que a nadie le importan mis nervios? ¿Cómo la animas así? La falta de decoro…

—Por favor —interrumpió el señor Bennet—. Estamos en casa. Podemos permitirnos que los miembros de esta familia se vistan de la forma que les resulte más cómoda en la seguridad de nuestro propio hogar, ¿no crees?

Levantó otra vez el periódico, dejando claro que la pregunta era retórica y que daba la conversación por terminada.

La señora Bennet estaba furiosa, pero no quiso contradecir a su marido. Oliver apenas se creía lo bien que había salido todo; se esperaba algo mucho peor. Discutir, para empezar. Quizás hasta suplicar. Pero no había hecho falta; el señor Bennet había dejado clara su aprobación, lo que había puesto fin a toda discusión antes de empezar.

Le fue imposible disimular la sonrisa cuando se sentó a la mesa y se sirvió un panecillo de la cesta del pan. Al morder el pan blando, se puso a pensar en que tal vez ser él mismo no sería tan difícil.

———

Pasaron dos días de relativa tranquilidad. Todos los Bennet se adaptaron con bastante rapidez al nuevo estilo de Oliver en casa, excepto su madre, que aún lo miraba en silencio con reproche, pero le resultaba relativamente fácil ignorarla. Mucho más que soportar la incomodidad de llevar vestidos y faldas, al menos, y por eso prefería por mucho lidiar con su desaprobación.

Estaba charlando con Jane en el salón, sus voces apenas audibles por encima el piano que tocaba Mary, cuando la señora Bennet entró en la estancia con un aspecto de lo más severo. Tenía los labios apretados y el rostro tenso. Oliver frunció el ceño y se le quebró la voz a media frase cuando la señora Bennet se aclaró la garganta y apoyó la mano en el piano.

—Mary, querida, te importa parar un momento. —La chica frunció el ceño, pero dejó de tocar como se le había pedido.

—¿Ocurre algo, mamá? —preguntó Jane.

—Me temo que acabo de recibir una noticia terrible —respondió su madre con aire sombrío—. Los Bingley y el señor Darcy se han marchado de Netherfield y no parece que tengan intención de regresar.

Un silencio pesado se instaló en la habitación. Incluso Kitty y Lydia, que habían estado riéndose en un rincón, se callaron. ¿Se habían marchado los Bingley y Darcy? ¿Por qué? Oliver había visto a Darcy hacía apenas unas noches y no había mencionado…

A menos que…

Se le revolvió el estómago. ¿Se había ido Darcy por su culpa?

—No lo comprendo —dijo Jane con prudencia—. ¿Por qué iban a marcharse sin despedirse? ¿Estás segura de que no tienen intención de volver? Tal vez solo hayan ido a visitar a alguien.

El rostro de la señora Bennet se suavizó.

—Me temo que no, querida. La señora Daley habló con la señora Hughes, quien se enteró por la señora Morris de que los Bingley han optado por no renovar el contrato de arrendamiento. Bingley le mencionó al terrateniente que regresaban al campo por algún tiempo.

La cabeza de Oliver daba vueltas, la habitación se balanceaba en olas vertiginosas. ¿Había asustado a Darcy al besarlo? El otro chico lo había iniciado y le había devuelto el beso, pero luego se había marchado de repente, y luego aquello. Pero ¿por qué? No había duda de que habían conectado; la conversación había fluido con facilidad y nunca había visto a Darcy tan animado como aquella noche, agachado delante de la estantería para recomendarle sus libros favoritos. Y el beso había sido muy tierno. Incluso dulce. ¿Por qué huía?

Aun si aquella noche era la razón por la que Darcy se había marchado, ¿por qué Bingley había ido con él? No se le ocurría ninguna explicación, pero de todos modos no era capaz de desprenderse de la sensación de que era culpa suya.

—Ya veo —dijo Jane en voz baja y, aunque mantuvo la compostura, la angustia en su rostro era demasiado evidente.

No tenía ningún sentido. Bingley había cortejado a Jane en repetidas ocasiones. Todos estaban convencidos de que pronto se comprometerían. Además, Oliver había visto cómo la miraba, como si fuera la única estrella del cielo.

¿Por qué iba a marcharse sin más?

———————

Cuando Oliver llegó a casa de Charlotte para vestirse al completo, su amiga le impidió que se fuera de inmediato a su habitación para cambiarse de ropa.

—En realidad —dijo y le tocó el brazo—. Quisiera hablar contigo de algo primero.

Oliver frunció el ceño.

—¿No puedo cambiarme de ropa antes?

—Creo que es mejor que hablemos antes.

No sonaba nada bien.

Oliver frunció el ceño y la siguió por el pasillo hasta la sala de estar. Allí había una tetera humeante en la mesita y dos tazas de té con sus platillos, una a cada lado. Se le formó un nudo en el estómago cuando se sentó en un diván y se aplastó las faldas bajo las palmas de las manos; se sentía como un niño al que estaban a punto de regañar.

Charlotte sirvió té para los dos y el ruido del agua caliente al llevar la porcelana rompió la tensión del silencio. Lu no estaba allí y Oliver se dio cuenta de que hacía tiempo que no pasaba un rato a solas con su amiga. Tal vez Charlotte quería aprovechar la oportunidad para hablar con él a solas. Aunque, si se trataba de una conversación casual, ¿por qué insistir en hacerlo antes de que se cambiara?

No aguantaba más la incertidumbre.

—¿Pasa algo? —preguntó—. ¿Te encuentras bien?

—¡Ah! —Charlotte lo miró con los ojos muy abiertos, como si no se le hubiera ocurrido que pudiera interpretar toda aquella extrañeza como un mal augurio—. Estoy perfectamente, no me pasa nada. Disculpa si te he preocupado. En realidad, quiero compartir contigo una muy buena noticia.

Sonrió y le ofreció una de las tazas humeantes. Él la tomó agradecido y la dejó en una mesita auxiliar para que se enfriara mientras relajaba un poco los hombros.

—Qué alivio —dijo y se rio—. Empezaba a pensar que estabas a punto de decirme que se había muerto alguien.

—¡No! En absoluto. —Charlotte se sentó en la silla frente a él y cuadró los hombros, con una sonrisa en la cara—. Me hace mucha ilusión contarte que me voy a casar pronto.

Oliver parpadeó.

—¿Te vas a casar?

—Sí.

Charlotte parecía contenta, así que Oliver apartó sus propios sentimientos en cuanto al matrimonio y se obligó a sonreír. Al fin y al cabo, era lo que su amiga le había dicho que quería. O, en cualquier caso, lo que necesitaba. Aunque no había esperado que ocurriera tan pronto, si Charlotte estaba feliz, era su obligación compartir su felicidad.

—¡Enhorabuena! ¿Con quién?

Tras la pregunta, la sonrisa de Charlotte vaciló. Soltó una risita nerviosa y dijo:

—Esa es la parte que quizá resulte una sorpresa. Para mí lo ha sido, desde luego.

Oliver arqueó una ceja.

—¿Conozco al afortunado?

—Sí. —Charlotte respiró hondo y suspiró para relajar los hombros—. Debería decirlo ya. Me he prometido con el señor Collins.

Oliver, que acababa de tomar un sorbo de té caliente, se atragantó. Tosió con fuerza y dejó la taza sobre la mesa mientras Charlotte se ponía en pie de un salto, alarmada.

—¿Estás bien?

Él asintió, con la cara roja y los ojos llorosos, mientras recuperaba el aliento y trataba de procesar lo que su amiga acababa de decirle.

—¿Collins? —balbuceó—. ¿El hombre que se me declaró a mí hace solo unos días?

Charlotte hizo una mueca.

—El mismo. No creí que te molestaría, ya que habías dejado claros tus sentimientos hacia ese hombre, así que espero que no lo consideres una traición a nuestra amistad.

—No, claro que no, pero... —La cabeza le daba vueltas. Charlotte había aceptado casarse con Collins. ¡Collins! ¡Y estaba feliz! Una parte de él se sentía estúpido por sorprenderse; ¿acaso no le había dicho ella misma que, si Collins se lo propusiera, aceptaría sin dudarlo? Pero nunca se le había ocurrido que fuera una posibilidad real.

—¿No te molesta que te trate como un premio de consolación? —preguntó al final.

Charlotte frunció el ceño.

—Yo no lo veo así.

—Pero si me lo pidió a mí hace unos días y yo ya era un premio de consolación.

—¿Y hasta qué punto lo conoces?

Oliver hizo una mueca.

—Apenas lo conozco. Bailamos una vez y tuvimos un par de conversaciones desagradables.

Charlotte asintió.

—Entonces lo conozco tan bien como tú. No me molesta que te lo pidiera a ti antes, Oliver, porque eras la elección lógica. Como va a heredar Longbourn, tenía sentido que tratara de mantener la propiedad en la familia. Pero lo rechazaste y tuvimos una conversación encantadora en el baile de Netherfield, y de nuevo hace dos días cuando nos visitó. Así que, cuando me lo pidió ayer, por supuesto que dije que sí.

—Pero, Charlotte, ¡podrías conseguir algo mucho mejor!

Su amiga lo miró con severidad.

—Y también mucho peor. Ya te he dicho que esto es lo que quiero, Oliver. Casarme con un hombre respetable que cuide de mí mientras continúo mi amistad con Lu es lo mejor a lo que puedo aspirar.

—¡Pero Lu y tú no sois amigas! —protestó—. ¿Cómo vas a ser feliz fingiendo amar a alguien a quien nunca podrás amar? Estás enamorada de Lu, ¡no de Collins!

—Pero no puedo casarme con ella, ¿verdad? —gritó Charlotte. Oliver cerró la boca mientras su amiga se enjugaba los ojos vidriosos. Nunca la había visto llorar y nunca habría imaginado que la primera vez sería por su culpa.

»Claro que me casaría con Lu si pudiera, Oliver, pero es imposible —continuó—. Incluso sin un matrimonio, que, por cierto, sería para mí una desgracia en sí misma, nunca sobreviviríamos por nuestra cuenta. No puedo... —Se le tensó la voz por la emoción y las lágrimas se derramaron por sus mejillas—. No quiero vivir en una fantasía que nunca se cumplirá. Es hora de madurar. Esta es la mejor situación posible.

Oliver se quedó helado mientras el dolor de su amiga le quemaba el pecho y se mezclaba con el suyo. Hasta que no intentó hablar, no se dio cuenta de que él también luchaba por mantener las lágrimas a raya.

—No lo acepto —dijo—. Me niego a conformarme con un futuro que me negará la felicidad que merezco, la felicidad que ambos merecemos.

—Entonces no lo hagas —dijo Charlotte con frialdad—. Pero si nunca llega a suceder, no digas que no te lo advertí.

CAPÍTULO 17

O liver le dio una patada a una piedra del camino mientras volvía andando a casa. Londres ya estaba despierta, el aire vibraba con el traqueteo de los coches de caballos y el murmullo de las conversaciones era constante mientras la gente pasaba a su lado. Pero aunque el sol brillaba y la brisa primaveral era agradable, no bastaba para animar su tormentoso estado de ánimo.

Nunca antes había ido a casa de Charlotte con la intención de vestirse de chico y se había marchado sin hacerlo. La oportunidad perdida, sumada a la discusión con su amiga, le había dejado un amargo sabor de boca.

Antes de marcharse, Charlotte le había explicado que iba a mudarse a Hunsford con Collins justo después de la boda y que Lu le guardaría la ropa en su lugar. La chica también vivía a una distancia que se podía recorrer a pie, aunque suponía añadir diez minutos al trayecto de quince que ya tenía que andar, de modo que no era un problema, pero tendría que aprenderse un horario completamente nuevo para esquivar a su marido. ¿Y qué pasaría si alguna vez tenía hijos?

Negó con la cabeza y suspiró. Nada de eso importaba, al menos de momento.

Oliver dobló la esquina para seguir el camino que conducía a la casa a la que llamaba hogar. Desde que Collins se había ido y no había más invitados inminentes, al menos podía relajarse en Longbourn, aunque no como hubiera deseado.

Pasó por delante del pequeño jardín donde las abejas revoloteaban por encima de los arbustos de flores, se acercó a la puerta principal y entró. Estuvo a punto de chocarse de frente con el señor Bennet.

Su padre enarcó las cejas y se detuvo en seco.

—Ha sido una salida corta. ¿Va todo bien?

Oliver abrió y cerró la boca. En realidad, no pasaba nada. De hecho, debería alegrarse por Charlotte. Ella parecía feliz, aunque él no entendiera por qué. Pero no quería hablar del tema en voz alta. Si no lo mencionaba, al menos retrasaría que la señora Bennet se enterara de la noticia. Era inevitable que descubriera el compromiso de Charlotte, por supuesto, pero cuando lo hiciera… Hizo una mueca.

Era mejor no pensar en ello durante el mayor tiempo posible.

—Preferiría no hablar del tema —dijo al cabo de un rato.

El señor Bennet frunció el ceño, pero no insistió más en el asunto.

Pasó un mes de relativa tranquilidad antes de que Jane se marchara de Longbourn para visitar a sus tíos en Gracechurch, en el campo. Habían extendido la invitación con la excusa de ayudar a su sobrina a escapar del estrés que le producía la vida en la ciudad, pero Oliver sospechaba que Jane había aceptado, al menos en parte, por su proximidad a Pemberly, la residencia de los Darcy y un lugar que los Bingley seguramente frecuentaban, dada la cercanía de su propia propiedad.

Esperar que Jane fuera a encontrarse con los Bingley durante la visita era una posibilidad muy remota, pero Oliver supuso que era mejor que quedarse en casa y saber con certeza que nunca se cruzarían en Londres.

Jane no había derramado ni una sola lágrima, pero Oliver sabía que estaba sufriendo. ¿Cómo no hacerlo? Lo hubiera reconocido en voz alta o no, no cabía duda de que había desarrollado sentimientos por Bingley. Que él se marchara así como así…

En fin, Oliver sabía exactamente cómo se sentía, porque él mismo seguía con el corazón herido por culpa de la repentina partida de Darcy.

Llevaba semanas dándole vueltas al porqué. Había llegado a convencerse de que la marcha de Darcy había sido una consecuencia directa del beso de aquella noche. Después de una semana entera revolcándose en la autocompasión, había decidido que era preferible reconocer la cobardía de semejante acción. Darcy lo había besado a él. Varias veces. Había sostenido su cara entre las manos y lo había besado, durante varios minutos.

No cabía duda de que Darcy había querido besarlo; incluso se lo había dicho. «Tengo muchas ganas de besarte». Pero cuando se había apartado, el miedo en su rostro era evidente. Darcy había decidido huir de sus propios sentimientos, esa era la conclusión a la que había llegado. Aquella noche se había dado cuenta de lo que implicaba besar a otro chico y se había asustado.

El miedo era comprensible, incluso excusable.

La cobardía de huir sin siquiera reconocer lo que había ocurrido entre ellos, no.

La partida de Jane había convertido la mañana en un torbellino de preparativos, equipajes y comidas, de modo que cuando su hermana se marchó, el silencio posterior le resultó ensordecedor en comparación. Oliver se sirvió una segunda taza de té y se sentó con intención de disfrutar de la bebida caliente sin que los preparativos del viaje lo distrajeran. Aunque le resultaba un tanto extraño sentarse a la mesa vacía, salpicada de bollos a medio comer y tazas vacías, la soledad también le era agradable, en cierto modo. Era poco frecuente en Longbourn y no iba a desaprovecharla.

Al menos, no lo habría hecho si la señora Bennet no hubiera irrumpido en la habitación con la gracia de un ciervo corriendo por el hielo.

—¡Ah! —exclamó—. ¡Aquí estás! Te he buscado por todas partes.

Oliver sonrió con gesto suave y procuró disimular la decepción en su rostro.

—Me has encontrado.

—Traigo la más excelente de las noticias —proclamó la señora Bennet y apoyó las manos en la mesa mientras sonreía. Oliver no sabía qué pensar de que la descarada felicidad de su madre le provocara una oleada de sospecha.

—¿Ah, sí?—dijo con reticencia y bajó la taza al platillo con un tintineo.

—El señor Wickham ha solicitado venir esta mañana y ha pedido el honor de tu atención. Parece que le gustaría conocerte mejor, así que por supuesto que he aceptado. Llegará dentro de una hora.

Oliver se quedó con la boca abierta.

—¿Qué?

—¿No es maravilloso? Por supuesto, esto significa que debes vestirte inmediatamente. No pueden verte así. —Se refirió a los pantalones y la camisa con una mueca que lo dejó helado. Tenía razón, por supuesto, pero las semanas que había pasado vestido casi como él mismo en casa habían sido de lo más liberadoras. Obligarse a ponerse un vestido otra vez era una regresión indeseada que le revolvía las tripas.

Solo es temporal, se recordó a sí mismo. *Cuando Wickham se marche, volverás a ponerte los pantalones y la camisa.*

Oliver hizo una mueca y se levantó mientras la señora Bennet lo apremiaba a salir de la habitación y subir las escaleras para cambiarse.

Y él que solo quería una taza de té.

———————

Wickham llegó a las once en punto.

Tras las presentaciones habituales, la señora Bennet fue a buscar té y galletas, mientras Oliver y Wickham se acomodaban en el salón. Wickham se sentó en el sofá que había junto a una mesa baja en el centro de la estancia. Tal vez esperaba que Oliver se sentara a su lado, ya que había espacio en el sofá más que suficiente para dos, pero no lo hizo. En cambio, se sentó en la única silla que había delante. Con la mesa como barrera, era el mayor espacio que podía dejar entre los dos sin resultar grosero.

—Gracias por recibirme, señorita Bennet —dijo Wickham con una sonrisa deslumbrante—. Tras mi última visita a Longbourn, me di cuenta de que esa tarde no había tenido la oportunidad de conocerla a usted mejor. Ahora que Collins ha regresado a Hunsford, he pensado que era una buena oportunidad para remediarlo.

Oliver apretó la mandíbula. Creía haber dejado claro su desinterés por él en el baile de Netherfield, pero por lo visto Wickham era más persistente de lo que le había atribuido.

—Ya veo —dijo y se obligó a sonreír.

—Permítame añadir que está verdaderamente preciosa con ese vestido. La forma y el color favorecen mucho a su naturaleza femenina.

Oliver quería gritar. Era su peor pesadilla. No fue capaz de agradecerle el comentario, que le hacía sentir como si le restregaran la cara con un rallador, así que se obligó a mantener una sonrisa tensa.

Wickham, ajeno a la incomodidad de Oliver, continuó.

—He oído que varias de sus amigas más íntimas se han prometido hace poco, o se espera que lo hagan pronto. —Oliver frunció el ceño. Wickham sabía lo de Jane, por supuesto; había estado presente en la cena con Collins, en la que la señora Bennet había compartido las ansiadas noticias sobre Bingley y su hija mayor. Aunque al parecer eso ya no iba a pasar. La única otra persona que Oliver conocía que se había comprometido era Charlotte, pero Wickham no la conocía. Entonces, ¿se había enterado por Collins?

De ser así, ¿sabía también que había rechazado la primera proposición de su primo?

—No muchas —dijo en respuesta.

—Aun así, me imagino que le ha traído a la mente sus propias perspectivas.

Oliver miró a Wickham con detenimiento. El chico rubio era guapo, eso era innegable. En otro mundo, uno en el que fuera una chica de verdad y Wickham no se dedicara a difundir rumores sobre la vida privada de la gente, tal vez se sentiría atraído por él. Pero ese no era el mundo en el que vivían. En la realidad, aunque la atracción física existiera, quedaba aplastada por el recuerdo de los crueles cotilleos del joven. Por otra parte, el hecho de que le mirara el pecho y mencionara su *naturaleza femenina* hacía que cualquier posibilidad de atracción que pudiera quedar se marchitara antes de florecer.

Lo más probable era que Charlotte y Jane se casaran y se convirtieran en esposas, y probablemente algún día en madres, pero aunque ese era el futuro que Wickham visualizaba también para Oliver, al igual que la mayoría, se negaba a aceptarlo. Estaba seguro de que lo destruiría, si no físicamente, sí mentalmente. ¿Qué clase de vida se podía tener con el alma destrozada?

Pero Wickham no lo sabía. Así que tal vez estaba siendo demasiado duro con él. Tal vez el joven solo necesitaba comprender que lo que él quería nunca sería posible con Oliver.

Así que, con un suspiro, lo miró a los ojos y dijo:

—Debería usted saber que tengo intención de no ser nunca la esposa de nadie.

Wickham parpadeó y se le congeló la expresión por un instante. Luego se echó a reír. No fue una simple risita, sino una carcajada a mandíbula batiente que hizo que a Oliver se le deshicieran las tripas.

En ese momento, la señora Bennet regresó con una bandeja, una tetera humeante y cuatro platillos, dos tazas de cerámica, media barra de pan, una cazuelita de mantequilla y un cuchillo para untarla. Lo dejó todo en la mesa baja que había entre ellos y sonrió al volverse hacia Wickham.

—Parece que la reunión está siendo bienaventurada —dijo.

—Sin duda —respondió Wickham con una sonrisa—. Elizabeth acaba de decir algo muy gracioso.

La señora Bennet levantó las cejas con sorpresa.

—¡Qué maravilla! Acabo de recordar que me he dejado el queso y la mermelada en la otra habitación. Volveré enseguida.

Su madre salió y Wickham sacudió la cabeza con una sonrisa, antes de volver a mirar a Oliver mientras arrancaba un pedazo del pan.

—No era una broma —dijo Oliver al cabo de un rato—. No lo haré.

—¿Cuántos años tiene? —preguntó Wickham mientras untaba con mantequilla la rebanada de pan.

Oliver frunció el ceño, sin comprender qué tenía que ver su edad con nada.

—Diecisiete.

Wickham asintió.

—Tal vez no sea más que un par de años mayor que usted, pero créame cuando le digo que pronto superará esas nociones infantiles. Por supuesto que se casará, por supuesto que será una esposa y, algún día, madre. Es la inclinación natural de todas las mujeres, incluida usted.

Oliver lo miró incrédulo.

—No voy a superar nada, señor Wickham. Es una parte fundamental de quién soy. No seré la esposa de nadie, nunca.

Pero Wickham no se molestó. Hizo un gesto con la mano, como si pretendiera espantar las preocupaciones de Oliver.

—Estoy seguro de que cambiará de opinión cuando tenga un marido.

Oliver abrió mucho los ojos.

—Cuando...

Pero la señora Bennet lo interrumpió al depositar otra bandeja llena de lonchas de queso, cuchillos y un cuenco de mermelada de higos junto a la bandeja del pan.

—¡Aquí está! —dijo con alegría—. Debo decir, señor Wickham, que Elizabeth y yo nos alegramos mucho de que haya venido.

Wickham sonrió.

—Yo mismo no podría estar más feliz. Lo estamos pasando muy bien, ¿verdad, Elizabeth?

Oliver se obligó a esbozar una sonrisa. Esperaba que pareciera una mueca.

———

—Señor Wickham, ¡qué guapo es usted! —canturreó Kitty.

Lydia se tiró a brazos de su hermana en un desmayo fingido, con el brazo sobre la frente mientras gritaba:

—¿Quiere bailar conmigo, señor Wickham?

Oliver puso los ojos en blanco. Por supuesto, las burlas de sus hermanas menores solo tenían sentido bajo la suposición de que Oliver *quería* estar con Wickham, cosa que no era cierta, así que toda la actuación resultaba ridícula. Sin embargo, eso no había impedido que se lanzaran de inmediato a adular falsamente al muchacho rubio en cuanto se marchó de Longbourn.

—Es evidente que no habéis oído nada de nuestra conversación, o sabríais que no estoy ni remotamente interesada en él —dijo Oliver.

Kitty y Lydia se miraron escépticas. No estaba seguro de por qué era tan difícil de creer que el chico no le gustara. Sí, era guapo, pero también arrogante. Aunque suponía que, para algunas personas, la arrogancia era una cualidad positiva.

Por desgracia, la señora Bennet entro en el salón justo cuando Oliver declaraba su desinterés por Wickham. Se detuvo en seco, con el rostro pálido, y luego enrojeció mientras lo fulminaba con la mirada.

—¡Elizabeth! —amonestó—. ¿Cómo puedes decir algo así? El señor Wickham es un muchacho apuesto, de la edad adecuada y muy educado. ¿Qué tiene de desagradable?

Oliver se quedó helado mientras la incertidumbre lo asfixiaba como una prensa. No podía explicarle a su madre todas las cosas que le desagradaban de Wickham, véase la forma en que lo trataba, no solo como a una chica, sino como a una tonta, además de su falta de respeto por la reputación de los demás. No podía hacerlo sin delatarse a sí mismo, y a Darcy. Así que eligió la parte de la verdad que sí podía decir.

—No valora mi opinión ni mi inteligencia —dijo con reparo—. Me trata como a una niña que necesita que la guíen. Me infantiliza.

La señora Bennet chasqueó la lengua con desaprobación.

—Eso no es motivo para rechazarlo, querida. Si rechazas a todos los hombres que se creen superiores a las mujeres, acabarás como una solterona. No nos lo podemos permitir.

Oliver se enfadó.

—¿Sugieres que no debería esperar que un hombre que podría ser mi futuro marido me trate con respeto?

—Sugiero —replicó la señora Bennet— que los hombres tienen una posición en sociedad muy diferente que no se puede ignorar. Los hombres deben guiar a sus esposas, y las mujeres deben someterse a la autoridad de sus maridos, incluso cuando les molesta. Así son las cosas.

Oliver hizo una mueca.

—Tal vez preferiría que mi futuro marido me tratara de igual a igual y no como a un infante a quien controlar.

La señora Bennet negó con la cabeza, con el rostro compungido.

—Lo que insinúas es que tu futuro marido te trate como a un hombre, pero eso nunca ocurrirá, Elizabeth. Eres una mujer joven. Ya es hora de que te comportes como tal.

Las lágrimas le nublaron la vista cuando apartó la mirada. La habitación se difuminó en manchas verdes y marrones.

No soy una mujer joven, pensó mientras las emociones le cerraban la garganta, *pero, aunque lo fuera, nunca querría que me trataran como a alguien inferior.* Sin embargo, ese deseo era incompatible con la sociedad en la que había nacido. Lo que deseaba, lo que anhelaba, era que su futuro marido lo viera como a un chico y, algún día, como a un hombre, y que lo tratara en consecuencia.

Sentado en el salón con sus risueñas hermanas y su tersa madre, aquel deseo se le antojaba un sueño imposible. Oliver empezó a preguntarse, con una desesperación que lo vaciaba por dentro, si Charlotte no tendría razón al conformarse.

CAPÍTULO 18

Esa misma tarde, Oliver fue a casa de Lu sintiéndose como si se hubiera tragado un cubo de piedras. Era un rato después del mediodía, así que, a diferencia de sus habituales paseos matutinos, la ciudad bullía a su alrededor. Se cruzó con innumerables personas a lo largo del camino mientras respiraba de forma superficial para evitar el desagradable aunque conocido hedor del estiércol de caballo. Pasó junto a hileras de casas adosadas y una calle llena de tiendas, mientras la sensación de que lo observaban no dejaba de crecer.

Al detenerse, miró alrededor con suspicacia. Había mucha gente, por supuesto, pero nadie lo miraba directamente. Todo el mundo estaba ocupado con sus propios recados, algunos acarreando niños y otros cargados con bolsas llenas de productos frescos. Incluso vio a alguien que cargaba varios rollos de tela.

Sin embargo, nada explicaba por qué se sentía observado.

Siguió caminando con el ceño fruncido. Solo le quedaban unos minutos para llegar a casa de Lu, pero aceleró el paso, por si acaso. Sin embargo, a pesar del bullicio y de las calles abarrotadas, no se libraba de la sensación de que había alguien justo detrás de él, siguiendo sus pasos.

Siguió cargando con esa incomodidad el resto del trayecto, ignorando la punzada de miedo que lo acosaba en el fondo de su mente. Cuando llamó a la puerta de la casa de Lu, miró atrás por encima del hombro, casi seguro de que vería a alguien observándolo.

Pero no había nadie y, cuando la chica le abrió la puerta con una sonrisa, Oliver se sintió estúpido por tener miedo de su propia sombra.

Una vez vestido adecuadamente, se sentó a tomar el té con Lu.

La casa de Lu era más grande que la de Charlotte y la sala de estar era el doble de grande que el antiguo dormitorio de su amiga. En realidad, no era ninguna sorpresa, ya que Lu estaba casada y, hasta hacía poco, Charlotte había estado viviendo con el escaso sueldo de su padre. Aun así, resultaba extraño estar vestido de chico en una casa que era completamente nueva para él.

El suelo era de madera oscura, todavía reluciente de haberse pulido hacía poco. Sin embargo, la gran alfombra azul con estampados de diferentes colores ocultaba gran parte de la superficie. La chimenea de la izquierda no estaba encendida y la luz del día entraba a raudales por el ventanal que tenía delante, que enmarcaba un precioso piano negro.

—¿Tocas? —preguntó Oliver y señaló el instrumento con la cabeza.

—¿Esa antigualla? —Lu resopló y agitó la mano para quitarle importancia—. No. Es más bien un intento de motivación. Aunque Charlotte tocaba a veces cuando venía de visita.

Oliver sonrió.

—Espero que no esperes que toque yo, porque te llevarás una gran decepción.

Lu se rio.

—No, claro que no. Toma.

Le sirvió una taza de té humeante para acompañar el bollo que ya había empezado a comerse.

La mención de Charlotte pretendía ser casual, pero Oliver sintió como si el aire de la habitación hubiera desaparecido. Ninguno había hablado de ella desde que se había marchado a Hunsford y, dado cómo habían dejado las cosas, habría preferido no pensar en ella por ningún motivo. No estaba enfadado, pero ella sí que parecía enfadada con él al final de su última interacción. Además, siendo Collins su nuevo marido, el pomposo, pero torpe y tradicionalista… No sabía realmente qué pensar. Le costaba imaginar a ninguna mujer siendo feliz con él, pero por lo visto su amiga creía lo contrario.

Esperaba que tuviera razón.

—¿Le has escrito? —preguntó Lu con indiferencia mientras le echaba azúcar al té.

Oliver negó con la cabeza. Habían pasado dos semanas desde la boda de Charlotte, y un mes desde su desencuentro, y… No sabía qué pensar. Había asistido a la boda, por supuesto, pero había acudido tanta gente que no había tenido la oportunidad de hablar con Charlotte, aunque hubiera querido. ¿Qué decía de ella que le pareciera bien casarse con un hombre como Collins? ¿Y qué decía de él que, incluso dos semanas después, siguiera sin encontrar la manera de alegrarse por su amiga?

—No creo que quiera saber de mí —respondió.

Lu arqueó una ceja.

—¿Por qué dices eso?

Oliver la miró y frunció el ceño.

—Ya sabes que nuestra última conversación no fue… la más agradable que hemos tenido.

—Soy consciente. Pero no entiendo por qué crees que no quiere saber nada de ti. ¿Hace cuánto que sois amigos?

A su pesar, Oliver esbozó un amago de sonrisa. Habría conocido a Charlotte cuando él tenía doce años, después de que el padre de la chica conociera al señor Bennet. El señor Bennet había invitado una noche al señor Lewis a cenar a Longbourn y el hombre se había llevado a su única hija. A pesar de la diferencia de edad, los dos habían congeniado al instante.

—Cinco años —respondió.

—Cinco años —repitió Lu—. ¿Y crees que por una discusión no quiere volver a saber nada de ti? Por favor. La conoces mejor que eso.

Oliver dio un sorbo al té aún humeante. El líquido caliente era un bálsamo para las emociones que le perturbaban el pecho. Probablemente Lu tenía razón. No estaría de más enviar una carta para felicitar a Charlotte, aunque su corazón no estuviera del todo de acuerdo.

—Es feliz, sabes. —Al oírla, Oliver la miró a los ojos. Lu lo observó con complicidad y gesto amable—. La visité unos días después de la boda. La vida de casada le sienta bien y Collins está siendo un marido amable y ajeno a todo. Deberías visitarla y comprobarlo por ti mismo.

Oliver frunció el ceño.

—No sé si es buena idea.

—¿Por qué no?

Frunció más el ceño. Lu sabía perfectamente lo que había pasado entre Collins y él.

—¿Qué te hace pensar que sería bienvenido?

Lu chasqueó la lengua con impaciencia.

—¿No me acabas de decir que has sido amigo de Charlotte desde hace cinco años?

—Bueno, sí…

—¿Y acaso Collins no es tu primo?

—Un primo al que rechacé en matrimonio, sí.

—¿No te invitaron los dos a su boda?

Oliver se removió en la silla.

—Invitaron a la familia, no a mí personalmente.

—Por favor. —Lu puso los ojos en blanco—. ¿De verdad crees que Collins sigue molesto por tu rechazo ahora que está felizmente casado? Si acaso, puede que incluso te lo agradezca; si no lo hubieras rechazado, no se habría casado con Charlotte.

Oliver consideró que era inverosímil que Collins estuviera agradecido por nada, pero supuso que Lu quizá tuviera razón en cuanto a que ya no estaba enfadado con él.

—Aún no estoy seguro de que Charlotte quiera verme —insistió.

—Claro que quiere —respondió Lu sin vacilar—. Me preguntó por ti cuando la visité. Créeme cuando te digo que no está enfadada contigo.

¿Charlotte había preguntado por él? ¿Tan poco tiempo después de la discusión? Se sorprendió, pero... Quizá no debería. Charlotte nunca había sido una persona vengativa.

—¿Y bien? —preguntó Lu—. ¿La visitarás?

—Me lo... pensaré.

Lu lo miró con tanta incredulidad que Oliver se rio.

—¿Qué? ¡He dicho que lo pensaré!

—No es suficiente —dijo Lu, pero las comisuras de sus labios sonreían.

Oliver gimió.

—¿Se te ha ocurrido que tal vez no quiero ver a mi primo?

Lu arqueó una ceja.

—¿Así que ya está? ¿No volverás a ver a tu amiga porque prefieres evitar a tu irritante primo?

Si Charlotte no hubiera sido una amiga tan cercana, Oliver le habría dicho que sí. Pero Lu tenía razón. No había forma de desvincularla a ella de su primo, ya no. Así que, a menos que pensara borrar a Charlotte de su vida para siempre, tendría que soportar a Collins.

Si era sincero consigo mismo, ninguna discusión cambiaría el hecho de que Charlotte era, y siempre sería, su mejor amiga.

—De acuerdo —refunfuñó—. Iré a visitarla.

La cara de Lu se iluminó.

—Espléndido. Escribámosle para contárselo.

CAPÍTULO 19

Oliver llegó a Hunsford a última hora de la tarde, cuando ya empezaba a refrescar en la noche de verano. El aire olía diferente en el campo, más fresco y más salvaje. Dedicó unos segundos a cerrar los ojos y escuchar el silencio, la ausencia de ruedas de carruajes y de caballos, del zumbido constante del movimiento y las voces. No estaba seguro de querer vivir tan lejos de la ciudad y de todas las comodidades que ofrecía Londres, pero no negaría que aquello era agradable.

—¡Aquí estás! —Charlotte recorrió con prisa el camino de piedra hasta la entrada, con el rostro radiante. En cuanto llegó a su lado, lo rodeó con los brazos y Oliver sonrió mientras tiraba de ella. Su amiga llevaba casada menos de un mes. No se había dado cuenta de cuánto la había echado de menos.

—Me alegro de verte, Oliver —susurró.

Él sonrió.

—Y yo a ti, mi querida amiga.

—¡Ah! Señorita Bennet, que maravilloso verla. —Collins se acercó con una gentil sonrisa—. ¿Qué tal el viaje? ¿Sin contratiempos, espero? Insistí en poner a punto al carruaje antes de partir a recogerla. Las ruedas son nuevas y los ejes están engrasados, pero aún no estaba del todo convencido de que hubiéramos hecho suficiente...

—El viaje ha sido muy agradable —interrumpió Oliver mientras contenía una carcajada.

—Excelente —respondió Collins—. ¿Qué le ha parecido la tapicería?

Tras soportar más cortesías con Collins y de fingir interés en una conversación sobre la textura de la tela de los asientos del carruaje que se prolongó mucho más de lo que Oliver hubiera creído posible, Charlotte los interrumpió amablemente para sugerirles que entraran en casa antes de que los bichos se los comieran vivos. Una vez dentro, lo llevó a la habitación de invitados, donde se quedaría durante su estancia. En cuanto la puerta se cerró tras ellos, Oliver suspiró.

—Gracias —dijo con una risita.

Charlotte se rio también.

—Temía que fueras a dormirte en mitad de la conversación, así que consideré que era un buen momento para un descanso.

—Si se hubiera alargado mucho más, me habría planteado la posibilidad de arrancarme los tímpanos. —Se rio y se sentó en la cama cuidadosamente hecha. La habitación era pequeña, pero estaba muy bien decorada. Las paredes eran lilas, el suelo estaba recién encerado y una librería blanca cerca de la ventana cubierta con cortinas estaba llena de... Entrecerró los ojos. ¿Eran biblias?

Sacudió la cabeza y volvió a mirar a su amiga. No dejaba de sonreír y Oliver tenía que admitir que hacía bastante tiempo que no la veía tan animada.

—Se te ve contenta —dijo—. La vida de casada te sienta bien.

Charlotte sonrió y se sentó a su lado.

—Me encanta, Oliver. Hunsford es precioso y el campo es muy tranquilo. Me siento realizada al cuidar de un hogar del que me siento orgullosa y al acompañar a Collins a los eventos sociales. Sé que no os habéis llevado muy bien en el pasado, pero es un hombre dulce, lo creas o no.

—Me alegra oírlo —dijo Oliver y contuvo un escalofrío ante la idea de verse atrapado en la misma casa que Collins para siempre—. Pareces muy feliz. Eso es lo único que importa. Siempre que te trate bien, claro.

—Lo hace —aseguró Charlotte—. Te lo contaría si fuera infeliz, pero te prometo que todo va bien. La seguridad financiera me ha quitado un gran peso de encima y Lu me visita a menudo, durante largos periodos de tiempo. Al señor Collins le encanta hacer de anfitrión y ha dejado claro que Lu es bienvenida siempre que quiera y por todo el tiempo que quiera. Me siento muy afortunada por la situación en la que me encuentro.

Oliver asintió. Allí sentado, con las faldas del vestido extendidas sobre las piernas y el corsé obligándolo a estar erguido, tenía la desagradable sensación de ser un pollo listo para que lo enviaran a una mesa de hombres hambrientos. No quería tener nada que ver con aquellas ropas ni con la vida a la que Charlotte se había lanzado.

Se alegraba por ella, por supuesto (y, egoístamente, por sí mismo, aunque solo fuera porque así Collins se había olvidado por completo de la idea de casarse con él), pero se sentía raro. Aquella era la vida que todos esperaban que quisiera, pero él no soportaba ni pensarlo.

Suspiró, apartó la mirada de las faldas y volvió a mirar a Charlotte a los ojos.

—Lo siento, por cierto. Por ser desagradable cuando me contaste lo de tu compromiso. Necesitabas que te apoyara y no lo hice.

El rostro de su amiga se suavizó.

—Gracias. Yo también te pido disculpas. No debería haber insinuado que nunca encontrarás la felicidad si no sacrificas quién eres. Espero que no se interponga entre nosotros en el futuro.

—Nunca —respondió Oliver, cada vez más tenso. Charlotte le apretó la mano y él le devolvió el gesto.

—¡Ah! —Su amiga se levantó y cruzó la habitación hasta un pequeño escritorio junto a la pared. Recogió un sobre cerrado y se volvió hacia él para ofrecérselo—. Ha llegado una carta de Jane esta mañana. Va dirigida a ti.

Oliver sonrió y la tomó. Se había estado escribiendo con Jane desde que ella se había marchado y le había mencionado su próximo viaje para visitar a Charlotte, para que supiera que debía escribirle allí. El nombre del sobre era, por desgracia, Elizabeth Bennet, pero tenía que serlo mientras Oliver estuviera rodeado de personas que no sabían quién era en realidad.

—Te dejaré un minuto para que te instales, ¿de acuerdo? —dijo Charlotte—. La cena estará lista pronto.

—Gracias —dijo Oliver—. Enseguida bajo.

Charlotte asintió y salió de la habitación, cerrando la puerta tras de sí. Oliver deslizó el dedo por debajo del cierre del sobre y lo abrió.

Oliver:

Espero que hayas llegado a Hunsford sin complicaciones. No dudo de que Charlotte se habrá alegrado mucho de verte y me imagino que incluso el señor Collins se sentirá feliz de tener un invitado, aunque solo sea por presumir de su casa y de su posición social.

Las cosas en Gracechurch transcurren casi sin incidentes. Nuestros tíos siguen siendo unos maravillosos anfitriones, por supuesto. Pero eso no te sorprenderá. Lo que sí lo hará es que ayer me encontré con las Bingley; Charles no estaba presente, pero sí sus dos hermanas. Nos saludamos, pero no se mostraron especialmente sorprendidas ni contentas por la coincidencia. Louisa se comportó de manera más bien fría y aunque, mencioné que me quedaría con nuestros tíos unas semanas más, ninguna de las dos me extendió ninguna invitación.

No me atreví a preguntar por su hermano. Era evidente que estaban ansiosas por terminar la conversación, así que no prolongué lo que empezaba a convertirse en una interacción desagradable para las tres. Ay, Oliver. Parece que he perdido el favor de los Bingley por completo.

*Me angustia saber que han sido conscientes de
mi presencia todo este tiempo y ni una vez se han
puesto en contacto conmigo. Me temo que las
cosas entre Charles y yo han terminado para
siempre.*

*Pero basta de noticias tristes. Sabes que estaré
bien, siempre lo estoy. Te pido que no te preocupes
por mí. Pásalo bien con Charlotte y, por favor,
dales recuerdos a los dos.*

Con cariño,
Jane

Oliver dejó la carta con un nudo en el estómago. ¡Su pobre hermana! El comportamiento de los Bingley era de lo más extraño. No había ocurrido nada entre Jane y Bingley antes de que él se marchara. ¿Qué había causado aquel repentino cambio de actitud?

CAPÍTULO 20

Oliver llevaba medio día con Collins y Charlotte cuando el primero anunció con gran pomposidad que los habían invitado a todos a cenar con lady Catherine de Bourgh en Rosings. La noticia significaba muy poco para Oliver. Había oído hablar de la dama, por supuesto, era una mujer de estatus y con dinero, muy conocida en la alta sociedad inglesa, pero no sentía ninguna inclinación por darse a conocer por aquellos que habían nacido entre riquezas.

Collins, sin embargo, estaba encantado.

—¿Ha estado alguna vez en Rosings? —preguntó a Oliver inmediatamente después de su anuncio.

—Lo cierto es que no —respondió Oliver.

—¡Nunca ha estado en Rosings! —Collins se llevó la mano al corazón y jadeó con mucho más dramatismo del que la situación requería—. Entonces le espera una experiencia de lo más especial. Rosings es una absoluta maravilla. He tenido la suerte de ser invitado varias veces. Creo que lady Catherine de Bourgh me ha tomado afecto y yo me siento honrado de recibir sus atenciones. Es una mujer extraordinaria, seguramente la habrá conocido alguna vez.

Oliver estaba seguro de que Collins conocía la respuesta, pero, dado que era un huésped en Hunsford, se obligó a seguirle la corriente.

—No la conozco.

—¡Cielo santo! Lady Catherine de Bourgh es una mujer increíble. Tengo la impresión de que después de cada conversación con ella soy más inteligente. Ha acumulado mucha sabiduría a lo largo de los años y cuenta unas historias fascinantes. Señorita Bennet, se va a divertir mucho. Me alegra mucho presenciar su primera experiencia allí.

Oliver se forzó a sonreír.

Partieron poco después del mediodía, en carruaje a pesar de que Rosings estaba a menos de diez minutos a pie. Sin embargo, al estar en el campo, Collins insistió en llevar el carruaje para que Oliver y Charlotte no se arriesgaran a ensuciarse las faldas.

Cuando se bajaron del carruaje, Oliver tuvo que darle la razón a su primo en una cosa: Rosings era impresionante, al menos desde fuera. La mansión era un edificio de ladrillo de dos plantas, de color tostado, con hiedra cultivada para enmarcar la fachada y recortada alrededor de las ventanas de marco blanco. Dos grandes alas del edificio sobresalían como brazos. Los terrenos eran enormes y estaban meticulosamente cuidados. No vio ni una sola hoja fuera de su sitio en los setos que bordeaban el larguísimo camino de entrada hasta la enorme propiedad.

Era una exageración para una sola persona, pero supuso que lady Catherine tendría compañía con frecuencia. *Hacen falta muchas visitas para llenar esa casa*, pensó Oliver. *Cabría un batallón entero.*

Por supuesto, era muy consciente de que las construcciones de aquel tamaño no estaban pensadas para albergar a mucha gente, sino más bien para impresionar a mucha gente. Rosings era un símbolo de estatus, no un hogar.

Dentro, los condujeron por un largo pasillo con relucientes suelos de baldosa de mármol hasta una gran sala con impecables suelos de madera. Oliver estuvo a punto de tropezarse al ver el tamaño del salón; era al menos más del doble de grande que el salón de Netherfield. Al igual que en aquel, había librerías en la pared del fondo y un piano en el centro. Junto a las paredes había colocadas varias mesas pequeñas con sillas de aspecto cómodo y, más cerca de la zona del piano, algunos asientos tapizados más grandes, lo bastante para que cupieran dos personas en cada uno.

En el centro de la estancia, junto al piano, había una anciana vestida con un elegante traje y un sombrero tan grande que casi resultaba cómico. Dio una palmada cuando entraron.

—¡Ya están aquí! —exclamó—. Qué alegría verlo de nuevo, señor Collins.

Él agachó la cabeza y se quitó el sombrero.

—Es un honor, como siempre, lady Catherine.

La mujer volvió su atenta mirada hacia Oliver y Charlotte. Asintió a Charlotte con una rígida familiaridad, pero entrecerró los ojos cuando se fijó en Oliver.

227

—No creo que nos hayamos conocido —dijo con frialdad.

—Ah, por supuesto —se apresuró a intervenir Collins—. Esta es la señorita Elizabeth Bennet. Está de visita con nosotros esta semana, es una buena amiga de la señora Collins, y mi prima.

Oliver se obligó a sonreír y hacer una reverencia mientras ignoraba el nudo en el estómago.

—Es un placer conocerla, lady Catherine.

—Lo es —respondió la anciana.

Oliver contuvo una sonrisa incrédula.

—Señorita Elizabeth Bennet —murmuró lady Catherine, pensativa—. He oído ese nombre antes. ¡Ah! Sí, por supuesto. Hace poco que ha conocido usted a mi estimado sobrino.

Oliver parpadeó.

—¿Ah, sí?

—Creo que se refiere al señor Darcy —intervino Charlotte.

—En efecto —respondió lady Catherine con sequedad.

Oliver enarcó las cejas. En parte, tenía sentido; era bien sabido que los Darcy tenían dinero, incluso más que los Bingley. Sin embargo, era incapaz de ver el parecido familiar.

Más importante aún, ¿cómo sabía lady Catherine que había conocido a Darcy? ¿Le había hablado Darcy de él? Dudaba que hubiera sido en buenos términos, dadas sus escasas interacciones con Darcy como *Elizabeth*.

—¡Bueno! Vengan, siéntense. He pedido que preparen un poco de té mientras hablamos; deberían servirlo pronto.

Lady Catherine señaló los cómodos asientos cerca del piano. El señor Collins se sentó a la derecha de la dama y Charlotte ocupó el sillón más grande, luego palmeó el asiento de al lado y le sonrió a Oliver para invitarlo. Él se acomodó a su lado, agradecido por la compañía.

Al menos no tendría que soportar solo las que seguramente iban a ser un par de horas muy duras.

—Señorita Bennet —dijo lady Catherine y dirigió a él su mirada de halcón—. ¿Toca usted el piano?

Oliver vaciló.

—Tomé algunas lecciones en la infancia, pero nunca he tenido un talento natural para el instrumento. Así que no, no muy bien.

Lady Catherine soltó un jadeo tan teatral que Oliver sospechó de inmediato que el señor Collins había aprendido de ella.

—¡La música es vital para la educación de una dama! ¿Toca algún otro instrumento, entonces? ¿El violín, tal vez?

—No, nada.

—¡Qué lástima! ¿Tiene hermanos?

Oliver ya veía por dónde iba la conversación y no le gustaba.

—Tengo cuatro hermanas.

—¿Y tocan el piano?

—También dieron clases, pues fue parte de nuestra educación. Mary es la que mejor aprendió; toca todo el tiempo.

—Pero ¿y las demás? ¿Ningún otro instrumento?

Oliver hizo una pausa.

—No.

Lady Catherine chasqueó la lengua y negó con la cabeza.

—¿Qué hay del dibujo?

Oliver frunció el ceño.

—¿El dibujo?

Lady Catherine asintió.

—¿Sus hermanas y usted saben dibujar?

—Ah. Lo he probado alguna vez, pero nunca he llegado a aficionarme.

Lady Catherine se volvió hacia el señor Collins con una mano sobre el corazón.

—¡Ni instrumentos ni dibujo! —Volvió a mirar a Oliver, que ya estaba más que dispuesto a marcharse aunque ni siquiera habían tomado el té todavía—. Me sorprende que su institutriz no les enseñara a dibujar ni a tocar instrumentos. Son habilidades vitales para cualquier mujer, como seguro ya sabe. Es una pena carecer de unas habilidades tan importantes. ¿Quién es su institutriz, si me permite la pregunta?

Oliver se mordió el labio y sintió un dolor sordo en las sienes. Ya se imaginaba la inevitable reacción de lady Catherine a su respuesta, pero no tenía forma de evitarlo, salvo con mentiras. Y por la forma en que la anciana le hablaba, sospechaba que sería una chismosa que sin duda no tardaría en descubrir cualquier engaño que Oliver intentara para guardar las apariencias.

—No tenemos institutriz —dijo al final.

El gritito ahogado de lady Catherine habría tenido sentido si hubiera sufrido un ataque al corazón delante de todos ellos, pero por desgracia Oliver no tuvo esa suerte. Esa vez se llevó el dorso de la mano a la frente, como si se sintiera desfallecer. El gesto era claramente impostado y Oliver apretó la mandíbula para esforzarse por mantener una expresión neutra. ¿Cómo iba a sobrevivir durante horas siendo educado con aquella mujer?

—¡Sin institutriz! —exclamó lady Catherine y se agarró el antebrazo del señor Collins como si fuera un salvavidas—. ¡Ninguna institutriz! Pobrecita niña, siento mucho oírlo. Lo siento mucho.

—No tiene por qué —respondió Oliver con un tono despreocupado—. Hemos recibido una educación perfectamente aceptable sin una. Mis hermanas y yo somos felices con nuestras circunstancias actuales.

—Pues claro que sí, querida —respondió lady Catherine, como le hablaría a un gato o a un niño iluso—. Por supuesto que lo son. Debo decir que, si yo fuera vuestra madre, me habría asegurado de que fuerais educados por la mejor institutriz de toda Inglaterra. Piano, violín, dibujo, costura, todas las habilidades que una mujer necesita, no me cabe duda de que habríais recibido la mejor formación en todas ellas. Prácticamente he criado a mi sobrino y a mi sobrina, y ambos están muy bien educados y preparados para prosperar en la alta sociedad. No pasará mucho tiempo antes de que mi sobrino consiga una esposa adecuada, si sigue mis consejos como debería.

—Me alegro por ellos —murmuró Oliver con una sonrisa esculpida, aun cuando su mente se había atascado en la última frase. Sabía que a Darcy no le interesaban las mujeres y el otro chico nunca había hablado de cortejar a nadie, ni siquiera para guardar las apariencias... ¿Salvo que se tratara de la joven de la que le había hablado Wickham? Pero él le había dicho que Darcy la ignoraba.

Oliver no tuvo mucho tiempo para pensarlo, porque lady Catherine no había terminado. Siguió describiendo las especificaciones exactas de la educación de su sobrina, hasta la forma de vestirse y su práctica diaria con el piano, pero en algún momento la voz de la anciana pasó a un segundo plano. Oliver sintió que se alejaba flotando, arrastrado por el creciente volumen de su propio pulso.

Todas las mujeres. Todas las damas. Señorita.

Señorita.

Señorita.

Estaba seguro de que ya estaba acostumbrado a que se dirigieran a él con los términos equivocados, pero la insistencia de lady Catherine en su supuesta falta de educación para ser *una mujer de la alta sociedad* era sofocante. Siempre había considerado que la señora Bennet era estricta en sus costumbres, pero lady Catherine hacía que su madre pareciera displicente en comparación. Le costaba imaginar un mundo en el que la señora Bennet lo aceptara como a un hijo, como Oliver, un chico que se preparaba para adentrarse en el mundo como un hombre.

Si para su madre sería una transición difícil, para lady Catherine habría sido imposible. *¿Qué dirá la gente como ella de la familia cuando cuente la verdad?*

No lo sabía, pero sentado frente a la anciana mientras esta despotricaba de la ausencia de una institutriz, no le costaba hacerse una idea. Era una realidad de lo más desagradable.

La discusión a su alrededor se desvaneció por completo y la habitación empezó a difuminarse. El pecho le apretaba, se le aceleró el pulso y le sudaban las palmas de las manos. Lo acosaba un calor imposible y, mientras le ardía la cara, sentía que se mareaba. Lady Catherine no dejaba de hablar y, tanto Charlotte como Collins parecían muy interesados en lo que tenía que decir, pero él se sentía como si estuviera bajo el agua. Se hundía y no podía respirar.

Se levantó de golpe. Lady Catherine lo fulminó con la mirada a media frase, con los ojos muy abiertos, incrédula por la interrupción.

—Mis disculpas —se apresuró a decir Oliver—. Necesito… tomar el aire.

Después se dio la vuelta y salió de la habitación lo más rápido que pudo. El pasillo era largo e idéntico a ambos lados. No recordaba qué camino llevaba a la puerta principal, al exterior. Una criada que estaba ordenando una mesa cercana lo miró con el ceño fruncido.

—¿Se encuentra bien, señorita?

—Fuera —dijo Oliver, mientras se esforzaba por mantener la calma—. Necesito un poco de aire.

La criada asintió y se guardó en el bolsillo el plumero que tenía en la mano.

—Por aquí, señorita.

Señorita. Nadie te verá nunca, susurró con malicia la voz de su cabeza. Oliver obligó a sus piernas a moverse

233

para seguir a la mujer, cuyos pasos repiqueteaban por la dura baldosa de mármol. Necesitaba respirar. Solo necesitaba un descanso, lejos de lady Catherine, de la gente que lo miraba y veía a una persona que no reconocía.

Necesitaba dejar de fingir ser alguien que no era, pero la imposibilidad de ello lo aplastaba y amenazaba con reducir sus huesos a polvo.

CAPÍTULO 21

Dos días después de la desafortunada visita a Rosings, Oliver le escribía una carta a Jane en el escritorio de la habitación de invitados, cuando Charlotte se asomó tras llamar a la puerta abierta.

—Siento interrumpir —dijo con una sonrisa confusa—. Tienes visita.

Oliver parpadeó.

—¿Visita? —Solo un puñado de personas sabían que estaba en Hunsford. Oliver frunció el ceño y dejó la pluma en la mesa antes de levantarse—. ¿Es Jane?

Charlotte negó con la cabeza.

—Es… Deberías venir a verlo por ti mismo.

Qué… amenazante. Frunció el ceño, pero siguió a su amiga fuera de la habitación y bajó las escaleras hasta la sala de espera, donde…

—¿Darcy? —El nombre se le escapó antes de contenerse, olvidándose por un momento del decoro. El chico sonrió con elegancia al oír su nombre e inclinó la cabeza.

—Buenos días, señorita Bennet —dijo y Oliver se estremeció—. Le pido disculpas por la intromisión. Si no le importa, ¿podría dedicarme unos minutos de su tiempo? —Su mirada pasó de Oliver a Charlotte, que seguía a su lado—. A solas, si es posible. ¿Fuera, tal vez?

No se le ocurría qué podría haber ido a decirle Darcy y la petición de privacidad lo confundió todavía más. ¿Cómo sabía siquiera dónde estaba?

Solo había una forma de averiguarlo.

Charlotte frunció el ceño, pero Oliver asintió.

—De acuerdo. Charlotte, será solo un momento.

Ella asintió despacio, sin protestar, mientras los dos salían por la puerta principal. Darcy se alejó unos metros de la casa hasta un banco cerca de un rosal. Oliver lo siguió y, sin saber cómo comportarse durante aquella interacción de lo más incómoda, se sentó. Notó el frío del banco de piedra bajo las faldas.

Odiaba ser *Elizabeth* delante de Darcy. Odiaba tener que fingir que no lo conocía como lo conocía, fingir que no se habían besado apenas un par de meses antes. Que no conocía la suavidad de sus labios ni el calor de sus manos en la cara. Era insoportable verlo caminar frente a él en silencio mientras fingía.

Estaba agotado. Pero ¿cómo iba a decírselo?

—Señor Darcy —consiguió decir—, ¿va todo bien?

El chico se detuvo y lo miró por fin. Se llevó las manos a la espalda y cuadró los hombros.

—Sí, discúlpeme. Llevo toda la mañana pensando cómo decirle esto, pero no he sido capaz de dar con un comienzo apropiado. Así que supongo que lo mejor será ser directo. Señorita Bennet, he venido hoy para pedirle su mano en matrimonio.

Oliver se quedó con la boca abierta. La cerró deprisa, parpadeando con fuerza, mientras un calor le inundaba el pecho y le subía por el cuello. Cuando lady Catherine le había dicho que esperaba que Darcy encontrara pronto a una esposa adecuada, ni se le había pasado por la cabeza la posibilidad de que estuviera pensando en *Elizabeth*.

¿Cómo se le ocurría?

—No lo entiendo… —Se atragantó con las palabras—. Había oído por ahí que ya estaba usted comprometido con otra persona.

La expresión de Darcy era un reflejo de confusión.

—¿Comprometido? ¿Con quién?

—No sé su nombre. En cualquier caso, tenía la impresión de que no era de su agrado.

Darcy abrió mucho los ojos.

—¿Qué le haría pensar eso? La tengo en muy alta estima, señorita Bennet. De hecho, una vez creí que nunca encontraría a la chica adecuada para mí, pero poco después de conocerla me di cuenta de que se nos presentaba una gran oportunidad.

Oliver no sabía si reír o llorar. *Creías que nunca encontrarías a una chica que te gustara porque no te gustan las chicas*, quería decirle. *Me besaste a mí, un chico*. Lo irónico de todo era que Darcy al parecer había decidido que había encontrado una *chica* con la que podía soportar vivir, ¡y Oliver ni siquiera era una chica! Era increíble.

Sin embargo, la ironía de la situación no evitó que le doliera. Darcy lo había besado, a Oliver y entonces…

¿Qué? ¿Había decidido que tenía que encontrar de inmediato una mujer con la que casarse? ¿Tanto le aterrorizaban sus propias emociones?

—He oído que —continúo Darcy—, al igual que a mí, a usted también la presionan ciertos miembros de su familia para que se case.

Oliver frunció el ceño.

—Es posible que mi madre se haya sentido decepcionada por mi falta de interés en el asunto.

Esperaba que la admisión disuadiera a Darcy de seguir insistiendo, pero, por el contrario, sonrió.

—Precisamente. A mí me ha ocurrido lo mismo con mi tía, lady Catherine de Bourgh. Creo que ya la conoce.

Oliver hizo una mueca.

—Así es.

—Entonces comprende la situación en la que nos encontramos.

De hecho, no la entendía. Sí, los presionaban para que se casaran, pero eso no era nada nuevo. Tampoco eran los únicos que se encontraban en una situación similar; imaginaba que la gran mayoría de personas solteras de su edad empezaban a sentir la presión de las expectativas familiares. Darcy podría habérselo preguntado a cualquier chica y habría recibido la misma respuesta.

—No creo que sienta algo por mí, señor Darcy —dijo Oliver con la voz en tensión—. De hecho, estoy bastante segura de que no siente nada.

Darcy parpadeó y frunció el ceño.

—No lo entiendo. ¿Qué le hace creer que conoce mis emociones mejor que yo?

Oliver quería gritar. *¡Besaste a un chico! ¡Besaste a un chico y te gustó!* En vez de eso, preguntó:

—¿Por qué huyó?

Darcy frunció más el ceño.

—¿A qué se refiere?

Oliver dudó y eligió las palabras con mucho cuidado. No debía revelar que sabía lo del beso, pero...

—Los Bingley y usted abandonaron Netherfield de forma muy abrupta. Bingley ni siquiera se despidió de Jane. Nunca consideré que su amigo careciera de modales, así que ¿cuál fue el motivo?

El ceño de Darcy se hundió más.

—¿Por qué iba Bingley a despedirse de su hermana?

Oliver bufó.

—No finja que no sabía que se estaban cortejando.

—Estaba al tanto de que Bingley cortejaba a su hermana, sí. Sin embargo, también me pareció dolorosamente obvio que ella no correspondía a la profundidad de los sentimientos de mi amigo, así que le aconsejé que se marchara antes de sufrir un daño emocional.

Oliver casi se queda con la boca abierta.

—¡No tenía ningún derecho!

—No veo por qué debería importarle. Estaba claro que su hermana era indiferente a los afectos de Bingley...

—¡Jane es tímida! —Sabía que no debía gritar, pero no pudo contenerse. La rabia le ardía en el pecho como una olla hirviendo y se le derramaba por las extremidades. No recordaba haberse sentido tan enfadado nunca, pero quería clavar los dedos como garras en los hombros de Darcy y sacudirlo—. Es cierto que no es dada a las demostraciones de afecto en público, pero en privado es la persona más dulce y amable que conozco. ¡Y está enamorada de Bingley! Se quedó devastada cuando se marcharon. Todavía lo está.

Darcy abrió los ojos muy despacio mientras Oliver hablaba.

—No me había dado cuenta...

—¡Claro que no! No conoce a Jane. Y no tenía ningún derecho a entrometerse en las relaciones de sus amigos.

—Solo intentaba protegerlo...

Oliver rio con frialdad.

—¿De qué? ¿De Jane? ¿Del amor? ¿De la felicidad? Lo único que ha conseguido es separar a su amigo de la persona de la que, según usted mismo ha admitido, se estaba enamorando. Buen trabajo. Supongo que no debería sorprenderme, viendo lo reacio que es usted a todo lo que se parezca a la felicidad.

Darcy frunció el ceño de nuevo.

—Ni siquiera soy capaz de empezar a comprender qué la haría pensar eso.

—Acaba de pedirme matrimonio, ¿verdad? —preguntó Oliver. Darcy abrió la boca para responder, pero se le adelantó—. ¿De verdad cree que será feliz viviendo con una mujer el resto de su vida? ¿De verdad cree que podría amarme?

Darcy se quedó paralizado y con los ojos desorbitados mientras se le borraba el color de la cara.

—No lo entiendo. ¿Qué quiere decir?

—Sabe exactamente lo que quiero decir. —Oliver se puso de pie y cruzó los brazos sobre el pecho—.

Responda a la pregunta, señor Darcy. Míreme a los ojos y dígame que eso le traería la felicidad.

Darcy dio un paso atrás, como si lo hubiera golpeado.

—No creo que siempre sea posible encontrar la felicidad, señorita Bennet —dijo—. Tampoco creo que todos tengamos el privilegio de casarnos con la persona que amamos. Sin embargo, sí creo que podría encontrar algo cercano a la felicidad con usted. Quizás no sería amor, no hoy, ni tampoco en un año. Pero con el tiempo… —Se encogió de hombros.

Oliver negó con la cabeza; la furia, el dolor y la desesperación se revolvían en su pecho como un huracán. Había sido tan tonto. Había creído, aunque fuera por un momento, que había algo entre los dos. Que Darcy veía algo en él que le gustaba. Pero ¿cómo podía ser cierto, cuando estaba allí haciéndose pasar por lo que sabía que era alguien que no era?

Tenía tanto miedo de quién era que estaba dispuesto a echar por la borda cualquier atisbo de felicidad futura.

—Esto no es lo que quiere —dijo con voz temblorosa.

Darcy suspiró.

—Tal vez no, pero todas las demás opciones son aún menos deseables. Así que, lo crea o no, este acuerdo es suficiente para mí.

Oliver negó con la cabeza mientras el mundo se emborronaba con sus lágrimas.

—No lo es para mí. No aceptaré unas circunstancias que me garanticen casi por seguro la desdicha. Usted tampoco debería. Es un cobarde, señor Darcy. No soporto seguir mirándolo.

Se dio la vuelta y se secó los ojos con rabia.

—¿Quién se lo ha dicho?

La voz de Darcy sonó baja, tanto que Oliver casi pensó que se lo había imaginado. Se pasó la mano por la cara para ahuyentar las lágrimas antes de darse la vuelta y mirarlo de nuevo. El chico parecía derrotado, con los hombros hundidos y la cara enrojecida. Sin embargo, había algo sincero en su mirada, un dolor auténtico.

—¿Quién se lo ha dicho? —repitió, con la voz quebrada.

Tú, quiso decirle.

Díselo, susurró la voz de su cabeza. *Dile quién eres.*

Pero ¿cómo podría volver a enfrentarse a Darcy siendo Oliver cuando lo había rechazado de forma tan clara y definitiva que estaba dispuesto a casarse con alguien a quien apenas conocía con tal de alejarse de él? No podía decírselo, ni entonces ni nunca.

Lo mejor sería que Oliver y Darcy no volvieran a verse. Lo mataba pensarlo, pero se aferró a ese pensamiento y se lo grabó a fuego. No podían seguir así. No podía enamorarse de un chico que nunca lo amaría como él necesitaba, abierta y genuinamente, como un chico.

—Wickham —dijo. Al fin y al cabo, era la verdad. Wickham le había dicho a Oliver que Darcy frecuentaba las Molly Houses, lo que significaba más o menos anunciarle al mundo que le gustaban otros chicos.

El rostro del chico se ensombreció.

—Tenía mucho que decir sobre usted —añadió Oliver—. Y de su carácter.

Darcy soltó una carcajada seca.

—¡Mi carácter! Tiene gracia, viniendo de él.

Oliver no sabía que quería decir con eso.

—¿Niega estar comprometido con su prima y oponerse a romper el compromiso, a pesar de la frialdad que muestras hacia ella?

Darcy abrió los ojos y entreabrió los labios, pero no dijo nada. Fue suficiente respuesta. Negó con la cabeza; los ojos le ardían por el esfuerzo de contener las lágrimas.

—La respuesta es no —dijo en voz baja.

Darcy resopló.

—Sí, creo que lo ha dejado muy claro.

Oliver asintió una vez y comenzó a darse la vuelta, pero se detuvo.

—No se lo diré a nadie. Lo de sus… inclinaciones. Wickham nunca debió haberme contado nada al respecto.

—No —dijo Darcy con voz tensa—. No debió hacerlo.

Tras una última inclinación de cabeza, Oliver se dio media vuelta y se marchó, dejando atrás al chico del que se estaba enamorando.

CAPÍTULO 22

El vestido le daba calor y le asfixiaba, le apretaba cada vez más las costillas como una boa constrictora. Oliver se estremeció y se tambaleó en el taburete mientras la señora Bennet tensaba las tiras de la espalda. Delante de él, lady Catherine lo fulminaba con la mirada y sacudía la cabeza con el ceño fruncido.

—Una dama siempre debe parecer menuda, delicada —decía lady Catherine—. Hay que encoger la cintura para acentuar las caderas.

—Tiene razón —dijo la señora Bennet detrás de él y dio otro brusco tirón.

El corsé le apretó más las costillas, que amenazaban con romperse. La habitación se balanceaba. Oliver se llevó la mano a la espalda y buscó las manos de su madre.

—Me aprieta demasiado —resolló—. Mamá, apenas puedo respirar.

—Tonterías —dijo lady Catherine—. Respire menos fuerte. Es de suma importancia que luzca como una dama en el baile. ¿Quiere que hablen de usted como la varonil hermana Bennet? Lo dudo mucho. Apriete más.

—¡No! —jadeó, pero, a pesar de ello, su madre tiró con más fuerza.

El dolor le recorrió las costillas y unas manchas negras le salpicaron la visión.

—Es necesario, Elizabeth —dijo la señora Bennet detrás de él—. No tendré una hija que se cree un chico.

Oliver estaba a punto de vomitar. O de desmayarse. El orden no estaba claro. La habitación se balanceó como la cubierta de un barco en plena tormenta.

—No soy una hija —dijo sin aliento—. No soy una chica. Por favor.

Lady Catherine se rio y, para horror de Oliver, también lo hizo la señora Bennet. El eco de las carcajadas rebotó por toda la habitación, y le puso la piel de gallina.

—Soy un chico —dijo con apenas un hilo de voz que quedó enterrado en el alboroto de las risas—. Soy un chico. Me llamo Oliver. Por favor.

Las mujeres se rieron más. El corsé se apretó. Se le nubló la vista. No podía respirar.

—Por favor —susurró, pero si alguna de las mujeres lo oyó, no lo demostró. Sus risas eran frías, vacías y punzantes. La habitación se oscurecía. Estaba mareado. No podía respirar—. Oliver —jadeó—. Me llamo...

Se levantó de sopetón, con el corazón acelerado y el pulso taladrándole las sienes. El dormitorio seguía envuelto en la noche y Jane dormía profundamente en la otra cama. Despacio, volvió a tumbarse y apoyó la cabeza en la almohada sin hacer ruido. Se subió las sábanas hasta los hombros, temblando a pesar del calor. Solo había sido una pesadilla. Una pesadilla horrible que ya había terminado.

¿Había terminado?

Una lágrima caliente le resbaló por la mejilla y enterró la cara en la suave tela de la almohada. La señora Bennet y lady Catherine no sabían nada de la existencia de Oliver, no sabían quién era ni cómo intentaba tomar las riendas de su vida. Sin embargo, su madre sin duda lo sabría con el tiempo y sospechaba que, tarde o temprano, lady Catherine también. Lo aterrorizaba pensar en los murmullos y las miradas, lo que podría hacerle a la reputación de su familia. Pero aún más aterrador que la desaprobación de la sociedad era pensar en el rechazo de su madre.

No se imaginaba un mundo en el que la señora Bennet lo abrazaría con una sonrisa y le ofrecería palabras de aliento. No imaginaba decirle a su madre que era un chico, que era su hijo, y recibir a cambio un amor incondicional. La señora Bennet lo quería, por supuesto, pero quería a una versión de él que nunca podría existir, no para siempre. A quien quería era el papel que interpretaba, una pintura que había construido en su mente de quién era Oliver.

Pero Oliver no era Elizabeth Bennet. Nunca lo había sido y no iba a poder seguir fingiendo durante mucho más tiempo.

Oliver picoteaba la comida y desmenuzaba el bollo del plato miga a miga. La taza de té se le enfriaba en el platillo, sin tocar. Aunque había bajado a desayunar con su familia, por obligación más que por otra cosa, no tenía mucho apetito después de la pesadilla. Luego había dormido, repitiendo fragmentos del sueño una y otra vez, hasta que había abandonado toda pretensión de intentar dormir y se había quedado observando cómo la habitación pasaba del gris oscuro al morado.

Era su primera mañana tras volver de Hunsford y debería sentirse repleto de energía y fresco por las vacaciones. En cambio, su mal humor se caldeaba mientras Kitty y Lydia parloteaban sobre unos atractivos soldados que habían conocido en el centro de la ciudad.

—Lizzy, no nos has contado nada del viaje. ¿Cómo está Charlotte? —preguntó la señora Bennet.

Oliver tardó unos segundos en darse cuenta de que le hablaba a él. Levantó la vista, con un bollo a medio aplastar entre el pulgar y el índice. Lo dejó en el plato e incorporó la espalda.

—Está bien —dijo e intentó sonar lo más relajado posible—. Feliz, instalada en su nueva vida.

—¡Qué bien! —exclamó la señora Bennet—. Qué suerte tiene. Pensar que podrías haber sido tú.

Oliver se estremeció.

—Espero que hayas aprendido algo, Lizzy —continuó su madre—. Charlotte es el ejemplo perfecto de aquello a lo que deberías aspirar. Se ha casado para elevar su posición social y ahora dirige Hunsford, nada menos. Y al lado de Rosings, seguro que también conoce bien a lady Catherine de Bourgh. Es justo lo que deberías buscar, un hombre que mejore tu posición en la sociedad.

En circunstancias normales, Oliver habría discutido, pero estaba demasiado agotado para volver a tener la misma conversación. La vida que describía la señora Bennet le era tan desagradable que le provocaba náuseas, pero lo tranquilizaba pensar en que ya había rechazado dos proposiciones de matrimonio. Nada le impedía hacerlo de nuevo hasta que los hombres dejaran de pedírselo.

Pero ¿era eso lo que quería? ¿Estar solo? La verdad era que la idea de vivir allí con su madre para siempre le resultaba casi tan desagradable como la de ser la esposa de alguien. Sin embargo, si ninguna de las dos opciones a su alcance le era deseable, ¿qué le quedaba? ¿Tenía algún sentido esperar alguna alternativa, una vida en la que alguien pudiera aceptarlo como marido, reconocerlo como a un chico y, algún día, como a un hombre?

Quería creer que era posible. Pero con el escozor del rechazo de Darcy a su verdadero yo todavía enquistado, la desesperanza lo nublaba todo.

—¿No crees? —dijo la señora Bennet.

Oliver se dio cuenta de que todas sus hermanas y su madre lo miraban. Estaba claro que se había perdido algo mientras se revolcaba en su autocompasión.

—Lo siento —dijo—. No he oído la pregunta.

La señora Bennet suspiró de forma exagerada, ofendida.

—Sinceramente, Lizzy, ¿cómo esperas encontrar alguna vez la felicidad con un hombre si no aprendes a escuchar?

Por fortuna, Oliver no tuvo que pensar una respuesta porque entonces el señor Bennet bajó el periódico y se aclaró la garganta.

—Ha llegado una carta para ti, Lizzy. ¿La has visto?

Oliver parpadeó.

—¿Una carta? No. ¿Dónde está?

—La he dejado en la mesita del salón. Creo que deberías ir a leerla, parecía importante.

En sus ojos se escondía una sonrisa y Oliver se dio cuenta de que su padre le brindaba una salida.

Se levantó.

—Eso haré. Gracias, papá.

Se dio la vuelta y salió a toda prisa del comedor antes de que la señora Bennet protestase. Estaba a medio camino del salón cuando se le ocurrió que tal vez no hubiera ninguna carta, pero entonces vio el sobre justo donde el señor Bennet había dicho. Lo levantó con el ceño fruncido y se quedó boquiabierto al ver el remitente.

Era de Darcy.

Señorita Bennet:

Por favor, no se alarme, no le escribo para repetir las humillaciones de nuestro último encuentro. Le dirijo esta carta sin ninguna intención de herirla ni de insistir en el incidente que preferiría que ambos olvidáramos. Le pido disculpas por reclamar su atención de este modo, pero le ruego que me conceda un minuto en aras de descubrir la verdad.

Aquella tarde me acusó de dos atroces ofensas que me siento obligado a aclarar. La primera fue que separase a Bingley de su hermana y la segunda que he arruinado las perspectivas de futuro de la prima del señor Wickham. Si me lo permite, me gustaría explicarle ambas.

No llevaba mucho tiempo en Londres antes de darme cuenta de que Bingley favorecía a su hermana mayor por encima de cualquier otra persona. Sin embargo, no fue hasta el baile de Netherfield cuando comenzó a preocuparme la posibilidad de un verdadero afecto. Ya había visto a Bingley enamorarse antes, pero nunca de una manera tan profunda y absorbente como con su hermana. Al mirarla a ella, sin embargo, aunque parecía complacida por las atenciones, no me pareció que correspondiera a la profundidad de sus sentimientos. Por lo que me ha contado, es posible que me equivocara; dado lo bien que conoce a su hermana, es lo más probable. En consecuencia, su resentimiento está más que justificado por el dolor que he infligido y me disculpo por ello.

En cuanto al señor Wickham y a su prima, espero que al revelar la verdad de nuestra relación logre desterrar toda duda que pueda albergar en cuanto a mi carácter con respecto al trato que les he dispensado a ambos.

Para empezar, debo mencionar un incidente que preferiría olvidar y que esperaba no compartir nunca con otra persona. No obstante, confío en su discreción. El verano pasado, mi hermana menor, Georgiana, abandonó el colegio en Ramsgate, al que también asistía el señor Wickham. Allí, Wickham hizo creer a Georgiana, que por entonces tenía quince años, que estaba enamorada de él y la convenció para fugarse juntos. Por suerte, Georgiana me contó lo que planeaba antes de que ocurriera y pude ponerle fin y prohibirle a Wickham que volviera a verla nunca. Estaba más que claro que el objetivo del señor Wickham era la fortuna de mi hermana, treinta mil libras, hecho que reconoció durante nuestro enfrentamiento. Georgiana no tardó en comprender que había sido engañada, lo cual agradezco.

En cuanto a Liliana, la prima de Wickham, es cierto que nuestras familias nos emparejaron desde niños y nos animaron a comprometernos cuando alcanzáramos la edad adecuada. A pesar de la presión familiar, tal compromiso nunca llegó a tener lugar, aunque no me sorprende oír a algunos afirmar lo contrario. Liliana tiene tanto interés en casarse conmigo como yo con ella, es decir, ninguno. En cuanto a por qué no se ha comprometido con otro, no me corresponde a mí decirlo.

Por último, espero que sea capaz de ver usted misma la mala disposición que demuestra el carácter de Wickham el hecho de que por lo visto se dedique a difundir con otros el rumor que me mencionó el otro día. Aunque no lo mencionaré más, y le creí cuando me prometió discreción, no considero necesario que le explique cómo un rumor así podría destruir por completo mi reputación si llegara a los oídos equivocados.

En cualquier caso, espero que esta carta le aporte claridad y que no guarde rencor por nuestra pasada discusión. Aunque considero que tiene razón en que la felicidad nos sería esquiva si nos casáramos, espero que sepa que fui sincero en cuanto a lo que dije sobre su carácter. Si alguna vez hubiera podido encontrar un mínimo de felicidad al lado de una mujer, habría sido con usted. Espero que algún día podamos olvidarnos de todo este asunto y quizás incluso lleguemos a ser amigos.

Darcy

CAPÍTULO 23

Oliver acababa de terminar de leer la carta y salió al pasillo, justo cuando la señora Bennet abría la puerta de entrada a unos pocos metros delante de él. No vio quién había llamado desde donde se encontraba porque su madre estaba en medio, lo cual, por suerte, también significaba que quienquiera que estuviese en la puerta tampoco lo veía, pero se le revolvió el estómago al oír la voz de Wickham.

—¡Señora Bennet! Le pido disculpas por presentarme aquí sin avisar —dijo—. Me encontraba por la zona cuando recordé que Longbourn estaba cerca y se me ocurrió que sería de lo más agradable pasar un rato esta mañana con la señorita Elizabeth. Si no es molestia, por supuesto.

Oliver abrió los ojos con sorpresa. ¿Acaso ese chico no tenía vergüenza ninguna? Creía haber dejado bien claro su falta de interés en él y, sin embargo, allí estaba otra vez para intentar cortejarlo.

—¡Ah! —respondió la señora Bennet, casi con un chillido—. No es ninguna molestia. Iré a buscarla encantada.

Todo sucedió demasiado rápido. La señora Bennet se dio la vuelta y, al hacerlo, se apartó de Wickham, de modo que, de repente, Oliver se encontró mirándolo directamente. El chico rubio le devolvió la mirada. En circunstancias normales, habría sido un poco incómodo, pero nada de lo que preocuparse, salvo por un detalle: Oliver llevaba pantalones.

Wickham contempló con los ojos muy abiertos lo que sin duda percibía como una chica con pantalones. El corazón de Oliver se le aceleró en el pecho mientras intentaba obligarse a mover las piernas, pero estaba paralizado. Wickham estaba allí y lo estaba viendo con pantalones.

La señora Bennet, tal vez perpleja por la expresión de Wickham, se dio la vuelta y soltó un grito ahogado al ver a Oliver. Lo miró con los ojos muy abiertos e hizo un gesto con la cabeza hacia las escaleras, lo que por fin rompió el hechizo. Oliver subió corriendo y recorrió el pasillo hasta llegar a su habitación, donde cerró la puerta quizás con demasiada fuerza. Apoyó la cabeza en la madera, cerró los ojos y gimió. ¿Cómo iba a explicar aquello antes de que Wickham lo relacionara con el chico que había visto por primera vez en Watier's?

Cuando Oliver se reunió con Wickham en el salón, el chico comía un bollo untado en mermelada. Él tenía las manos húmedas por el sudor cuando se sentó delante y el aire frío que se le colaba entre las piernas por el movimiento de las faldas hacía que se sintiera casi desnudo.

—Me disculpo por la espera —dijo con calma—. No era consciente de que hoy tendríamos visita.

—Es en parte culpa mía —dijo Wickham—. Debí haber enviado un aviso por adelantado. Pido disculpas por la intromisión, es solo que me entusiasmé tanto con la idea de volver a verla que, cuando me di cuenta de lo cerca que estaba de Longbourn, no me resistí a venir. Espero que perdone cualquier inconveniencia que le haya causado.

Oliver sonrió.

—¿Puedo preguntarle por qué ha venido?

Wickham arqueó una ceja.

Para verla, por supuesto.

—Creía que durante nuestra última conversación había quedado claro que nuestras perspectivas de futuro son incompatibles.

—¡Incompatibles! —Wickham se rio—. Tonterías. Tiene usted algunas fantasías poco realistas sobre el futuro, es cierto, pero ¿qué jovencita no las tiene? Es una debilidad de su sexo tener que luchar para distinguir los sueños y la realidad. Razón de más por la que necesita un marido fuerte que la guíe.

Si no se hubiera sentido tan indignado, Oliver se habría reído. En cambio, se quedó boquiabierto.

—¿La debilidad de mi sexo?

Wickham asintió con gravedad.

—Una de tantas, como estoy seguro de que ya sabe.

—¿De verdad ha venido solo para insultarme?

—¡Insultarla! —Wickham se mostró horrorizado por la insinuación—. Todo lo contrario. He venido porque creo que es hermosa y, lo que es más importante, interesante. No me cabe duda de que será una esposa muy entretenida para un marido de un intelecto superior.

Oliver bufó.

—¿Eso es usted? ¿Un hombre de un intelecto superior?

—Por supuesto —dijo Wickham, con toda la seguridad de un joven que nunca en su vida había oído la palabra *no*.

Oliver negó con la cabeza.

—Permítame entonces aclarar la situación. No tengo ningún interés en que me corteje, señor Wickham, y menos aún en ser su esposa. No accederé a casarme con usted, ni aunque me lo pida hoy, ni mañana, ni el mes que viene, ni el año que viene. De hecho, preferiría no volver a verlo jamás.

A Wickham se le desencajó el rostro.

—De verdad —dijo.

Aunque no era una pregunta, Oliver respondió de todos modos.

—De verdad.

—Bueno. —El chico se levantó, se ajustó la corbata y se puso el sombrero—. Entonces supongo que no tengo motivos para quedarme.

—Supongo que no —dijo Oliver con frialdad.

—De acuerdo. Pues me marcho.

Hizo una pausa para alisarse el abrigo, que ya estaba perfecto, y lo miró como para asegurarse de que el otro chico no iba a protestar por su repentina marcha.

Oliver, que hacía todo lo posible por disimular el placer que sentía en aras del decoro, se limitó a responder a su mirada con gesto imperturbable. Wickham resopló, salió de la habitación, dobló la esquina y salió por la puerta principal.

Cuando el ruido de la puerta al cerrarse rompió el silencio, Oliver se recostó en la silla y sonrió.

CAPÍTULO 24

No habían pasado más que unos minutos desde la partida de Wickham cuando la señora Bennet irrumpió hecha una furia en el salón, donde Oliver seguía sentado. Al volverse hacia su hijo, tenía la cara roja y le temblaban las manos a los lados. Él estaba lo bastante familiarizado con los matices de los estados de ánimo de su madre como para saber, incluso antes de que ella pronunciara ni una palabra, que tenía un grave problema.

—¿En qué estabas pensando? —gritó la señora Bennet—. Tienes la fortuna de que otro hombre haya expresado interés en ti después de la forma en que trataste a Collins, ¡y decides tratarlo con el mismo desprecio! ¿Cómo se te ocurre?

Oliver abrió la boca para responder, a pesar de que su rostro se estremecía por la emoción reprimida, pero la señora Bennet no le dio oportunidad de hablar.

—¡Si no te conociera mejor, Elizabeth, empezaría a creer que quieres vivir sola el resto de tus días! No esperarás que una ristra de pretendientes aceptables te siga persiguiendo si insistes en rechazarlos a todos.

—No es eso lo que quiero, mamá —dijo Oliver en voz baja, con un nudo en la garganta mientras contenía las lágrimas—. Pero…

—¡Te ha visto con pantalones! —gritó la señora Bennet, estridente—. Ha sido un milagro que no se marchara de inmediato, sino que aun así entró, esperó a que te cambiaras y te cortejó de todos modos, ¿y qué haces tú? ¡Lo echas a patadas!

—Mamá…

—¡Nunca debí permitir tal desviación en mi propia casa! No sé qué tendrá tu padre en la cabeza, Elizabeth, pero ¡eres una chica y te vestirás como tal!

Las lágrimas brotaron de repente. Oliver se quedó boquiabierto mientras corrían silenciosas por sus mejillas. *No lo sabe*, se recordó. *Cree que eres su hija. Si supiera la verdad…*

Pero no fue capaz de terminar el pensamiento, porque no sabía lo que haría. Lo que sí sabía, mientras las palabras de su madre le desgarraban el pecho, era que la idea de perder la escasa libertad que había conseguido en casa lo dejaba sin aire.

—Mamá, eso no tiene nada que ver con Wickham —consiguió decir, a pesar de que la voz le temblaba tanto como las manos—. En todo caso, que siguiera interesado después de verme en pantalones debería ser alentador. Si a él no le ha importado, tal vez…

—¡Ningún marido querría que su mujer se vistiera como un hombre, Elizabeth!

—¡Tal vez yo no quiera ser la esposa de nadie!

Las palabras explotaron antes de que pudiera contenerse. Nunca le había gritado a su madre, no desde que era niño, pero entre las lágrimas incesantes y el dolor que le quemaban los espacios vacíos del pecho, no le importó.

El rostro de la señora Bennet estaba tenso, rojo, lívido. Abrió la boca, pero antes de que llegara a decir nada, el señor Bennet entró en la habitación. Miró con el ceño fruncido primero a su esposa y después a Oliver. Él seguía temblando y a duras penas era capaz de contener los sollozos.

—¿Qué ocurre aquí? —preguntó el señor Bennet. Luego, a Oliver—: ¿Estás bien?

No se atrevió a hablar. Negó con la cabeza, pero a cada segundo que pasaba el control se le escapaba entre los dedos.

—¿Si ella está bien? —chilló la señora Bennet—. ¿Acaso mis nervios no le importan a nadie? No tiene motivos para enfadarse, no después de despachar a otro pretendiente...

—Señora Bennet —la cortó el señor Bennet—. Ya es suficiente. Déjanos hablar a solas.

Mientras la madre de Oliver se marchaba de la habitación, el señor Bennet la atravesó para envolverlo en un abrazo. Oliver escondió la cara en el pecho de su padre.

Y se quebró.

———

Cuando se calmó lo suficiente como para respirar sin sollozar, el señor Bennet lo llevó a su despacho. Al principio, dejó que Oliver se tranquilizara durante unos minutos mientras iba a por un té. Oliver se enjuagó los ojos, se alejó de la estantería de su padre, llena sobre todo de libros de derecho, y cruzó la alfombra de color verde oscuro situada entre la estantería y el escritorio.

Para distraerse de la tormenta de emociones, dejó vagar la mirada por las cartas y los papeles apilados en montones sobre la mesa. Apartó un sobre, una carta del doctor Henry Marsh.

Se quedó confundido. El doctor Marsh era un extraño caballero, lo que algunos llamarían excéntrico. También resultaba ser el hombre que había ayudado en el nacimiento de Oliver, así como a todas las demás hijas de los Bennet. Sospechaba desde hacía tiempo que el médico también frecuentaba algunas Molly Houses, pero, por supuesto, no era un tema del que pudiera hablar libremente, por lo que era probable que nunca llegara a saberlo con certeza. Aun así, tenía una segunda consulta en París, donde las leyes eran mucho más laxas, por lo que pasaba allí la mitad del año.

Pero ¿por qué se escribía con el señor Bennet?

La puerta se abrió y Oliver miró a su padre, que llevaba una bandeja con una humeante tetera, dos platillos y dos tazas de té. Cerró la puerta con la cadera y dejó el té sobre el escritorio.

Oliver aceptó una de las tazas humeantes con gratitud, se sentó en una de las dos sillas que había frente a la mesa y se acercó el té a la cara para saborear el vapor caliente.

El señor Bennet se sentó frente a él con la otra taza y le sonrió con afecto.

—Sé que no estás bien, así que no preguntaré. Siento mucho lo que te ha dicho tu madre. Creo que ya es hora de que hable con ella, pero… no sé cuánto quieres que le diga.

Oliver se quedó mirando la taza de té mientras lo acosaba la incertidumbre. Después de lo que le había dicho, no creía que su madre estuviera preparada para oír la verdad. Sin embargo, una parte de él temía que nunca lo estuviera y, si era cierto, ¿qué haría? No seguiría así el resto de su vida solo porque su madre no quisiera oír la verdad. Pero después de lo que acababa de pasar, se sentía aún menos preparado para contárselo que antes.

—Aún no estoy listo para contárselo —dijo en voz baja. Levantó la mirada del humeante té negro y descubrió que su padre lo observaba con calidez. Lo tranquilizó de una manera con la que nunca se había atrevido a soñar.

—No pasa nada —dijo el señor Bennet—. En ese caso, tal vez centre mis energías en disuadirla de que te presione para casarte antes de que estés preparado.

Oliver relajó los hombros.

—Lo agradecería mucho.

—Bien. —El señor Bennet asintió—. Mientras tanto, creo que te vendría bien pasar un tiempo fuera. ¿Por qué no visitas a tus tíos en Gracechurch y pasas algún tiempo con ellos? Un par de días, quizá incluso una semana. No me cabe duda de que estarán encantados de recibirte y así tendrás la oportunidad de ser tú mismo durante una temporada sin interrupciones.

Oliver lo meditó unos segundos.

—Eso sería… perfecto, la verdad.

—Excelente. —Su padre sonrió—. Les escribiré de inmediato para avisarles de tu llegada. Deberías ir a hacer las maletas. Yo me ocupo de tu madre.

La mera idea de pasar varios días seguidos siendo él mismo le quitó un gran peso de encima. Se terminó el té y se levantó. La angustia de la discusión con su madre se desvaneció ante la perspectiva del viaje.

—Gracias —dijo, con la voz entrecortada por la emoción—. Por todo. No sé cómo habría soportado todo esto sin ti.

Las lágrimas volvieron a sus ojos al notar la calidez del rostro de su padre.

—Sé que la forma en que me lo contaste no fue seguramente la que habías imaginado, pero me alegro mucho de saber quién eres, hijo. Pase lo que pase, siempre lucharé por ti.

CAPÍTULO 25

Decidido a no pensar en su madre, Oliver se pasó gran parte del viaje a casa de sus tíos dando vueltas a la carta que había recibido de Darcy dos días antes.

La explicación que le había dado tenía todo el sentido del mundo y, en cuanto al carácter de Wickham... Él mismo le había oído difundir un rumor que no tenía derecho a contar. No quería ni pensar en cómo se sentiría si Wickham descubriera quién era y empezara a revelárselo a todo el mundo. Era despreciable.

Dada su evidente disposición para cometer un acto semejante y, francamente, su grosería al intentar cortejar a Oliver, no le costaba creer que el resto de la explicación de Darcy sobre lo que de verdad había ocurrido entre ambos no era del todo exagerada.

Sin embargo, no le había explicado por qué se había declarado a Elizabeth. Había admitido en la carta que estaba de acuerdo en que no sería feliz si se casara con una mujer, así que ¿por qué le había pedido matrimonio a alguien que creía que era una chica? ¿Por qué entonces? Darcy había mencionado que a ambos los estaban presionando para casarse. Y la manera en que había desaparecido después del beso era demasiada coincidencia como para no estar relacionada, así que la única explicación que se le ocurría era que la reacción de Darcy a besarse con un chico había sido intentar casarse de inmediato con una chica.

No era una conclusión nada tranquilizadora.

Mientras lo meditaba, el carruaje se detuvo en la propiedad de Gracechurch y Oliver se bajó del carruaje para saludar a su tía. Cuando ella lo abrazó y le preguntó cómo estaba, algo en su interior se quebró. Las lágrimas los sorprendieron a ambos, pero cuando empezó a relatarle los acontecimientos recientes, se dio cuenta de que no podía parar.

Cuando su tío sugirió que fueran a visitar los terrenos de Pemberly al día siguiente, Oliver protestó, pero cedió después de que su tía le asegurase que Darcy no estaría allí. A regañadientes, aceptó, aunque solo fuera para evitar las preguntas de su tío sobre por qué le importaba que el señor de la casa estuviera o no presente.

Una vez allí, tuvo que admitir que los terrenos eran tan hermosos como le habían contado, sobre todo en aquella época en que los árboles y los arbustos estaban en plena floración. La mansión era un gran edificio de ladrillo a la vista con columnas a ambos lados de la entrada. Y aunque el edificio en sí era impresionante, no era nada comparado con el terreno en el que se asentaba. Justo delante de la mansión había un enorme y plácido lago en el que ondulaba su reflejo. Alrededor se había trazado un sendero, decorado con setos, árboles y arbustos perfectamente cuidados.

—¿No es precioso? —preguntó su tía—. Me encanta venir aquí a dar largos paseos. Es muy tranquilo. Estoy convencida de que no existe otro lugar igual en toda Inglaterra.

—Es bonito —admitió Oliver.

Aún más agradable era pasear con sus tíos siendo él mismo. Oír a alguien de su familia llamarlo *Oliver*, pasear junto a su tío, ambos vestidos con sus mejores galas, la comodidad de la tela de constricción que le abrazaba las costillas, la suave corbata de seda que llevaba bajo la barbilla… Era fantástico. Se sentía muy bien. Ojalá fuera así todo el tiempo. Era lo que más deseaba. Ser él mismo, al descubierto, sin reservas.

Podría ser muy fácil, pero el mundo lo hacía muy difícil.

Caminaron por el perímetro del lago en silencio, sin que nada más que el crujido de los zapatos sobre el sendero de guijarros blancos perturbara la tranquilidad. Los pájaros cantaban en lo alto y una cálida brisa despeinaba los mechones de pelo que le asomaban bajo el sombrero. Al cabo de diez minutos no habían andado ni una cuarta parte del camino y Oliver se alegró de haberse dejado convencer por su tía para acompañarlos. Era un lugar de lo más apacible. Se preguntó cómo sería estar allí todos los días, tener aquel idílico sendero a solo unos pasos de la puerta de su casa. Y aún no había entrado en la mansión; apenas era capaz de imaginar la opulencia que habría dentro.

El crujido sordo de unas ruedas sobre la gravilla en algún lugar a sus espaldas lo arrancó de sus pensamientos. Los tres se detuvieron y se dieron la vuelta cuando un carruaje se detuvo frente a la mansión y salió…

Le dio un vuelco el estómago. Del carruaje se bajó Darcy. La misma persona que su tía había insistido en que no estaría allí.

Oliver miró a su tía, con los ojos muy abiertos, y ella se quedó boquiabierta antes de fruncir los labios. Se encogió de hombros a modo de disculpa y dijo:

—Me habían dicho que estaría con los Bingley toda la semana. Debe de haber vuelto antes de lo previsto.

Oliver gimió y su tío frunció el ceño.

—¿Hay algún problema con que el señor Darcy esté aquí?

—Te lo explicaré más tarde, querido —dijo su tía con tono despreocupado.

Las esperanzas de Oliver de pasar inadvertido se evaporaron cuando Darcy echó a andar por el cuidado sendero. Directamente hacia ellos. Se mordió el labio, sin saber si seguir caminando o esperar a que el otro chico lo alcanzara. Una parte de él deseaba irse y albergaba la ilusión de que Darcy aún no se hubiera dado cuenta de quiénes eran aquellas tres personas, pero sabía que sería una descortesía imposible y que no había ninguna posibilidad de que sus tíos se lo permitieran.

Por tanto, se limitó a observar con creciente temor cómo Darcy se acercaba. Supo el momento exacto en que el chico lo había visto; se paró un segundo y, de repente, empezó a caminar más deprisa. Oliver daba vueltas a qué debería decirle. Hasta donde Darcy sabía, la última vez que se habían visto había sido cuando lo había besado y después había huido. Teniendo eso en cuenta, tal vez fuera alentador que el chico se apresurase por llegar hasta ellos en lugar de alejarse en dirección contraria, pero no bastó para aliviar la ansiedad que le oprimió el pecho.

Darcy se le había declarado a *Elizabeth*. Habían discutido, luego le había enviado aquella carta, y no tenía ni idea de que Oliver había presenciado todo aquello. ¿Cómo iba a actuar con normalidad? ¿Cómo iba a fingir que no sabía que Darcy se le había declarado a una chica y luego había reconocido que había sido un error?

Nunca se había imaginado que vivir su vida como él mismo terminaría por implosionar con la vida en la que fingía ser una chica, pero estaba a solo unos minutos de enfrentarse a la colisión de ambas.

—Señor Gardiner, señora Gardiner, es un placer verlos —dijo Darcy al acercarse. Luego desvió la mirada hacia Oliver con calidez—. No sabía que conocieran a Oliver.

La tía de Oliver sonrió y le puso una mano en el hombro.

—Es nuestro sobrino —dijo con alegría—. ¿Lo conoce usted bien?

Darcy se sonrojó, solo un poco, y Oliver tuvo que reprimir una sonrisa. Sabía perfectamente qué estaba recordando el chico.

—Se podría decir que sí —respondió él.

—En realidad —dijo Darcy—, ¿les importa si hablo con Oliver en privado? Tengo un asunto importante que tratar con él.

Le rugió el pulso en los oídos. Hasta ese momento, se había imaginado un paseo incómodo pero soportable con Darcy y sus tíos. No estaba preparado para hablar con el chico a solas.

Pero su tío dijo:

—Por supuesto. La señora Gardiner y yo continuaremos nuestro paseo.

Le ofreció el brazo a su esposa, que lo aceptó con una sonrisa. Sin decir una palabra más, reanudaron la marcha y dejaron a Oliver con un nudo en el estómago y un intenso calor en el cuello.

Cuando sus tíos ya estaban lo bastante lejos como para no oír lo que decían, Darcy suspiró con pesadez.

—No esperaba encontrarte aquí.

—Podría decir lo mismo —respondió Oliver con una risita nerviosa.

—Yo vivo aquí. —Darcy sonrió con ironía. Estaba aún más guapo, si es que era posible.

—Me aseguraron que no estarías aquí, falsamente al parecer.

Darcy frunció el ceño.

—¿Intentabas evitarme?

Oliver arqueó una ceja.

—¿Te sorprende después de nuestra última interacción? En todo caso, tenía la impresión de que tú no querías verme.

Darcy se sonrojó y se pasó una mano por el pelo. Suspiró y señaló con la cabeza el camino.

—¿Paseas conmigo?

Oliver asintió y echaron a andar despacio. Avanzaron por el camino de guijarros durante unos minutos antes de que Darcy rompiera el silencio.

—No debería haber huido —dijo—. Te pido disculpas. No me imagino cómo te habrás sentido después de… de que…

—Nos besáramos —terminó Oliver en voz baja—. Nos besamos.

Darcy tragó saliva y la nuez se le movió por la garganta.

—Sí. Nos besamos.

—¿Tan horrible fue que sentiste la necesidad de escapar? —preguntó Oliver.

Darcy abrió los ojos como platos.

—¡No! En absoluto. De hecho, fue… todo lo contrario.

Fue entonces Oliver quien frunció el ceño.

—¿El beso fue tan bueno que tuviste que salir corriendo?

Darcy se rio, un sonido seco y quebradizo.

—Si la confirmación de que te gusta besar a otros chicos no te asustó, eres más valiente que yo.

Era lo que había pensado, entonces. Para Oliver, aquella noche había sido aterradora, pero besar a Darcy había sido quizá lo que menos miedo le había dado. Le daba miedo salir en público vestido de sí mismo; le aterraba presentarse ante un mundo que lo despreciaría si supiera cómo había nacido. Le aterraba ser quien era mientras lo perseguía la ansiedad constante de que alguien lo reconociera como *Elizabeth* y arruinara todo por lo que había trabajado durante meses. La sola perspectiva de que alguien le dijera al mundo que Oliver y Elizabeth eran la misma persona le provocaba náuseas.

Así que besar a Darcy le había dado miedo, sí, pero en el momento solo había temido el rechazo de Darcy, no el de la sociedad. Habían estado en el único lugar seguro del mundo, donde nadie lo atacaría por ser quien era, donde al ver a un chico besar a otro, la gente sonreiría. Comparado con el miedo a que lo descubrieran al que se enfrentaba cada vez que salía de casa como Oliver, el miedo por besar a Darcy no había sido nada.

Sin embargo, imaginó que para el otro chico, que no tenía que preocuparse de que el mundo pensara que era alguien que no era, besarlo probablemente había sido la aterradora verdad que le preocupaba que alguien descubriera.

Así que no, no había tenido miedo de besarlo. Pero entendía por qué Darcy sí.

—Lo comprendo —dijo al cabo de un rato, mientras un nuevo temor florecía en su pecho. Aquella era la oportunidad perfecta para contárselo todo a Darcy. Estaban solos y el tema de conversación se acercaba mucho a la verdad. Sin embargo, una vez más lo invadió el miedo de que Darcy lo rechazara, y la idea era casi tan aterradora como la de ser descubierto. Se mordió el labio.

Darcy lo miró con el ceño fruncido.

—¿Estás bien?

El pulso le latía en los oídos. Debería decírselo. Debería decírselo ya. *Darcy no se lo contará a nadie, aunque*

271

no reaccione bien, se tranquilizó a sí mismo. *Nunca lo haría. Sabe lo que se siente cuando otra persona revela tu identidad al mundo.*

Aun así, una parte de él temía equivocarse en sus suposiciones. Sin embargo, aun si se equivocaba, ¿qué otra opción tenía? No podían seguir con su relación sin antes ser sincero con él. No podía seguir viviendo dos vidas. Lo destrozaría.

Dejó de caminar y se encaró a Darcy. Cuadró los hombros y respiró hondo.

—Tengo que contarte algo.

Darcy frunció el ceño y se detuvo también. Se volvió hacia Oliver y asintió.

—De acuerdo.

Oliver tragó saliva, sin saber por dónde empezar. ¿Qué debía decir? ¿Cómo debía explicárselo? Aunque sabía que algún día tendría que hacerlo si quería que su relación continuara, nunca había conseguido encontrar las palabras.

Pero Darcy fue paciente. Lo miró con afecto y calidez. Una brisa fresca agitaba el cabello oscuro que enmarcaba su apuesto rostro. Los pájaros trinaban cerca y llenaban el aire de un ligero canto. Oliver querría quedarse en aquel momento idílico para siempre. Desearía congelar el tiempo y sentir la brisa en las mejillas, el suelo blando bajo las botas. Pero si no le contaba la verdad a Darcy entonces, nunca lo haría.

Así que, poco a poco, sacó las palabras.

—Cuando nací, el nombre que me pusieron no era Oliver.

Darcy arqueó una ceja.

—¿No? ¿Te llamaron algo horrible?

Oliver se rio un poco.

—Era… inadecuado. —Se mordió el labio e intentó calmar los latidos de su corazón—. Mis padres cometieron un error cuando nací. Me confundieron con una chica. Y me criaron como tal.

Darcy parpadeó. El fantasma de un ceño fruncido se deslizó por su frente.

Oliver se le adelantó.

—Pero no lo soy. Soy un chico y solo desde hace un año he logrado empezar a vivir mi vida como tal. Pero… casi nadie de mi familia lo sabe, incluida mi madre. Solo un puñado de personas están al tanto, de modo que he tenido que seguir viviendo una segunda vida. Una vida falsa. En la que tengo que fingir ser una chica.

Darcy no lo interrumpió, lo que Oliver interpretó como una señal prometedora. El chico lo escuchó, con el ceño fruncido, pero asintió despacio, como si meditase lo que acababa de decirle.

—Suena… terrible —dijo en voz baja—. ¿Has dicho que solo unos pocos saben quién eres?

Oliver asintió.

—Mi hermana mayor, dos amigas íntimas, mis tíos y, desde hace poco, mi padre. Nadie más. No te costará imaginar lo difícil que sería si la gente que no me desea ningún bien se enterase.

—Por supuesto —se apresuró a decir Darcy—. Entiendo por qué no querrías que otros lo supieran. Gracias por confiar en mí.

Oliver asintió de forma casi imperceptible y se mordió el labio. Darcy dudó.

—¿Hay más?

Oliver respiró con dificultad. Darcy se había tomado bien la primera parte, pero eso no significaba que fuera a ser comprensivo con el resto. Sin embargo, no había forma de ocultarlo.

—Me has conocido. Cuando fingía ser una chica.

Darcy parpadeó y levantó las cejas.

—¿En serio?

—Varias veces, en realidad. —El calor le subió por el cuello—. El nombre que me pusieron mis padres al nacer fue... Elizabeth.

Darcy frunció el ceño.

—¿Elizabeth?

Oliver hizo una mueca.

—Elizabeth... Bennet.

Darcy se quedó con la boca abierta y retrocedió un paso.

—¿Bennet?

Se quedó mirando a Oliver con los ojos muy abiertos, mientras a él se le aceleraba el pulso. Era el momento. Darcy lo aceptaría o...

Se rio. A carcajadas. Oliver no supo cómo reaccionar. Una sonrisa nerviosa se le dibujó en los labios cuando Darcy se echó a reír hasta el punto de tener que secarse las lágrimas.

—¿Es gracioso? —preguntó Oliver con una risita.

—¡Elizabeth Bennet! —exclamó Darcy y lo miró por fin—. ¿La persona a la que le propuse matrimonio hace apenas unas semanas?

Darcy no dejaba de reír y sonreír, lo que Oliver interpretó como una buena señal. No se lo veía enfadado, que era lo que había temido. Pero tampoco terminaba de entender del todo su reacción.

—Ah, sí —dijo—. Eso hiciste.

—Así que me estás diciendo que —dijo Darcy mientras se sentaba en la hierba—, después de entrar en pánico por besar a un chico, fui corriendo a pedirle a un chico que se casara conmigo. De todas las personas socialmente aceptables de Inglaterra a las que podría habérselo pedido, elegí a la única que en realidad no era una chica.

A Oliver se le había pasado ese detalle por la cabeza. Ahora que había pasado algún tiempo de aquella desastrosa proposición, incluso él se echó a reír mientras se sentaba al lado del otro chico.

—Supongo que sí.

—Tiene mucho sentido —dijo Darcy—. No entendía por qué me sentía tan atraído por Elizabeth. Nunca había conocido a una chica que me llamara la atención, ¡y resulta que era porque Elizabeth no era una chica!

Oliver parpadeó. Era un pensamiento extrañamente agradable. Como si Darcy hubiera visto más allá de su forzado disfraz. Como si en algún lugar, en el fondo, hubiera sabido desde el principio que Oliver era un chico.

Los dos rieron hasta que a él también se le llenaron los ojos de lágrimas. Rieron hasta que le dolió el estómago, hasta ponerse rojos. El alivio de ser aceptado, mientras el miedo a la reacción de Darcy se evaporaba como la niebla, lo llenaba de felicidad.

Cuando por fin se calmaron un poco, Darcy le sonrió de oreja a oreja.

—Gracias —repitió—. Gracias por confiar en mí. Y gracias por decírmelo, ahora todo tiene mucho más sentido.

Oliver no dejaba de sonreír.

—Me alegro mucho de habértelo dicho por fin. Cuanto más esperaba, más me aterraba. Sinceramente, cuando te me declaraste, temí que nunca podría contártelo.

—Me alegro de que lo hayas hecho. —Darcy se pasó una mano por el pelo y suspiró—. ¿Ahora qué?

—Bueno… —dijo Oliver, despacio—. Lo cierto es que disfruté besándote.

Darcy sonrió.

—Yo también.

Oliver quiso devolverle la sonrisa, pero un pensamiento mucho más aterrador le pesaba sobre los hombros.

—No puedo seguir fingiendo que soy una chica durante mucho más tiempo. Tengo que decírselo a mi familia.

Darcy se puso serio y asintió.

—Lo imaginaba. De todos modos, no me gustaría que tuvieras que fingir ser alguien que no eres por toda la eternidad. Sería espantoso.

Oliver lo miró.

—¿Incluso si eso significa que nunca podremos ser sinceros sobre la naturaleza de nuestra relación?

—Prefiero ser feliz contigo en secreto que vivir abiertamente una mentira.

Oliver sonrió por fin. Cuando Darcy deslizó los dedos por la hierba y le tocó la mano, no se apartó. En un arranque de valentía, el otro chico le envolvió la mano con la suya y sus dedos se entrelazaron. Se quedaron allí sentados, de la mano, durante un largo rato.

CAPÍTULO 26

A l cabo de un tiempo, Darcy sugirió que entrasen para alejarse del calor del sol y Oliver accedió. Acababan de entrar cuando una criada se les acercó con un sobre en la mano.

—¿Señor Blake? —preguntó la joven.

Oliver se sobresaltó. ¿Cómo conocía el apellido falso que usaba? Estaba seguro de que no había pronunciado su nombre en todo el día.

—¿Sí? —preguntó, vacilante.

—Acaba de llegar un mensajero con esta carta para usted, señor. —Le tendió un sobre—. Ha dicho que era muy urgente.

La emoción de que se dirigieran a él como *señor* se enredó con la confusión y la ansiedad. Aceptó el sobre y frunció el ceño, mientras se preguntaba quién sabía siquiera que estaba allí y qué podría ser tan apremiante. La carta era de Wickham, lo cual tenía algo de sentido, ya que él conocía el apellido que usaba, pero ¿cómo sabía dónde se encontraba? La carta iba dirigida a la finca de sus tíos, por lo que Oliver supuso que el mensajero había ido allí primero y le habían informado que ese día estarían todos en Pemberly.

La angustia le revolvió el estómago. Miró a la criada y le dio las gracias en el tono más calmado que pudo. La muchacha asintió y se marchó mientras Oliver deslizaba un dedo por debajo de la abertura del sobre y sacaba la carta de Wickham.

La primera línea le provocó un escalofrío de terror.

Elizabeth (porque ese, y no Oliver, es su nombre):

Lo sabía. Wickham sabía quién era. Pero ¿cómo? Oliver se estremeció. La carta le temblaba en la mano mientras se obligaba a leer.

No me andaré por las ramas. Me parecía extraño que el chico al que había conocido visitara a una mujer casada, y más extraño aún que nunca pareciera salir de su casa después de entrar... pero usted sí. Sin embargo, cuando la vi en pantalones el otro día, mis sospechas se confirmaron. Que se haya engañado a sí misma creyendo que es un chico es delirante, pero tiene fácil arreglo. Lo que necesita es un marido fuerte que le recuerde quién es y quién será siempre: una mujer que necesita una orientación muy seria.

Si desea mantener a salvo su secreto, se reunirá conmigo, a solas, ante la estatua de Alfredo el Grande dentro de dos días a mediodía.

Si no asiste, no me quedará más remedio que hacer una visita a Longbourn.

Wickham

Se sintió como si se hubiera tragado un cubo de piedras. Le costaba respirar y el corazón le latía con fuerza.

—Cielo santo —susurró.

—¿Qué sucede? —preguntó Darcy, con el ceño fruncido—. ¿Está bien tu familia?

Oliver tragó saliva y se obligó a bajar la carta.

—Es Wickham —dijo con un hilo de voz—. Lo sabe.

CAPÍTULO 27

La maleta de Oliver, llena de ropa de chico, golpeó el suelo con un ruido seco. Salió del carruaje aparcado frente a Longbourn y las faldas se agitaron alrededor de sus tobillos. Después de leer la carta, había decidido volver a casa de inmediato. Su tío había mencionado que se pondría en contacto con el señor Bennet y había jurado que lo ayudaría en lo que pudiera. Oliver apenas recordaba cómo había recogido sus cosas y se había despedido de sus tíos.

Darcy apenas había dicho nada. ¿Qué había que decir? Cualquier intento de interceder por Oliver conllevaría el grave riesgo de exponerse a sí mismo. No podía, no quería pedirle algo así. El poder que Wickham ejercía sobre ambos le helaba la sangre. La idea de que un solo hombre pudiera alterar hasta tal punto el curso de su vida lo repugnaba.

Dejar atrás a Darcy fue como despedirse de su única oportunidad de ser feliz.

Averiguaría lo que Wickham quería de él en dos días, pero no dejaba de pensar en que iba a pedirle más de lo que podría darle.

Oliver contaba con que Jane se horrorizara e incluso se asustara al leer la carta de Wickham. Lo que no esperaba era ver en el rostro de su hermana una expresión de pura rabia.

Si lo pensaba, no creía haber visto nunca a Jane enfadada.

—Maldito desgraciado —siseó.

Oliver la miró con la boca abierta.

—¡Jane! —exclamó, pero la sorpresa se transformó en una carcajada. Desde luego, nunca la había oído insultar a nadie.

—Lo siento, Oliver —dijo ella con las mejillas enrojecidas—. Pero ¡la audacia de ese hombre! ¿Quién se cree que es para decirte quién eres? Apenas te conoce. Y prácticamente ha admitido que te ha estado siguiendo. Es inconcebible que considere apropiado un comportamiento así. —Negó con la cabeza y dejó la carta sobre la cama—. Sabes que lo que ha dicho es mentira, ¿verdad? No eres una mujer y, desde luego, no necesitas que un hombre intente obligarte a serlo.

Oliver suspiró y se sentó junto a su hermana, con el estómago revuelto por la ansiedad.

—Lo sé —dijo en voz baja, aunque las viles palabras de Wickham seguían clavadas en su mente—.

Pero podría arruinar la reputación de la familia si me expusiera. Y madre...

Se le calentó la cara al pensar en esa aterradora posibilidad. ¿Qué haría si ella se negaba a aceptarlo como a un hijo? El conflicto destrozaría a la familia.

Sin embargo, no tenía más remedio que seguir adelante. No podía hacerse pasar por una mujer para siempre.

—Si Wickham insiste en continuar por este camino, deberías considerar decírselo a la familia antes que él —dijo Jane—. No sería del todo decisión tuya, lo cual no es justo, pero te permitirá presentarte con tus propias palabras y no con las suyas.

Oliver se mordió el labio y asintió. Jane tenía razón. Pero las palabras necesarias se le escapaban.

———

A la mañana siguiente, salió al jardín delantero. Había un banco blanco entre las flores, que tenía sobre todo fines decorativos, pero a Oliver le gustaba ir allí a pensar.

Desde luego, tenía mucho en qué pensar.

Acariciaba los diminutos brotes púrpuras de una planta de lavanda cuando se percató del crujido de unas ruedas que se acercaban por el camino de tierra. Se levantó y se dio la vuelta; frunció el ceño al ver detenerse un elegante carruaje negro. Dudaba que fuera Wickham, porque su encuentro no era hasta el día siguiente y no habían quedado en Longbourn. En cualquier caso, dudaba de que pudiera permitirse un carruaje tan extravagante.

Entonces se abrió la puerta y salió lady Catherine de Bourgh.

Oliver enarcó las cejas y apenas logró contener abrir la boca con pasmo. Estaba bastante seguro de que no los había visitado nunca, y más aún de que no conocía a ninguno de sus padres. ¿Se había perdido?

Sin embargo, no se sorprendió al verlo. Por el contrario, se fijó en él de inmediato y asintió, luego cuadró los hombros y echó a andar directamente hacia él.

Oliver hizo una reverencia cortés y esbozó una sonrisa amable para recibir a la inesperada visita.

—Lady Catherine, qué sorpresa. ¿Le gustaría tomar una taza de té?

—No es necesario —dijo la anciana con frialdad—. No me quedaré mucho tiempo.

No estaba seguro de cómo reaccionar, así que se limitó a asentir.

—¿Puedo ayudarla en algo, entonces?

—En realidad, sí. De hecho, usted es justo la persona a la que he venido a ver.

—Ya veo —dijo Oliver, desconcertado—. ¿Qué puedo hacer por usted?

—Puede asegurarme que los rumores sobre su compromiso con mi sobrino son absolutamente falsos —espetó lady Catherine.

Esa vez, sí se quedó con la boca abierta, pero no tardó en recuperarse, aunque se le torció el gesto por la confusión. No se le ocurría quién o por qué habrían difundido semejante rumor.

—Si me he prometido con su sobrino, me acabo de enterar.

—¿Así que lo niega? —replicó lady Catherine.

Oliver frunció el ceño ante el agresivo interrogatorio.

—Lo niego —dijo y trató de ignorar la punzada de ira que le subía por la espina dorsal—. No me he prometido con su sobrino. No me he comprometido con nadie.

—¡Espléndido! —dijo la dama—. Debe usted saber que el futuro de mi sobrino ha estado decidido desde que era un infante. Se casará con una mujer respetable de su misma posición, una que lleva muchos años esperando. De hecho, estoy convencida de que se casarán antes de que termine el año.

Oliver supuso que se refería a la prima de Wickham, pero no se molestó en corregirla.

—Ya veo.

—Espero que entienda que, si mi sobrino fuera a casarse con otra mujer, desde luego no sería con alguien de su posición. Habría sido una tonta si alguna vez hubiera creído lo contrario. Estos rumores son ridículos e insultantes. Me aseguraré de acabar con ellos de inmediato.

Oliver apretó los dientes. ¿De verdad había ido hasta allí para insultarlo a él y a su familia en su propia casa?

—¿Es todo? —se obligó a preguntar.

Lady Catherine lo miró ofendida.

—No. Debe prometerme que, si el juicio de mi sobrino fuera a nublarse momentáneamente y le pidiera su mano en matrimonio, usted se negaría.

Oliver no pudo contenerse y se echó a reír. La ironía, por supuesto, era que Darcy ya se lo había propuesto y él ya lo había rechazado. Sin embargo, si el chico volvía a pedírselo, si se lo pedía a Oliver en vez de a Elizabeth... No había ninguna posibilidad de que volviera a decirle que no.

—¡No veo dónde está la gracia! —exclamó lady Catherine—. ¿Le parece una broma?

—No puedo prometérselo —dijo con ligereza.

Lady Catherine jadeó.

—¿De verdad se crees adecuada para casarse con él? ¿Para ser una Darcy? ¿Usted?

—Creo que confiaré en que el propio Darcy decida por sí mismo con quién quiere casarse —dijo Oliver.

—¡Qué arrogancia! —Lady Catherine se llevó una mano al corazón—. ¡Tiene que rechazarlo! No puede casarse con él.

Oliver negó con la cabeza.

—¿Tan segura está de que vendrá a pedírmelo que mi negativa a cumplir sus exigencias la angustia hasta tal punto? Tal vez no se haya dado cuenta, pero, por lo que yo sé, Darcy no está aquí. No estamos prometidos, pero, si alguna vez me lo pide, tomaré la decisión que me plazca sin su influencia, muchas gracias.

Lady Catherine volvió a jadear llevada por la rabia. Oliver resistió a duras penas el impulso de poner los ojos en blanco.

—Si eso es todo, lady Catherine, tengo asuntos que atender.

Oliver se volvió hacia la puerta principal.

—¡Esto no ha terminado, Elizabeth Bennet! —gritó la dama a su espalda.

Oliver no se molestó en dignificar la amenaza con una respuesta.

CAPÍTULO 28

O liver llegó a la estatua de Alfredo el Grande vestido de sí mismo.

La estatua estaba tallada en piedra blanca y representaba al antiguo rey con finos ropajes y una corona sobre la cabeza. Tenía muchos años, estaba manchada por la intemperie y el tiempo y situada en el centro de un paseo de piedra que se ramificaba a su alrededor, rodeado de arbustos y árboles. En una ciudad de un millón de habitantes, era un buen lugar para mantener una conversación privada.

Wickham ya estaba allí, esperando. Levantó la vista y bufó al verlo.

—Increíble. De verdad se atreve a presentarse así vestida, Elizabeth. —Wickham dijo el nombre desechado de Oliver como una maldición. Lo sintió como si la punta de un cuchillo le rasgara la piel entre costillas.

—Lo que es increíble es que considere su deber inmiscuirse en mi vida —replicó—. ¿Tan poco estimulante es la suya que se siente obligado a involucrarse en asuntos que no le conciernen?

Wickham resopló.

—Tiene un concepto demasiado elevado de sí misma. No me habría preocupado en lo más mínimo por las extrañas decisiones que toma en su vida si su primo no se hubiera encargado de que fueran asunto mío.

Oliver reflexionó. Entrecerró los ojos.

—¿Mi primo?

Wickham asintió.

—Cuando le mencioné sus tonterías al señor Collins, me brindó una oportunidad que no pienso desperdiciar. A cambio de asegurarme de que pone fin a esta ridícula farsa, me ha ofrecido una suma importante. No permitiré que arruine esto para mí, Elizabeth. Se casará conmigo y dejará de resistirse a la posición para la que nació.

Oliver se echó a reír. La situación era tan absurda que, si Wickham no lo hubiera estado mirando con absoluta seriedad, habría creído que todo era una broma. ¿Casarse con Wickham?

—No es un asunto de risa —reprendió el joven, lo que hizo reír más a Oliver.

—Este verano me han hecho varias propuestas terribles —dijo—, pero debo reconocer que la suya es la peor de todas.

Wickham enrojeció.

—¿Cómo se atreve?

—Antes me casaría con una farola que aceptarlo a usted como esposo —dijo Oliver con acidez.

La tez enrojecida de Wickham adquirió un desagradable tono púrpura.

—Si se niega a casarse conmigo, no me quedará más remedio que informar a su familia de sus desviaciones.

Oliver se mareó de miedo, pero se obligó a mirar a Wickham a los ojos con ferocidad.

—Adelante —dijo y escondió las manos temblorosas en los bolsillos—. A ver si mi primo le sigue pagando después de que haya informado a mi familia de que, después de todo, los Bennet sí tienen un hijo. —Todo empezaba a encajar a medida que hablaba—. Porque de eso se trata, ¿no es así? Collins le ha pagado para que me obligue a vivir una vida como mujer, de manera que no me interponga en su plan para heredar Longbourn.

Wickham apretó la mandíbula, pero no lo negó.

—Es usted una tonta si cree que su familia aceptará este despropósito.

—Tal vez —dijo Oliver y se dio la vuelta—. Pero aun sí, no me casaré con usted.

Oliver caminó, con la mente angustiada y agotado, hasta que llegó al puente de Westminster.

Avanzó hasta el centro, se apoyó en la barandilla y sonrió mientras la brisa fresca le besaba la cara. El tranquilo chapoteo del agua, el murmullo de las conversaciones y el ruido de los carruajes lograron tranquilizarlo. Más adelante, a la derecha, se alzaba el palacio de Westminster, con sus agujas puntiagudas que llegaban hasta las nubes. Las torres gemelas occidentales de la abadía dominaban la iglesia gótica, la estructura más alta del horizonte.

Podría quedarse allí durante horas. Quería hacerlo. Las nubes ocultaban el sol y oscurecían el cielo. Esperaba que nadie fuera a buscarlo a su habitación. Tal vez debería haber avisado a Jane para que pudiera cubrirlo en caso necesario, pero ya era demasiado tarde.

A una parte de él no le importaba que alguien notara su ausencia. Una parte de él quería que lo descubrieran, que lo vieran. Estaba harto de fingir, de anteponer las necesidades de los demás a las suyas. Estaba cansado de intentar hacer felices a los demás, a expensas de sí mismo.

Quizá pronto ya no importaría. Wickham iría a ver a su familia y les diría quién era, en los términos menos halagadores posibles. Su madre se indignaría. Al menos Lydia y Kitty disfrutarían del escándalo.

Empezó a llover de repente. Oliver parpadeó y su ropa absorbió el agua como una esponja. Se rio, un sonido tan frío como la caricia de la lluvia. Perfecto. Ahora tendría que volver a casa calado hasta los huesos y con la ropa empapada. Sería un milagro si conseguía entrar sin que lo vieran.

Consideró volver a casa, pero no se atrevió a moverse. Cuando volviera, tendría que tomar una decisión: seguir fingiendo, aceptar una vida de sufrimiento silencioso y negar las acusaciones de Wickham, o hacer algo mucho más aterrador y sincerarse con su familia.

Sabía lo que quería hacer, lo que necesitaba, pero el riesgo de una reacción poco favorable lo paralizaba. Decidió que sería peor tener una madre que supiera quién era y lo rechazara que sufrir su continua ignorancia.

Alguien se apoyó en la barandilla a su lado y Oliver dio un respingo. Ni siquiera había oído acercarse al otro chico; la lluvia golpeaba la piedra del puente con tanta fuerza que creaba un repiqueteo constante en sus oídos. El recién llegado se volvió hacia él y Oliver parpadeó durante varios segundos, aturdido, seguro de que su mente le estaba jugando una mala pasada o de que sus ojos estaban demasiado empañados por la lluvia para ver bien.

Pero no había ninguna duda. Darcy estaba a su lado en el puente.

—Hola —dijo con cautela y una leve sonrisa—. Hace un tiempo precioso para pasear.

Oliver se rio y negó con la cabeza, mientras una sonrisa se abría paso en sus facciones, sin proponérselo.

—No estaba lloviendo cuando salí.

La sonrisa de Darcy se suavizó.

—Lo suponía.

—¿Cómo me has encontrado?

—Como no estabas en casa, recordé dónde me habías dicho que te gustaba ir a tomar el aire. Me pareció que sería un buen sitio para probar.

Oliver abrió mucho los ojos.

—¿Mi familia sabe que no estoy en casa?

Darcy hizo una mueca.

—Me temo que sí, todo por mi culpa, me disculpo. Pero si te sirve de algo, les he dicho que se me había olvidado que habíamos acordado vernos en la ciudad. En cualquier caso, estoy seguro de que Bingley ya los habrá distraído suficiente, así que yo no me preocuparía.

Oliver no creía que sus ojos pudieran abrirse más, pero se equivocaba.

—¿Bingley ha venido contigo?

—Hemos viajado juntos, sí. Ahora mismo está con tu familia, y con Jane, por supuesto. Tenía muchas cosas que decirle a tu hermana después de que le explicara el error de mi juicio inicial y le asegurara que ahora sí creo que ella corresponde a sus sentimientos.

Oliver no sabía qué decir. Por supuesto, había sido culpa de Darcy que Bingley se hubiera alejado de Jane en un principio, pero si había admitido su equivocación ante su amigo y lo había animado a volver a su lado…

—¿Va a…? —Oliver estaba casi demasiado nervioso como para terminar la pregunta—. ¿Se va a declarar?

Darcy sonrió y miró hacia el río. La lluvia le pegaba el pelo oscuro a la frente y le goteaba por la nariz hasta los labios.

—Creo que sí.

Oliver sonrió; su humor cambió de manera tan repentina que se sintió como si flotara.

—Darcy, eso es… —Rio, esa vez de verdad—. Gracias. Siempre tendrás mi gratitud.

—No estoy seguro de merecerla —dijo el chico, aunque seguía sonriendo—. Después de todo lo que hice para causaros tanta infelicidad a Jane y a ti... Sincerarme con Bingley era lo menos que podía hacer.

—Creas o no que lo mereces, te lo agradezco de todos modos.

—Si es lo que quieres —dijo y se volvió a mirarlo—. No negaré que mi deseo de hacerte feliz ha sido la principal de mis motivaciones. Solo pensaba en ti.

Oliver sintió calor en el rostro y reprimió una sonrisa. Darcy le estaba declarando la importancia de su felicidad bajo la incesante lluvia. No sabía qué responder, pero no tuvo que hacerlo, porque el otro chico aún no había terminado.

—Mi tía volvió a casa hace poco de muy mal humor, pero eso me ha dado esperanzas. Te conozco lo suficiente como para estar seguro de que, si hubieras estado completamente decidido a rechazarme, se lo habrías dicho a lady Catherine.

El calor en el rostro de Oliver aumentó y se echó a reír.

—Me conoces bien. No puedo negar que tengas razón.

Darcy se limitó a sonreír.

Oliver titubeó antes de hablar:

—Hoy he hablado con Wickham. Al parecer, Collins le había ofrecido pagarle para que se casara conmigo y, cuando me negué... No se lo tomó muy bien. Está decidido a descubrirme ante mi familia.

Darcy frunció el ceño.

—Qué retorcido. ¿Sabes cuándo piensa hacerlo?

Oliver negó con la cabeza.

—No me lo ha dicho. Pronto, imagino.

El ceño de Darcy se profundizó.

—¿Estás bien?

—No lo sé. —Oliver suspiró y acarició la piedra húmeda del puente—. Al principio estaba aterrorizado, pero… empiezo a preguntarme si no será hora de contárselo yo mismo.

Darcy asintió.

—Estaré encantado de acompañarte y brindarte mi apoyo, si te sirve de algo.

Era un gesto tan amable que se le formó un nudo en la garganta por la emoción.

—¿Harías eso por mí?

—Por supuesto. —Darcy vaciló, como si estuviera tomando una decisión. Después asintió y dijo—: Llevo un tiempo angustiado y no quiero seguir así. Si tus sentimientos son los mismos que a principios de mes, por favor, dímelo, pero yo ya no puedo contener los míos. Te admiro, Oliver Bennet. Tu espíritu, tu ingenio, tu franca honestidad; no he pensado en otra cosa desde que nos conocimos.

Las lágrimas nublaron la vista de Oliver, se derramaron calientes por sus mejillas y se enfriaron con la lluvia.

—Darcy…

—Te quiero, Oliver —dijo Darcy—. Con pasión.

Era lo que siempre había soñado. Lo que había temido no oír nunca. Todos los sueños que se había atrevido a tener envueltos en un lazo y presentados con tanta calidez por unos ojos marrones a los que le era imposible negar su veracidad.

Oliver parpadeó con fuerza a través de la lluvia torrencial. Con el diluvio incesante, la mayoría de la gente se había retirado al interior, dejándolos a los dos solos en el puente. Antes de pensárselo mejor, se inclinó hacia delante para acortar la distancia que los separaba. Sus labios se posaron en los de Darcy y el otro chico le acunó el rostro entre sus suaves manos. Se besaron mientras la lluvia les golpeaba la cara, con el pelo empapado y pesado sobre la frente, con la piel mojada y resbaladiza por el agua. Se besaron mientras las lágrimas de Oliver se mezclaban con la lluvia, mientras su corazón se henchía de tanta felicidad que creía que iba a estallar, mientras el calor florecía en su pecho y se extendía por todo su cuerpo, como una taza de té humeante en invierno.

Oliver se separó un poco y el calor del aliento de Darcy le recorrió la nariz y la boca. Darcy abrió los ojos y su mirada ardiente buscó la de Oliver.

—Te quiero, Fitzwilliam Darcy —dijo Oliver—. Con todo mi corazón.

La sonrisa que iluminó el rostro de Darcy viviría para siempre en su memoria. Esa vez, cuando Darcy acortó la distancia que los separaba, Oliver no fue el primero en apartarse.

Nunca había sido tan feliz.

CAPÍTULO 29

Al final, fue Darcy el que lo convenció de entrar por la puesta principal. Tras una rápida parada en casa de Lu para quitarse la ropa mojada y ponerse ropa seca de hombre, corrieron hasta Longbourn. Juntos se plantaron en la entrada, la puerta pintada de granate cerrada y ajena a lo que iba a pasar. Oliver se mordió el labio, con el estómago revuelto y los dedos temblorosos apretados a los costados. Podía hacerlo.

Tenía que hacerlo.

—Si no estás preparado —dijo Darcy—, no pasa nada. Podemos volver a intentarlo en otro momento.

Oliver negó con la cabeza. Nunca sería un buen momento, nunca sería el momento adecuado. Siempre encontraría un motivo para esperar, para aplazarlo, para torturarse un día más. Podía sobrevivir aquel día. Podría sobrevivir al siguiente. Lo que no soportaría sería toda una vida fingiendo.

—No —dijo al cabo de un rato—. Quiero hacerlo. Acabar de una vez.

Darcy asintió y, con mucha delicadeza, le puso una mano en la parte baja de la espalda. El tacto era cálido y reconfortante. Se inclinó hacia delante y sus labios rozaron la oreja de Oliver.

—Pase lo que pase, estoy aquí. Siempre estaré a tu lado.

Oliver sonrió, a pesar de la situación. Era un gran alivio tener a Darcy con él. Se enfrentaría a su familia y les contaría la verdad. Si no les gustaba... En fin. Al menos no estaría solo.

Cuadró los hombros, respiró hondo y llamó a la puerta.

El repiqueteo de los nudillos contra la madera le resonó por todo cuerpo. Oliver contuvo la respiración. Al cabo de unos segundos, el señor Bennet abrió la puerta.

Se le cortó la respiración, pero el rostro de su padre se fundió en una sonrisa.

—Mira qué guapo estás —dijo con alegría.

A Oliver se le calentó el rostro, pero carraspeó y se obligó a hablar.

—Papá, este es el señor Darcy.

—Ya nos conocemos —dijo el señor Bennet, aún sonriendo—. Bienvenido, señor Darcy.

Se hizo a un lado y los invitó a los dos a pasar.

Darcy asintió y entró. Oliver lo siguió mientras la energía nerviosa le revolvía el estómago como una colmena de abejas. Pero su padre seguía sonriendo y eso, al menos, le quitó un poco de nerviosismo.

—Te has perdido el gran anuncio de Jane y Bingley —le contó el señor Bennet—. Parece que por fin se han prometido.

A pesar de los nervios que le hacían vibrar por dentro, Oliver sonrió con sinceridad.

—¡Qué gran noticia!

—¡Lo es! —Su padre asintió—. El señor Collins y el señor Wickham también acaban de llegar. Creo que quieren hablar de un asunto con la familia, aunque aún no han dicho cuál.

A Oliver se le cayó el alma a los pies, pero con obstinación apartó el pánico que le trepaba por la garganta. No importaba que Collins y Wickham estuvieran allí porque él contaría su verdad primero. Estaba preparado. Era el momento.

Sin embargo, antes de que llegara a decir nada, una nueva figura apareció.

—Señor Bennet, ¿quién...? —Las palabras murieron en sus labios cuando la señora Bennet vio a Oliver. Abrió tanto los ojos como las ruedas de un carruaje.

Oliver se quedó sin aire. Estaba a punto de decir que estaba listo para contárselo a la familia, pero no estaba preparado para que la señora Bennet apareciera de repente. No obstante, ¿acaso importaba que se enterase de la verdad entonces en vez de unos minutos más tarde?

Oliver se obligó a respirar y dijo:

—Mamá, tengo algo que contarte.

El señor Bennet juntó las manos a la espalda y asintió para animarlo. Seguía sonriendo y los ojos le brillaban con alegría. *Al menos, papá me apoyará*, se recordó.

Ese recordatorio le dio las fuerzas necesarias para continuar.

—¿Por qué…? —dijo la señora Bennet con la voz entrecortada—. ¿Por qué vas así…?

—Me llamo Oliver —interrumpió él y, aunque le temblaba la voz, se obligó a terminar—. Soy su hijo.

Durante un largo rato no ocurrió nada. La señora Bennet lo miraba boquiabierta, mientras a Oliver el corazón le latía con tanta fuerza que dolía. El señor Bennet sonreía a su esposa con una pizca de malicia y las cejas levantadas, como si quisiera decir: *Me alegro y tú también deberías alegrarte.*

Entonces, la mano de Darcy estrechó la suya y apretó con fuerza. La presión lo tranquilizó y se aferró a su mano como a una barandilla al bajar unas escaleras heladas. La mirada de la señora Bennet se desvió hacia sus manos mientras el asombro de su rostro se transformaba en confusión.

—Además —añadió Oliver, con la voz tensa—. Darcy y yo estamos… cortejándonos, supongo.

La señora Bennet miró entonces a Darcy.

—¿Es cierto? —preguntó al fin, como si hubiera alguna otra manera de interpretar sus manos entrelazadas.

—Lo es —dijo Darcy con alegría—. Hace tiempo que le tengo mucho aprecio a su hijo.

—¡Qué maravilla! —exclamó el señor Bennet—. Oliver, me alegro mucho por ti. —Luego miró a Darcy y añadió—: Espero que sea bueno con mi hijo.

Hijo. Oliver sospechaba que nunca lo superaría.

—Siempre —dijo Darcy. Miró a Oliver con una calidez que quiso conservar para siempre.

—Gracias, papá —agregó Oliver en voz baja. Luego volvió a mirar a la señora Bennet y buscó en el rostro de su madre algún indicio de su reacción.

La mujer miró a Oliver, luego a Darcy y de nuevo a su hijo antes de llevarse el dorso de la mano a la frente y exclamar:

—¡Cielo santo! Esto es de lo más inesperado. —Dejó caer la mano antes de añadir, pensativa—: Supongo que tu vehemente aversión por los vestidos tiene todo el sentido del mundo.

Oliver no pudo evitarlo y se echó a reír.

—Espero que ahora que sabes la verdad no me obligues a ponérmelos.

Entonces ocurrió algo de lo más extraño. La señora Bennet sonrió y dijo:

—¿Obligar a mi hijo a llevar vestido? Eso no sería nada apropiado.

Oliver rompió a llorar. No era su intención y no lo esperaba, pero oír las palabras *mi hijo* en boca de su madre fue tan inesperado que el dique de ansiedad que llevaba dentro se quebró. Se secó la cara con frenesí mientras se esforzaba por recuperar el aliento.

—Lo siento. Estoy bien, es que tenía mucho miedo de no oírte decir nunca esas palabras.

El rostro de la señora Bennet se suavizó y, añadiendo otra rareza a la lista, cruzó la distancia que los separaba y lo abrazó. Oliver no recordaba la última vez que había abrazado a su madre, pero se sentía muy bien en sus brazos, apoyado, aceptado. Lo había llamado *hijo*. ¡Lo había llamado *hijo*! Había estado aterrorizado durante tanto tiempo por su rechazo que su aceptación le había quitado un peso de encima que ni siquiera era consciente de soportar.

La señora Bennet se apartó, pero seguía sonriendo. Oliver le devolvió la sonrisa hasta que le dolieron las mejillas.

El señor Bennet sonrió.

—¿Hora de volver a presentarte a la familia?

Oliver asintió. La idea de presentarse ante el resto de su familia todavía le daba miedo, pero un poco menos desde que la señora Bennet lo sabía. Además, que fuera su padre el que presentara a Oliver como su hijo ante sus hermanas, dejando claro su apoyo desde el principio, era un escenario mejor de lo que se había atrevido a soñar.

—Gracias —dijo en voz baja.

—Por supuesto, hijo.

Darcy deslizó los dedos entre los de Oliver, provocando que le saltaran chispas en la piel.

—¿Estás listo?

El señor Bennet dijo:

—La familia esta de muy buen humor gracias al compromiso de Jane, así que creo que te recibirán con más alegría de la que esperas. Aunque si lo prefieres, podemos esperar a que Wickham y Collins se hayan marchado.

Oliver se mordió el labio.

—En realidad, sé por qué han venido. Wickham amenazó con exponerme ante la familia para obligarme a casarme con él. Me dijo que Collins le había pagado para que se casara conmigo para que yo… —Tragó saliva, sin querer pronunciar las palabras—. Para que me viese obligado a vivir el resto de mi vida como su esposa.

La señora Bennet abrió mucho los ojos y el rostro del señor Bennet se ensombreció. Oliver nunca había visto a su padre enfadarse de verdad antes, pero el rubor de su cara y la mirada oscura de sus ojos eran inconfundibles.

—Es por la herencia, ¿verdad? —Negó con la cabeza, su voz envuelta en acero—. No. Eso no puede ser.

Fue entonces cuando Collins y Wickham entraron en la habitación. Al ver a Oliver, Collins enarcó las cejas y Wickham sonrió satisfecho.

Collins se llevó la mano al corazón.

—¿Esa es Eli…?

—Su nombre es Oliver —lo interrumpió el señor Bennet con tono sombrío—. Pero sospecho que usted ya lo sabía, ¿no es así, señor Collins?

Collins parpadeó y abrió los ojos de par en par. Incluso la sonrisa de Wickham se esfumó de su rostro.

—No comprendo lo que quiere decir —balbuceó Collins.

—Yo creo que lo sabe perfectamente —dijo el señor Bennet—. Es más, creo que lo mejor sería que ambos se marcharan inmediatamente. Señor Collins, debe saber que pienso actualizar mi testamento en cuanto me sea posible para asegurar que mi hijo herede Longbourn como le corresponde.

Oliver apenas se creía lo que oía. ¿De verdad su padre iba a actualizar su testamento? ¿Longbourn sería suyo? De todas las cosas que se había planteado que supondría vivir como el hijo de los Bennet, nunca había considerado la posibilidad de heredar Longbourn. Pero si existía…

—Ya he hablado con el médico que lo trajo al mundo —continuó el señor Bennet—. Me ha asegurado que dará fe ante un tribunal, si es necesario, de que Oliver es mi hijo.

Oliver abrió los ojos con sorpresa. Debía de referirse a la carta del doctor Marsh que había visto en el despacho de su padre. ¿Cuánto tiempo llevaba el señor Bennet planificando aquello?

Wickham y Collins tampoco se lo creían.

—¡Esto es absurdo! —exclamó Wickham.

—Señor Bennet —se apresuró a decir Collins—, no hay necesidad de precipitarse.

—No —coincidió él—. Precipitarse sería pagar a un amigo para atrapar a mi hijo en un matrimonio sin amor. ¿O pretende negar que ese no era el objetivo de su visita?

Collins abrió y cerró la boca como un pez fuera del agua. Wickham estaba tan pálido como un muerto. El señor Bennet se limitó a negar con la cabeza mientras fruncía el ceño con decepción.

—Si insiste en llevar este asunto a los tribunales, la combinación de mi testimonio, junto con el del resto de la familia y el del doctor Marsh debería ser más que suficiente; no le aconsejo malgastar sus recursos en vano.

—¡Y usted! —chilló la señora Bennet y señaló a Wickham—. ¿Ha intentado forzar a mi hijo a una relación infeliz por dinero? ¿Acaso no tiene vergüenza?

—No sería la primera vez —dijo Darcy y fulminó con la mirada el rostro enrojecido del chico rubio—. Ya intentó hacer lo mismo con mi hermana para apoderarse de su herencia.

—Como si usted fuera un ángel —se burló Wickham—. ¡Sé lo de sus devaneos en las Molly Houses!

La señora Bennet soltó un grito ahogado, pero en lugar de volverse hacia Darcy, dirigió toda la fuerza de su furia contra Wickham.

—Espero que sepa que conozco a muchas personas influyentes. Una mala palabra más sobre mi hijo, o del señor Darcy, a cualquiera, y le aseguro que pronto descubrirá que su capital social carece de valor.

Mientras Wickham palidecía, Collins frunció el ceño.

—Usted no es la única con conexiones sociales, señora Bennet.

—¿Se refiere a lady Catherine de Bourgh? —La señora Bennet cruzó los brazos sobre el pecho—. Es interesante que la mencione. ¿Supongo que no sabe que su amigo intentó engañar a su sobrina por su fortuna?

—No lo sabe —respondió Darcy con tono neutro.

—Muy interesante —dijo la señora Bennet—. Y, conociendo a su tía, ¿cómo cree que reaccionaría ante semejante información?

—Sospecho que se pondría furiosa tanto con el autor del crimen como con cualquiera que estuviera estrechamente relacionado con él —respondió Darcy.

Collins palideció y se volvió hacia Wickham, con los ojos muy abiertos.

—¿De qué hablan?

—No es... No estaba... —balbuceó Wickham.

—¿No intentó engañar a mi hermana y le hizo creer que la amaba para casarse con ella y echar mano de su fortuna? —preguntó Darcy con frialdad.

—¡No es culpa mía que la muchacha se encaprichara! —gritó Wickham.

Collins lo miró, atónito. La señora Bennet soltó una carcajada.

—Como he dicho. Una mala palabra, solo una, y tendré que visitar a lady Catherine de Bourgh.

Collins abrió la boca, pero la volvió a cerrar sin decir nada. Oliver contuvo la risa; no creía posible que nadie pudiera dejar mudo a aquel hombre.

—Ambos deben marcharse de inmediato —dijo el señor Bennet—. No intenten regresar. Ninguno de los dos será bienvenido en Longbourn nunca más.

Tal vez asombrados, Collins y Wickham no dijeron nada más mientras el padre de Oliver los empujaba hacia la puerta. Después el señor Bennet suspiró, dio una palmada y se volvió hacia Oliver y Darcy.

—Siento la desagradable escena —dijo.

Oliver volvió a rodear a su padre con los brazos y lo estrechó con fuerza.

—Gracias —dijo—. Gracias, gracias, gracias.

El señor Bennet se rio.

—Por supuesto, hijo. ¿Listo para volver a presentarte a la familia?

Oliver se apartó y se secó las lágrimas que se acumulaban en los ojos. Volvió a darle la mano a Darcy. Con el apoyo del otro chico y el de sus padres, enfrentarse al resto de la familia, y al resto del mundo, se le hacía un poco menos aterrador. Sabía que no siempre sería fácil, pero en aquel momento tenía claro que valdría la pena. Porque enfrentarse al mundo como el hijo de sus padres, como Oliver, era lo correcto, la certeza de ello vibraba en su pecho como la nota de un diapasón.

Así que dio un apretón a la mano de Darcy y sonrió.

—Sí —dijo—. Creo que sí.

EPÍLOGO

Oliver llamó tres veces mientras vibraba por la emoción. La puerta se abrió y se encontró de nuevo cara a cara con el joven flacucho y gafas de medialuna. Esa vez, le sonrió al reconocerlo.

—Un café, por favor —dijo Oliver con seguridad.

Con una sonrisa, el hombre abrió la puerta del todo.

—Bienvenido de nuevo. Tu chico ya está aquí, en su rincón habitual.

Le hizo un gesto con la barbilla hacia el fondo de la sala.

Se le calentó la cara por las palabras *tu chico*, pero se rio y le dio las gracias mientras entraba. No debería sorprenderle que los demás se dieran cuenta de que Darcy y él eran algo más que amigos; después de todo, ya se habían besado allí una vez, aunque fuera breve.

Oliver se deslizó entre las mesas de cartas y la zona designada para bailar, donde la gente formaba parejas mientras alguien tocaba el piano. La música sonaba ligera y alegre y lo animó.

309

Entonces vio a Darcy en el sofá verde, con la mirada perdida en el libro abierto que sostenía en la mano. Sintió un aleteo en el pecho. El otro chico aún no se había dado cuenta de su presencia y el pelo le caía sobre la cara al inclinarse hacia el libro. Le dieron ganas de estirar la mano y apartárselo.

Se quedó contemplando la serenidad de Darcy. Estaba tan elegante con el frac azul marino a medida y la corbata de seda a juego perfectamente anudada. No era la primera vez que se maravillaba porque un chico tan guapo como Darcy estuviera interesado en alguien como él. Le daba tanto vértigo que sonrió sin poder evitarlo, y fue entonces cuando el otro chico levantó la vista. Al ver a Oliver, esbozó una sonrisa que lo dejó casi sin aliento.

Darcy cerró el libro y se levantó.

—Espero que no lleves mucho rato ahí plantado —dijo, riendo.

—En absoluto.

Darcy asintió y señaló el sofá con la cabeza.

—¿Me acompañas? He encontrado el libro que estabas leyendo la última vez que estuvimos aquí y lo he apartado para ti.

No era una sorpresa que Darcy recordara el libro que estaba leyendo; después de todo, él se lo había recomendado, pero el detalle no dejaba de ser entrañable.

Los dos chicos se sentaron en el sofá, tan cerca que sus piernas se tocaban, pero ninguno se apartó. A Oliver le dio un vuelco el corazón por la proximidad, pero cuando Darcy le tendió el libro que había estado leyendo, lo aceptó con una sonrisa que esperó no delatara la ansiedad que le zumbaba en el pecho. Los dos se acomodaron con sus libros, Darcy volvió a sumergirse en el texto mientras Oliver miraba la página sin verla, demasiado distraído por la calidez del chico que estaba a su lado como para procesar las palabras. Entonces Darcy se acercó un poco más y apoyó el hombro en el de Oliver.

Se le aceleró la respiración. Siguió mirando la página abierta, preguntándose cómo era Darcy capaz de leer algo. ¿Acaso Oliver era el único al que le afectaba su proximidad? Se atrevió a mirarlo por el rabillo del ojo y dio un respingo al darse cuenta de que Darcy no miraba el libro, sino a él. Y sonreía.

—No sé qué pensarás tú —dijo—, pero a mí me está costando mucho leer con un chico tan despampanante a mi lado.

—Gracias a Dios —expresó Oliver antes de contenerse. Darcy se rio y cerró de nuevo el libro antes de volverse del todo hacia él.

—A menudo pienso en la primera vez que nos encontramos aquí. Aunque la mayor parte de la noche fue mejor de lo que me habría atrevido a esperar, hay una parte que me gustaría cambiar.

Oliver tragó saliva con tanta fuerza que fue un milagro que Darcy no lo oyera. Con voz temblorosa, igual que el pulso, preguntó:

—¿Qué parte?

Darcy sonrió. Entonces sus labios tocaron la boca de Oliver, que se derritió cuando los brazos del otro chico lo envolvieron.

El pecho firme de Darcy contra su torso aplastado le provocó una euforia mayor a nada que hubiera sentido nunca cuando fingía ser una chica. Aquel momento, besar a un chico siendo un chico, el calor de Darcy en la piel y sus manos en la espalda para que se sintiera seguro, era todo lo que Oliver siempre había deseado. Era todo lo que nunca se había atrevido a soñar.

Pero era real y nada ni nadie podría arrebatárselo.

NOTA HISTÓRICA

Quisiera dedicar un momento a hablar de las personas *queer* en la historia. Específicamente, en Inglaterra, durante la época de Regencia.

A principios del siglo XIX, ser *queer* no era, en el sentido estricto, ilegal; sin embargo, existían leyes contra la sodomía (que, por supuesto, ponían en peligro con mayor frecuencia a los hombres *queer*). Aun así, hasta 1828, la importancia de las pruebas era increíblemente alta y se requerían múltiples testigos. La época de Regencia fue una especie de período intermedio; en la época anterior era bastante común que la gente fuera abiertamente *queer*, pero en la posterior, la victoriana, todo eso se acabó. Sin embargo, incluso en los tiempos en los que era seguro (comparativamente) ser abiertamente *queer*, se esperaba que los hombres *queer* se casaran con mujeres y tuvieran hijos (y que las mujeres *queer* hicieran lo propio con hombres).

En cuanto a las Molly Houses, sí que formaban parte de la cultura *queer* de Inglaterra en la época de Oliver. El propio nombre, Molly House, procedía del término *molly*, que se utilizaba en la jerga para referirse a un hombre afeminado, a veces como insulto y otras como un sustantivo común. Aunque en algunas

Molly Houses se practicara el sexo (y posiblemente hubiera trabajo sexual), otras eran más bien clubes (¡algunos conocidos por albergar las primeras versiones de los espectáculos drag!) o cafeterías, como a la que acude Oliver. Por desgracia, las Molly Houses fueron a veces objetivo de redadas policiales, tanto en el siglo XVIII como en el XIX, lo que dio lugar a detenciones y actos violentos, pero incluso con ese riesgo, proporcionaban un lugar seguro donde los hombres *queer* en particular podían ser quienes eran. Debo señalar que, aunque he hecho que las Molly Houses de *Tuyo, con pasión* sean un poco más inclusivas, históricamente no tenemos apenas pruebas de que las mujeres *queer* acudieran a estos establecimientos. Sin embargo, sí sabemos que las personas trans y las personas en drag eran bienvenidas.

Por último, sería negligente por mi parte no dedicar unos instantes a hablar de la herencia de Longbourn por parte de Oliver. En última instancia, creo que sería muy difícil afirmar con certeza si un hombre trans en la posición de Oliver ha heredado alguna vez una propiedad, en gran parte porque, de haber ocurrido, había sido porque la ley lo habría reconocido como hombre y no habría tenido en cuenta su condición de persona trans. Curiosamente, los certificados de nacimiento no existieron en Inglaterra hasta el 1 de julio de 1837, por lo que no habría constancia de que hubieran confundido a Oliver con una niña al nacer. Al fin y al cabo, muchas de las personas trans históricas de las que tenemos información solo las conocemos porque esto se descubrió, a menudo, aunque no siempre, después de su muerte. Me gusta pensar que hay muchas personas trans de las que no sabemos nada y que vivieron su vida siendo quienes eran, sin que nadie las delatara.

Entonces, ¿podría un hombre trans en la situación de Oliver ganar un litigio para heredar una propiedad? Sinceramente, no lo sé. Me gusta pensar que si un médico o una comadrona, junto con toda la familia de un hombre trans, testificaran que efectivamente es un hijo, eso sería suficiente.

Independientemente de que desde el punto de vista histórico sea factible o no, sí puedo decir lo siguiente: en el caso de Oliver, es suficiente.

AGRADECIMIENTOS

Si hace cinco años me hubieran dicho que iba a escribir y publicar un libro histórico sin ningún ápice de magia, quizá no me lo habría creído. A pesar de lo inesperado que ha sido, me alegra muchísimo que este libro haya visto la luz y quiero dar las gracias a todas las personas que han contribuido a hacerlo posible, véase:

Emily, gracias por la forma en que viste la historia que quería contar y me ayudaste a trasladarla a las páginas. Por cada una de tus sugerencias e ideas y por responder a todas las preguntas que me planteaba mi cerebro ansioso. Me hace muy feliz que hayamos tenido la oportunidad de trabajar juntos en este libro.

Louise, este libro no existiría si tú no me hubieras brindado la oportunidad de reescribir un clásico. Gracias por cada llamada estratégica, cada correo electrónico y cada mensaje de texto, cada palabra de aliento y cada consejo profesional.

Al equipo de Feiwel and Friends, incluides Avia, Kim y Emily, gracias por vuestra ayuda para dar vida a esta historia.

A Marlowe y Samira, que me han regalado una de las cubiertas más bonitas que he visto jamás. Marlowe, no dejo de admirar los preciosos detalles de tu increíble ilustración. Quiero imprimirla y enmarcarla como una obra de arte porque es verdaderamente impresionante. Samira, los elementos de diseño han terminado de unir el libro a la perfección. Gracias a les dos. No podría estar más contento.

Alice y Laura, vuestras reflexiones a lo largo de los años me han hecho, sin duda, un escritor más fuerte. Gracias, como siempre, por ayudarme a contar las mejores versiones de mis historias una y otra vez. Melissa y Parrish, vuestra perspicacia ha sido inestimable. Gracias por dedicar vuestro tiempo a ayudarme a hacer brillar el lado *queer* de esta historia.

Jay, nunca dejaré de valorar todas las formas en que cuidas de mí. Por animarme a descansar, por controlarme cuando estoy enterrado entre plazos, por seguir a mi lado durante esta montaña rusa que es mi carrera, celebrando las subidas y acompañándome en las bajadas, gracias. Tengo muchísima suerte por poder casarme contigo. Te quiero. Te quiero. Te quiero.

Por último, pero no por ello menos importante, a ti, que me estás leyendo. Atesoro cada uno de tus mensajes felices y emocionados, sobre todo ahora que el mundo se ha convertido en un lugar más duro. Gracias a cada une de vosotres por darles una oportunidad a mis libros *queer* y por ayudar a nueves lectores a descubrirlos.

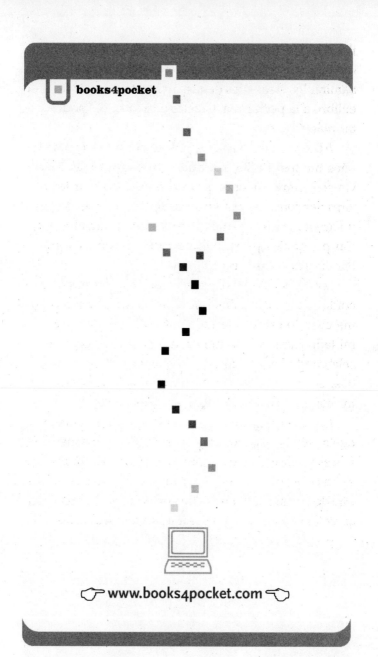

books4pocket

www.books4pocket.com